녹색 고전

서양편

녹색 고전 서양편

1판 1쇄 인쇄 2015년 11월 19일 **1판 1쇄 발행** 2015년 11월 27일

지은이 김욱동
펴낸이 김강유
책임편집 김은영 이승희 **편집** 장선정 박정선
책임디자인 조명이
저작권 차진희 박은화
책임마케팅 김용환 김새로미 이헌영
마케팅 김재연 백선미 고은미 정성준
책임제작 김주용 박상현 **경영지원** 양종모 김혜진 송은경 한주임
제작처 재원프린팅 금성엘앤에스 대양금박 정문바인텍

발행처 비채
주소 경기도 파주시 문발로 197(문발동) 우편번호 10881
등록 1979년 5월 17일(제406-2003-036호)
주문 및 문의 전화 031)955-3220 **팩스** 031)955-3111
편집부 전화 02)3668-3290 **팩스** 02)745-4827 **전자우편** literature@gimmyoung.com
비채 카페 cafe.naver.com/vichebooks
트위터 @vichebook **페이스북** www.facebook.com/vichebook

ISBN 979-11-85014-74-6 04810 / 978-89-94343-53-2 (세트)
책값은 뒤표지에 있습니다.

비채는 김영사의 문학 브랜드입니다.
이 도서의 국립중앙도서관 출판시도서목록(CIP)은서지정보유통지원시스템 홈페이지(http://seoji.nl.go.kr)와 국가자료공동목록시스템(http://www.nl.go.kr/kolisnet)에서이용하실 수 있습니다.
(CIP제어번호: CIP2015030078)

녹색 고전

| 서양편 |

GREEN CLASSICS WESTERN

I

김욱동

비채

환경 위기 시대 '녹색 문학'을 꿈꾸며

프랑스 당대 최고의 소설가이자 외교 정치가로 활약한 프랑수아 르네 드 샤토브리앙은 "문명 앞에 숲이 있고, 그 뒤에 사막이 뒤따른다"라고 말한 적이 있습니다. 세계 4대 문명의 발상지를 보면 그의 말이 그다지 틀리지 않은 듯합니다. 200년이 지난 지금 돌아보면 틀리지 않을 뿐만 아니라 정곡을 찌른 말입니다. 기원전 4,000년에서 3,000년 즈음에 인류는 하나같이 큰 강 유역을 중심으로 문명의 둥지를 텄습니다. 나일 강변의 이집트 문명을 비롯해 티그리스와 유프라테스 강 유역의 메소포타미아 문명, 인더스 강 유역의 인더스 문명, 그리고 중국 황허 강 유역의 황허 문명이 바로 그것입니다. 그런데 세계 4대 문명이 시작한 곳에는 강과 함께 아주 울창한 숲이 있었습니다.

샤토브리앙의 말대로 문명 이전에는 울창한 숲이 있었지만, 문명이 발달한 뒤에는 어김없이 사막화가 뒤따랐습니다.

샤토브리앙은 앞과 뒤의 관계를 시간적 개념으로 파악했지만 그 관계를 공간적 개념으로 받아들여도 크게 틀리지 않습니다. 다시 말해서 숲과 문명과 사막은 동일한 공간을 차지하고 있습니다. 인간은 숲을 베어내고 그 자리에 문명의 성을 쌓았고, 그 문명의 성이 허물어지자 이번에는 사막으로 변했습니다. 그렇다면 사막은 문명이 남긴 흉터이자 문명의 찌꺼기라고 해도 과언이 아닙니다. 지금 지구촌 곳곳에 하늘을 찌를 듯 높이 솟아 있는 도시들이 언젠가 사막으로 변할지도 모른다고 생각하면 정신이 아찔해집니다.

이렇듯 인간이 자연을 훼손하면 할수록 문명의 성은 끝없이 높이 올라갑니다. 동양과 비교해 서양의 문명이 더 발달했다는 것은 과학 이론을 바탕으로 자연을 좀 더 체계적이고 조직적으로 정복하고 지배했음을 뜻합니다. 영국의 철학자 프랜시스 베이컨은 자연을 인간에게 이로운 방향으로 이용해야 하며, 만약 자연이 고분고분 말을 듣지 않으면 "그녀자연를 고문해서라도 그 비밀을 알아내야 한다"라고 말할 정도였습니다. 그러므로 문명은 숲의 파괴, 좀 더 넓게는 자연파괴나 환경오염과 반비례하는 개념입니다.

아마 이 책을 읽는 독자 중에는 미국의 배우이자 환경운동가인 에드 베글리 주니어를 기억하는 분이 있으리라 생각합니다. 지금까지 그는 수백 편의 영화와 텔레비전 쇼 그리고 무대 공연에서 활약했습니다. 미국 NBC에서 방영한 프로그램 〈세인트 엘스웨어〉에서 빅터 얼리치 박사 역을 맡아 더욱 유명해졌습니다. 이 시리즈는 무려 여섯 해 동안이나 에미상 후보에 오를 만큼 인기를 끌었습니다. 최근에는 베글리가 그의 아내와 함께 '녹색 행성'이라는 채널에서 〈에드와 함께 살아가기〉라는 프로그램을 진행하여 관심을 끌기도 했습니다.

그런데 베글리는 환경운동과 관련하여 명언 한마디를 남겼습니다. "왜 인간이 만든 것을 파괴하면 반달리즘이라고 부르고 자연이 창조한 것을 파괴하면 진보라고 부르는지 모르겠다"라는 말이 바로 그것입니다. 이 말은 지금 미국은 말할 것도 없고 전 세계에 걸쳐 회자되고 있습니다. 베글리가 말하는 '반달리즘'이란 5세기 초엽 유럽의 민족 대이동 때 아프리카에 왕국을 세운 반달족이 지중해 연안에서 로마에 이르는 지역까지 약탈과 파괴를 거듭한 민족이라고 잘못 알려진 데서 유래된 프랑스 말입니다. 그래서 반달리즘이라는 용어 자체에 이미 다른 문화를 배척하는 반달리즘이 내포되어 있다고 말하는 학자들도 있습니다. 반달족은 로마 문화를 받아들여 로마 문화의 우수성을 인정하였고, 그러한 까닭에 파괴 행위는 극히 일부에 지나지 않았다는 것입니다. 오히려 로마의 문화와 예술은 로마제국 말기의 노예나 빈곤층 그리고 후대의 예술가들과 로마의 민중들이 훨씬 더 많이 파괴했다고 역사가들은 말하고 있습니다. 어찌 되었든 반달리즘은 남의 물건이나 공공 기물을 훼손하거나 파괴하는 행위를 말합니다.

베글리의 말대로 사람들은 인간이 만든 것을 파괴하는 행위는 기물 파괴라고 말하면서도 자연을 파괴하는 행위는 인류를 위한 발전과 진보라고 말합니다. 그래서 서양에서는 발전과 진보를 신앙처럼 믿었던 19세기 중엽부터 20세기 중엽에 이르기까지 한 세기에 걸쳐 자연을 가장 많이 파괴하였고 공해를 가장 많이 발생시켰습니다. 이를테면 1952년의 런던 스모그 대참사야말로 적절한 예라 할 수 있습니다. 영국의 수도 런던은 산업혁명에 힘입어 유럽에서 가장 공업이 발달했습니다. 그러다 보니 인구가 런던으로 밀집되어 있었고, 템스 강 유역에는 발전소, 제철소 그리고 온갖 종류의 공장이 활발히 가동되고 있었습니다. 1952년 12월 초 고기압이 정체하여 안정된 대기가 영국 상공을 뒤덮었습니다. 템스 강 유역에 길이 40킬로미터에 폭 30킬로미터의 안개가 발생하고 무풍 상태가 지속되는 등 복사 역전층이 발생했습니다. 설사가상으로 공장 굴뚝에서 배출된 매연과 아황산가스는 평상시보다 몇 배나 상승했습니다. 이때 런던에서 발생한 대기오염에 따른 공해 사건으로 무려 1만 2,000명이 넘는 사람들이 목숨을 잃었습니다. 인류 역사에서 최악의 스모그 대참사로 기록된 이 사건은 현대 공해운동과 환경운동에 큰 영향을 주었습니다. 이 문제에 대한 대책으로 영국 의회는 마침내 청정 대기법을 제정하기에 이르렀습니다.

그러고 보니 18세기 영국의 낭만주의 시인 윌리엄 쿠퍼가 왜 "신은 자연을 만들고 인간은 도시를 만들었다"라고 노래했는지 이제 알 만합니다. 인간은 도시를 건설할 수 있을 뿐 자연을 창조할 수는 없습니다. 따지고 보면 인간도 자연의 일부에 지나지 않습니다. 쿠퍼의 시구를 패러디해서 말한다면 "신은 인간을 만들었고 인간은 도시를 만들었다"라고 할 수 있습니다. 그 도시가 바벨탑처럼 허물어지지 않기를 간절히 바랄 뿐입니다. 그러기 위해서는 먼저 깊이 잠들어 있는 우리의 생태의식을 일깨우고 생태의식을 일깨운 뒤에는 작은 행동부터 하나씩 실천하는 것이 무엇보다도 중요합니다. 그런 점에서 '구슬이 서 말이라도 꿰어야 보배'라는 속담은 환경보호 실천에 가장 잘 들어맞는 말입니다. 환경운동에서는 백 마디 이론보다 한 가지 작은 실천이 더 소중합니다.

'녹색 고전' 시리즈의 세 번째 책인 서양편은 동양편이나 한국편 못지않게 주옥같은 작품이 많이 수록되어 있습니다. 그중에서도 서양인의 생태주의적 사유를 엿볼 수 있는 글을 주로 채택하였습니다.

지구 온난화를 겪으며

김욱동

GREEN CLASSICS WESTERN

차례

[redacted]

에드 베글리 주니어는 “왜 인간이 만든 것을 파괴하면 반달리즘이라고 부르고 자연이 창조한 것을 파괴하면 진보라고 부르는지 모르겠다”라는 말로 인류 문명의 정곡을 찌른 바 있습니다. 자연이 창조한 것을 파괴하는 것은 비단 반달리즘에 그치지 않는 자살 행위입니다. _김욱동

모든 것에는 다 생명이 있다

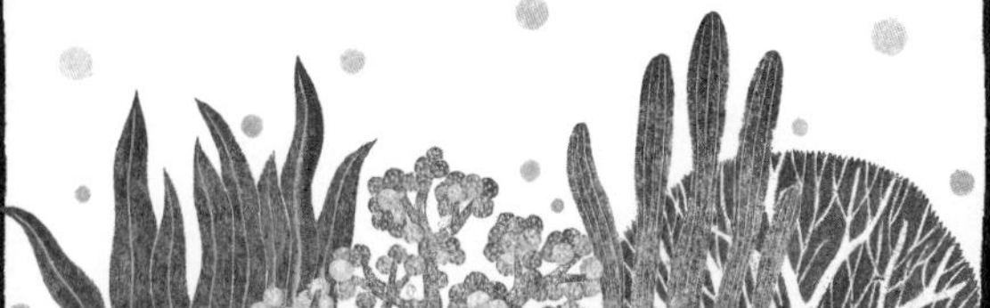

《길가메시》는 비단 한 영웅의 이야기를 다룬 문학 작품에 그치지 않습니다. 이 작품은 고대인들이 삶과 죽음, 신과 자연에 대해 어떻게 생각했는지를 알아볼 수 있는 아주 귀중한 자료이기도 합니다.

수메르《길가메시》

나에게 모든 것이 다 생명을 지니고 있었다.
하늘도, 폭풍도, 땅도, 물도, 방황도
달과 그 세 자녀들도, 소금도
심지어는 내 손마저도 모두 생명을 지니고 있었다.

흔히 인류 문명의 요람이라고 일컫는 수메르의 서사시 《길가메시》에서 뽑은 한 대목입니다. 수메르는 메소포타미아의 가장 남쪽에 위치한 지역으로 오늘날 이라크 남부에 해당하는 곳입니다. 이곳에 일찍이 수메르 사람들은 세계에서 가장 오래된 문명을 건설했습니다. 수메르 사람들이 어디서 왔는지는 정확히 알 수는 없지만 줄잡아 기원전 3,500년부터 수메르 지방에서 살기 시작했습니다. 수메르 문명이 가장 융성했던 때는 기원전 3,000년대로 역사학자들은 이 기간을 크게 초기 왕조시대, 아카드 왕조시대, 그리고 우르 왕조시대의 세 시기로 구분 짓습니다.

그 뒤 기원전 2,000년쯤 유프라테스 강 서쪽 아라비아에서 온 셈족 계통의 아모리인들이 수메르 지방을 점령하고 고대 바빌로니아를 건설함으로써 수메르 문명은 도시 국가 형태로서는 완전히 사멸하고 말았습니다. 그러나 수메르 종교와 문화의 흔적이 바빌로니아인과 아시리아인을 비롯한 민족과 그들의 신화와 종교와 문화 속에 마치 화석에 간직된 고생물처럼 고스란히 남아 있습니다. 몇몇 학자들이 "세계 역사는 수메르에서 시작되었다"라고 주장하는 것은 바로 그 때문입니다.

이렇듯 수메르는 세계 문명의 자궁이요 문화의 요람이라고 할 수 있습니다. 처음으로 문명의 동이 트고 문화의 새벽이 밝아 온 곳, 전 세계로 그 빛을 전파한 그곳이 바로 수메르입니다. 세계 최초의 문학 작품이 탄생했다는 점에서도 수메르는 눈길을 끌기에 충분합니다. 수메르 사람들은 지금까지 알려진 문학 작품 중 가장 오래된 서사시 《길가메시》를 남겼으니까요. 서양 사람들은 흔히 호메로스의 서사시를 최초의 문학 작품으로 꼽지만 《길가메시》는 시기적으로 호메로스의 《일리아스》나 《오디세이아》보다 무려 1,500년이나 앞섭니다. 놀랍게도 이 작품에는 구약성서의 〈창세기〉에 기록된 노아의 홍수와 비슷한 이야기가 나오기도 합니다. 길가메시가 여행 도중 '바빌론의 노아'를 세상에 전한 우트나피슈팀으로부터 전해 들은 홍수 이야기는 그 내용과 구성이 〈창세기〉에 기록된 대홍수 이야기와 상당 부분 일치한다는 점에서 그동안 성서학자들로부터 주목을 받아 왔습니다. 또 온갖 고생 끝에 얻은 생명의 풀을 뱀에게 빼앗긴 일화도 〈창세기〉에 소개된 일화와 비슷합니다.

《길가메시》가 처음 쓰여진 시기는 가깝게는 기원전 2000년, 멀게는 기원전 3000년으로 거슬러 올라갑니다. 이 무렵의 문학 작품이 흔히 그러하듯 이 서사시도 한 사람이 한꺼번에 창작했다기보다는 많은 시인이 음송하면서 내용을 조금씩 보태다가 오늘날에 이르렀다고 보는 쪽이 더 정확할 것 같습니다. 수메르에 뿌리를 둔 이 서사시는 바빌론 사람들에게 전해졌고, 그들은 이 작품을 국가적인 서사시로 발전시켰던 것이지요.

그러나 이 작품이 빛을 보게 된 것은 겨우 한 세기 반밖에 되지 않습니다. 1839년 영국 학자 두 사람과 터키 고고학자 한 사람이 옛 아시리아 왕국의 도시 니네베를 발굴하던 중 우연히 왕궁과 서고 터에서 진흙으로 만든 점토판 열두 개를 찾아냈습니다. 점토판에 쐐기 문자로 적힌 내용은 길가메시라는 영웅의 무용담을 다룬 이야기였지요. 그 뒤 다른 메소포타미아 지방과 아나톨리아 등지에서도 길가메시 이야기가 적힌 점토판들이 발견되면서 이야기는 좀 더 구체적인 모습을 갖추었습니다. 아직도 완전한 상태로 복원한 것은 아니지만 그동안 발굴한 여러 점토판을 바탕으로 이제는 그런 대로 어느 정도 작품의 내용을 미루어 볼 수 있게 되었습니다.

《길가메시》는 "친구를 사랑하고 친구와 사별한, 그리고 그를 다시 살려 낼 힘이 없다는 사실을 깨달은 한 사나이에 관한 옛이야기"라는 구절로 시작합니다. 길가메시가 사랑한 친구란 바로 야생 인간 엔키두를 말합니다. 대초원에서 짐승과 함께 행복하게 지내던 그는 창녀에게 이끌려 우루크로 오고 길가메시와 친구가 됩니다. 그러나 얼마 안 되어 숲을 지키는 괴물 훔바바와 수메르의 최고신 아누Anu가 보낸 '하늘의 황소'를 죽였다는 이유로 엔키두는 안타까운 죽음을 맞이합니다. 친구를 잃고 깊은 절망에 빠진 길가메시는 불멸과 영생의 약을 찾기 위해 멀고도 험난한 방랑의 길을 떠나지만 꿈을 이루지 못한 채 다시 우루크로 돌아옵니다.

《길가메시》 서사시는 비단 한 영웅의 이야기를 다룬 문학 작품에 그치지 않습니다. 이 작품은 고대인들이 삶과 죽음, 그리고 신과 자연을 어떤 관점으로 바라보았는지를 알아볼 수 있는 아주 귀중한 자료이지요. 특히 고대인의 자연관이 잘 드러나 있어 환경 위기를 목도하고 있는 현대인들이 참고서로 삼을 만한 작품입니다. 인류 역사에서 그 어느 때보다 심각한 환경 위기와 생태계 위기를 겪고 있고, 지구 온난화에 따른 기상 이변으로 지구에 살고 있는 생명체가 크게 위협을 받고 있는 지금, 이 서사시가 우리에게 시사해주는 바가 적지 않습니다.

앞서 인용한 구절은 엔키두가 임종의 자리에서 주인공 길가메시에게 하는 말입니다. 자신에게 세상 만물은 하나같이 살아 숨 쉬는 소중한 생명체였다고 이야기하는 것이 놀랍지 않습니까? "하늘도, 폭풍도, 땅도, 물도, 방황도 / 달과 그 세 자녀들도, 소금도 / 심지어는 내 손마저도 모두 생명을 지니고 있었다"라는 표현은 어찌 보면 '소금이 짜다'라고 말하는 것처럼 지극히 당연한 이야기로 들립니다.

그러나 엔키두가 하늘과 땅, 폭풍과 물에 이르기까지 온갖 삼라만상에 생명이 있다고 말하는 것은 여간 놀랍지 않습니다. 하늘과 땅에 생명이 있다는 것은 허준許浚의 《동의보감》을 보아도 잘 알 수 있습니다. 이 책에서 그는 "사람의 생명을 다루는 자는 반드시 하늘과 땅의 운기를 알아야 한다醫當

識天地間運氣"라고 적고 있습니다. 운기란 오운육기五運六氣의 준말로 생명 현상과 깊이 연관된 것입니다.

생명 현상은 하늘과 땅보다는 폭풍과 물에서 좀 더 뚜렷이 느낄 수 있습니다. 영혼을 고대 그리스어로 '프시케Psyche'라고 하는데 이 말은 이 무렵 사람이 죽을 때 내뱉는 마지막 숨결을 가리켰습니다. 그러니까 프시케는 생명을 유지하는 목숨과 같은 것이라고 할 수 있습니다. 호메로스는 서사시 《일리아스》에서 헥토르Hektor가 죽는 장면을 묘사하면서 "그의 프시케가 그의 사지에서 달아나 하데스로 갔다"라고 말했습니다. 숨결과 바람과 영혼은 어찌 보면 같은 것에 뿌리를 두고 있다고 할 수 있습니다.

기독교에서 말하는 인간 창조 과정을 보아도 바람과 영혼은 서로 구분되지 않습니다. 〈창세기〉 첫머리에는 "주 하나님이 땅의 흙으로 사람을 지으시고, 그의 코에 생명의 기운을 불어넣으시니, 사람이 생명체가 되었다"〈창세기〉 2장 7절고 기록되어 있습니다. '생명의 기운'이나 그것을 줄인 '생기'가 바로 숨결이고 바람입니다. 구약성서 속의 〈욥기〉에서 욥도 "내 날이 베틀의 북보다 빠르게 지나가니, 아무런 소망도 없이 종말을 맞는구나. 내 생명이 한낱 바람임을 기억하여 주십시오. 내가 다시는 좋은 세월을 못 볼 것입니다"〈욥기〉 7장 6~7절라고 한탄합니다.

생명이 들어 있기는 물도 마찬가지입니다. 고대 그리스의 철학자 탈레스는 물을 생명 탄생의 근원으로 파악했습니다. 모든 물질과 융화하는 성질이 있기 때문에 오직 물만이 진정한 물질이라고 그는 주장했습니다. 탈레스의 이론은 20세기까지 거의 그대로 이어져 왔습니다. 일례로 오스트리아의 영성 자연과학자 빅터 샤우버거는 우주 자체에 근원적인 힘이 있어 지구가 태초에 운동 과정을 통해 제 모습을 드러내는 동안 가장 먼저 나타난 것이 바로 물이라고 주장했습니다. 온갖 물질이 생겨날 수 있었던 것도 물을 기본 원소로 사용했기 때문이라는 것입니다. 또 샤우버거는 생명력이라고 할 미약한 에너지가 물과 더불어 일정한 대사 과정을 거치면서 다양한 성질로 바뀐다고 지적했습니다.

일본의 의사이자 파동 연구가인 에모토 마사루江本勝를 알고 있습니까? 그는 20여 년 동안이나 물에 대한 연구를 계속해왔습니다. 물을 연구해온 학자가 어디 한두 사람이겠습니까만, 그는 아주 독창적인 시각으로 지구상의 물을 연구해왔습니다. 그동안 물을 주제로 한 수많은 베스트셀러를 출간했으며, 그중에서도 아름다운 물의 결정 사진에 해설을 덧붙인 세 권짜리 사진집 《물은 정답을 알고 있다》는 30개국 언어로 번역되어 전 세계에서 널리 읽히고 있습니다.

그런데 마사루가 《물은 답을 알고 있다》에서 물을 바라보는 시각은 아주 유별납니다. 그의 주장에 따르면 물은 신비스럽게도 인간의 마음이나 감정에 응답한다는 것입니다. 한

마디로 물에는 생명이 있다는 것이지요. 물도 사랑을 느끼고 고마움을 기억하는 등 인간처럼 희로애락의 감정을 지니고 있다는 사실을 사진을 통해 여실히 보여주었습니다. 마사루는 물에게 말을 들려주고, 글씨를 보여주고, 음악을 들려주었을 때 물의 입자가 변화하는 신비하고 놀라운 결과를 사진에 고스란히 담았습니다.

예를 들어 '사랑'이나 '감사'라는 글씨를 보여준 물에서는 아름다운 모습의 완전한 육각형 결정이 나타났고, '악마'라는 글씨를 보여준 물에서는 중앙이 검은 모습을 보였습니다. 또 "고맙습니다!"라고 말했을 때는 단아한 결정을 나타냈지만, "멍청한 놈, 바보, 짜증나, 죽여 버릴 거야!"와 같은 부정적인 말을 했을 때는 마치 어린아이가 학대를 받는 양 일그러진 모습이 나타났습니다. 그런가 하면 "그렇게 해주세요!"라고 정중하게 말했을 때는 꽃처럼 예쁜 육각형 결정이 나타난 반면, "그렇게 해!"라고 명령조로 말했을 때는 '악마'라는 단어를 말할 때와 같은 모양이 나타났습니다. 전혀 관심을 두지 않은 물은 결정이 완전히 깨져 있었습니다.

그래서 에모토 마사루는 물이 사람의 마음을 그대로 비춰주는 거울이라고 말합니다. 거울이 피사체를 그대로 비추듯이 물이 인간이 마음속에 품고 있는 생각을 고스란히 보여준다는 것이지요. 한마디로 물은 생명이자 에너지의 전달 매체이며 의식을 갖춘 존재라고 결론짓습니다. 물이야말로 우리 인간이 어떻게 살아가야 할지에 대한 답을 잘 알고 있는 존재라는 것입니다.

엔키두가 임종의 자리에서 길가메시에게 하는 말 중에서 이번에는 '소금에도 생명이 있다'라는 구절도 새겨듣기 바랍니다. 하필이면 왜 소금에 생명이 있다고 했을까요? 충분히 그럴 만한 까닭이 있습니다. 소금이 인간에게 얼마나 소중한지는 '소금'이라는 말을 보아도 잘 알 수 있습니다. 노동의 대가로 주는 임금이나 봉급을 뜻하는 영어 '샐러리'라는 말은 고대 로마 시대 병사들이 급료로 소금을 받은 데서 유래합니다. 그 무렵 소금은 물물교환을 할 때 사용하는 화폐처럼 아주 소중한 역할을 했습니다. 어떤 의미에서는 화폐나 금보다도 더 소중했지요. 고대 그리스 사람들은 소금을 주고 노예를 샀습니다. 또 옛날에는 가난한 사람들이 소금을 얻기 위해 딸을 파는 경우도 적지 않았다고 합니다.

오죽하면 오늘날 서양에서 성서를 두고 맹세하듯이 고대에는 소금을 두고 맹세를 했겠습니까? 구약성서 〈민수기〉 편에서 야훼는 "이스라엘 자손이 들어올려 나 주에게 바친 거룩한 제물은, 내가 너와 너에게 딸린 아들딸들에게 영원한 분깃으로 모두 준다. 이것은 너와 너의 자손을 위해 주 앞에서 대대로 지켜야 하는 소금 언약이다"〈민수기〉 18장 19절라고 말합니다. 또 〈역대하〉에서도 "주 이스라엘의 하나님께서 다윗과 소금으로 파기될 수 없는 언약을 맺으시고, 이스라엘을 다윗

이 다스릴 나라로 영원히 그와 그의 자손에게 주신 것을, 너희들이 모를 리가 없을 것이다"〈역대하〉 13장 5절라는 구절이 나옵니다.

이렇게 소금이 언약이나 약속의 상징으로 사용되었다는 것은 레오나르도 다빈치의 〈최후의 만찬〉을 보아도 알 수 있습니다. 그림을 자세히 들여다보면 예수 그리스도를 배신한 유다 곁에 소금 그릇이 엎어져 있는 것을 볼 수 있습니다. 유다가 그리스도와의 약속을 어기고 배신할 것이라는 사실을 엎어진 소금 그릇으로 나타낸 것이지요. 앞서 언급했듯이 소금은 구약 시대에 신과 인간, 인간과 인간이 맺은 불변의 약속을 상징했습니다. 세례식을 할 때 지금은 포도주와 빵을 사용하지만 소금을 썼던 때도 있었습니다. 유대교나 기독교에서뿐만 아니라 이슬람교에서도 신도들이 소금을 함께 나누어 먹음으로써 약속이나 계약의 신성을 보증받기도 했습니다.

이밖에도 '샐러드'라는 영어도 본디 소금을 친 야채를 뜻했습니다. '소스'와 '살사', '소시지'와 '살라미' 같은 말들도 하나같이 소금을 뜻하는 라틴어 '살Sal'에 그 뿌리를 두고 있습니다. 낱말뿐만 아니라 관용어 같은 비유적 표현에서도 소금은 그야말로 음식에 간을 맞추는 소금처럼 자주 쓰입니다. 가령 성서에서도 참다운 기독교인의 역할을 '빛과 소금'에 빗대고 있지요. 또 착하고 고결한 사람이나 건전하고 성실한 사람을 '세상의 소금'이라고 부릅니다. 소금이 음식이 부패

하는 것을 막듯이 세상이 부패하는 것을 막는 사람들이라는 뜻이지요. 사람 구실을 하는 것을 "소금 값 한다"라고 말하며 남에게 식사 대접을 받거나 식객이 되는 것을 "~의 소금을 먹다"라고 말합니다. 또한 누군가에게 활기를 불어넣어 주는 것을 "~의 꼬리에 소금을 뿌리다"라고 표현하기도 합니다.

따지고 보면 인류 문명에서 소금만큼 소중한 역할을 한 것도 없습니다. 고대 이집트에서 미라를 만들 때 시체를 소금물에 담갔고, 이스라엘 사람들은 토지를 비옥하게 하기 위해 소금을 비료로 사용했습니다. 또한 신에게 제사를 지낼 때도 소금을 바쳤으며, 제물로 바치는 짐승의 고기는 소금으로 밑간을 했습니다. 우리나라에서도 부정不淨 타는 것을 막거나 재수 없는 사람이 집에 나타나면 대문 밖에 소금을 뿌렸습니다. 소금이 악귀나 병마를 쫓는다고 생각했기 때문이지요.

사정이 이렇고 보면 엔키두가 왜 소금에 생명이 있다고 말하는지 그 까닭을 알 만합니다. 만약 소금이 없다면 인간은 이 세상에 태어날 수도, 살아갈 수도 없기 때문입니다. 아기가 자라는 어머니 뱃속의 양수는 염도가 1퍼센트가량으로 바닷물과 아주 비슷합니다. 이 염도를 계속 유지하지 않으면 태반 안에서 아기는 안전하게 자랄 수 없습니다. 인체 혈액의 염분 농도도 0.9퍼센트 정도이고, 세포의 염도도 0.9퍼센트입니다. 그 0.9퍼센트의 소금이 혈액의 산성화를 막아주고 신진대사를 주도합니다. 갑자기 병원 응급실에 실려갔을 때 도착하자마자 맞는 링거 주사도 특별한 마법의 약처럼 생각할지 모르지만 실제로는 염도 0.9퍼센트의 액체일 뿐입니다. 그러므로 소금이 곧 생명이라고 해도 그리 틀린 말은 아닐 것입니다.

엔키두가 훔바바를 죽이는 과정도 좀 더 자세히 눈여겨볼 필요가 있습니다. 앞에서도 잠깐 언급했듯이 그는 자연 속에서 짐승처럼 살았고, '생명의 땅'으로 일컫는 삼나무 숲을 지키는 괴물 훔바바를 죽였기 때문에 신의 저주를 받아 죽었습니다. 그러나 엄밀히 말하면 훔바바를 죽인 것은 엔키두 혼자만이 아니었습니다. 길가메시는 신들에게서 고향을 떠나 숲의 신이자 무시무시한 괴물인 훔바바와 싸우라는 명령을 받습니다. 훔바바는 우루크에서 2만 시간을 걸어가야 겨우 도착할 수 있는 삼나무 숲에 살고 있었지요. 모험을 떠난 엔키두와 길가메시는 삼나무 숲에 들어서고 마침내 훔바바의 거처를 발견합니다. 길가메시와 엔키두는 훔바바에게 달려들어 격렬하게 싸움을 벌인 끝에 태양신 샤마슈Shamash의 도움을 받아 가까스로 괴물을 물리칩니다. 훔바바에게 치명적인 상처를 입힌 것은 엔키두가 휘두른 창이었습니다. 훔바바는 길가메시와 엔키두에게 제발 목숨만 살려 달라고 구걸하고 샤마슈 신도 길가메시에게 훔바바를 살려줄 것을 권하지요. 그러나 엔키두는 길가메시에게 훔바바를 죽여야 명예를 얻을 수 있다고 부추기고, 결국 길가메시는 훔바바를 죽이고 맙니다.

> 길가메시는 손에 도끼를 들고 허리에서 칼을 빼내어 훔바바의 목을 향해 힘껏 내리쳤다. (……) 그러자 일대 혼란이 일어났다. 숲의 수호자가 쓰러졌기 때문이다. 전에 헤르몬과 레바논을 떨게 하던 목소리의 소유자, 숲의 수호자가 쓰러지자 10킬로미터 안에 있던 향나무들이 모두 몸을 떨었다. 산들이 요동하고 언덕들이 진동했다. 숲의 수호자가 살해되었기 때문이다.

이런 일이 있은 지 얼마 되지 않아 길가메시는 여신 이난나Inanna의 유혹을 받습니다. 길가메시가 이난나의 옛 애인들이 비참한 운명을 맞은 것을 언급하며 그녀의 유혹을 거절하자 이에 분노한 이난나는 아누에게 호소합니다. 결국 아누를 설득한 이난나는 길가메시와 맞설 하늘의 황소를 손에 넣습니다. 그러나 엔키두가 황소를 붙잡았고 길가메시가 칼로 찔러 죽이고 맙니다. 황소가 살해당한 것에 분노한 신들은 엔키두를 병에 걸리게 하고, 며칠 뒤 엔키두는 마침내 죽음을 맞이합니다.

길가메시가 숲의 나무들을 베는 동안 엔키두는 그들이 앞으로 나아갈 길을 유프라테스 강둑처럼 시원하게 닦아 놓았습니다. 그들은 엔릴Enlil을 비롯한 신들 앞에 훔바바의 시체를 내놓았습니다. 그들은 땅에 입을 맞추고 수의를 펼친 뒤 훔바바의 머리를 놓았습니다. 그러나 엔릴은 훔바바의 머리를 보며 버럭 화를 냈습니다. "왜 이런 짓을 했느냐? 이제부터 너희 얼굴 위에는 불이 사라지지 않으리라. 너희가 먹을 빵을 그것이 먼저 먹어치울 것이며, 너희가 마실 물을 그것이 먼저 마셔버릴 것이다"라고 예언합니다. 이 얼마나 끔찍한 예언입니까?

《길가메시》는 삼라만상에 생명이 깃들어 있다는 진리와 숲이 인간에게 얼마나 소중한지를 일깨워주는 작품입니다. 인류는 숲을 파괴하면서 문명의 성을 쌓기 시작했습니다. 그렇기에 인류 역사는 곧 '자연파괴의 역사'라고 해도 과언이 아닙니다. 인간이 석기 시대에서 청동기, 철기 문명으로 점차 발전하는 과정에서 숲을 무자비하게 훼손했습니다. 세계 4대 문명과 그리스와 로마 문명이라는 것도 따지고 보면 이렇게 파괴한 숲의 제단 위에 피어난 한 떨기 꽃과 같습니다.

미국의 시인이자 소설가이자 극작가, 수필가, 심령 치료사 등으로 활약한 디나 메츠거는 고대 그리스 시대에 이루어진 숲의 파괴를 인간에 대한 저주와 관련짓습니다. 농업을 관장하는 데메테르Dēmētēr의 신성한 숲이 잘려나갈 때 여신은 인간에게 이렇게 저주했습니다. "너희가 많이 먹으면 먹을수록 너희는 더 많은 것을 원하게 될 것이다"라고 말이지요. 이에 대해 메츠거는 인간이 숲을 파괴하면서부터 비로소 제국주의와 자본주의가 싹트기 시작했다고 지적합니다. 소비는 자본주의 사회의 윤활유인 동시에 자연을 파괴하고 동료 인간을 소외시키는 주범이기 때문이지요.

인류는 숲을 파괴하면서 문명의 성을 높이 쌓은 반면, 또 다른 문명의 성을 허물기도 했습니다. 인류 역사를 보면 숲이 파괴된 탓에 문명이 모래성처럼 허물어진 경우를 쉽게 찾아볼 수 있습니다. 예를 들어 멕시코 유카탄 반도에서 과테말라까지 걸쳐 있던 마야 문명은 중남미 지역에서 가장 오래된 기원전 2000년경에 시작했습니다. 마야 문명은 3세기에서 9세기에 걸쳐 전성기를 누렸지요. 과학자들은 가장 큰 유적이라고 할 칼라크물 유적에 전성기에는 5만 명이 넘는 사람들이 살았던 것으로 추정합니다. 그런데 이렇게 찬란한 문명이 10세기 초엽에 갑자기 몰락했습니다.

그 이유에 대해서는 여러 학설이 제기되었지만 최근에는 숲의 파괴를 그 주범으로 간주하고 있습니다. 마야 문명과 그 북쪽에 위치한 아스테카 문명이 8세기에서 9세기에 번창하면서 갑자기 늘어난 사람들의 식량을 해결하기 위해 산림을 개간하고 그곳에 농토와 가축을 키우기 위한 방목지를 만들었습니다. 이렇게 산림을 마구 훼손한 나머지 지표면에 도달한 햇빛이 다시 반사되는 비율이 줄어들고 지표면에 보존된 물이 줄어들자 이에 따른 기후 변화로 10세기 초엽 강수량이 줄어 극심한 가뭄을 겪었다는 것이지요.

시골보다 더 좋은 곳이 어디 있으랴

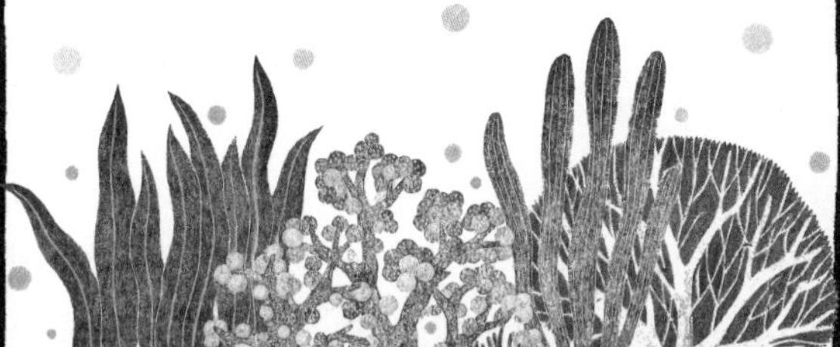

검약하면 조금으로도 충분하지만 검약하지 않으면 아무리 많이 있어도 충분하지 않다. 검소한 생활은 가난한 사람을 부자로 만들어준다. 잃을 것이 제일 적은 사람이 두려워할 일이 제일 적다.

도시를 사랑하는 푸스쿠스 님에게 시골을 사랑하는 제가 삼가 문안을 드립니다. 우리는 다른 문제에 대해서는 마치 쌍둥이 형제처럼 생각이 같지만, 오직 이 문제에 관해서만은 의견이 하늘과 땅만큼 서로 다르지요. (……) 당신은 늙은 비둘기처럼 둥지를 차지하고 있습니다. 하지만 저는 작은 개울이며, 이끼가 자라는 바위며, 아름다운 시골의 숲을 찬양합니다. 당신은 제게 도대체 왜 그런 것을 좋아하냐고 묻습니다. 그대가 하늘에 대고 극찬해 마지않는 그런 것들에서 떠나자마자 비로소 저는 삶다운 삶을 살고 또 그곳에서 왕처럼 군림할 수 있기 때문입니다. 저는 한 신부神父의 노예가 도망치는 것처럼 감미로운 웨이퍼 빵에서 도망쳐 버립니다. 그 대신 꿀 바른 케이크보다 더 맛있는 소박한 빵을 찾습니다.

만약 우리가 자연법칙에 따라 올바르게 살아야 한다면, 또 집을 지을 땅을 찾아야 한다면, 아름다운 시골보다 더 좋은 곳이 이 세상에 어디 있겠습니까? 시골보다 겨울이 더 온화

호라티우스 《서간시》

한 곳이 어디 있겠습니까? 태양의 날카로운 창을 맞고 성난 사자좌獅子座와 천랑성天狼星을 달래줄 미풍이 또 어디 있겠습니까? 시기심 많은 걱정근심 때문에 우리가 잠을 덜 설치게 될 곳이 어디 있겠습니까? 냄새나 아름다움에서 시골의 풀밭이 리비아의 조약돌보다 못합니까? 길거리에 납을 쏟아 놓으려는 수돗물이 속삭이듯 개울을 따라 흐르는 물보다 더 깨끗합니까? 당신은 도시의 대리석 주랑柱廊을 따라 나무들을 키우고 있습니다. 그러면서도 먼 들판이 바라다 보이는 집을 권합니다. 쇠스랑으로 자연을 쫓아낼지 모르지만 자연은 여전히 다시 돌아옵니다. 그러고는 승리의 기쁨으로 인간의 온갖 서글픈 경멸감을 말끔히 씻어버리게 합니다.

로마 시인이자 문학 이론가인 호라티우스의 말입니다. 그는 남부 이탈리아 베누시아에서 태어났습니다. 그의 아버지는 한때 노예였지만 호라티우스가 태어나기 전에 이미 자유를 얻어 경매인의 조수로 일했습니다. 기원전 46년쯤 호라티우스는 아테네로 가서 아카데미에서 강연을 들었습니다. 2년 뒤 율리우스 카이사르가 브루투스에 의해 암살된 뒤, 아테네를 포함한 제국의 동부 지역은 한때 브루투스와 카시우스의 손에 넘어갔습니다. 호라티우스는 브루투스의 군대에 들어가 군대 호민관으로 임명되었는데, 이것은 노예 신분에서 해방된 자유민의 아들에게는 아주 이례적인 명예였습니다.

그 뒤 호라티우스는 몇 년 동안 시를 쓰는 일에 몰두하다가 기원전 38년쯤 마이케나스의 도움을 받아 로마 근교 사비니 구릉지에 위치한 안락한 집과 농장에 정착해 살았습니다. 이 집과 농장이 마이케나스한테서 선물로 받은 것인지, 아니면 빌린 것인지는 확실하지 않지만 이 두 사람의 관계는 아주 각별했던 것으로 알려져 있습니다. 마이케나스가 죽기 전 황제에게 마지막으로 요구한 것 가운데 하나는 "저를 기억하시듯 호라티우스를 기억해주십시오"라는 말이었다고 합니다. 어찌 되었든 이 시골집과 농장은 호라티우스에게 평생의 기쁨이었습니다. 호라티우스는 이곳에서 한적하게 살았고, 죽어서는 에스퀼리누스 언덕에 있는 마이케나스의 무덤 근처에 잠들었다고 전해집니다.

호라티우스의 작품 중에서 《서간시》 제2권에 수록되어 있는, 피소 형제에게 보낸 세 통의 문학 서간은 특히 유명하며 제3권은 〈시론〉으로 잘 알려져 있습니다. 시인으로서 명성을 떨친 것은 《카르미나》 4권 덕분인데 이 중에는 세상에 널리 알려진 명언과 금언 등이 마치 아름다운 보석처럼 박혀 있습니다. 호라티우스는 베르길리우스와 함께 고대 로마 시대를 대표하는 가장 뛰어난 시인으로 평가받고 있습니다.

앞의 인용문은 호라티우스의 《서간시》에서 뽑은 대목입니다. '서간시'라는 제목에서도 엿볼 수 있듯이 그는 편지 형식을 빌려 시를 썼습니다. 실제로 서구 문학사에서 호라티우스는 오비디우스와 더불어 서간체 형식의 시를 처음 시도한 시인입니다. "도시를 사랑하는 푸스쿠스 님에게"라는 첫 구절에서도 볼 수 있듯이 《서간시》는 푸스쿠스라는 사람에게 전하는 시 형식의 편지입니다. 아리우스 푸스쿠스는 호라티우스가 자신의 쌍둥이 형제라고 부를 만큼 더할 나위 없이 친한 친구였습니다. 포르피리오는 푸스쿠스를 뛰어난 문법학자이자 희극작가라고 불렀습니다. 그러나 도시에 살 것이냐, 시골에서 살 것이냐 하는 문제를 두고는 호라티우스와 푸스쿠스의 의견이 마치 '하늘과 땅만큼' 첨예하게 엇갈렸습니다.

도시보다 시골, 도회생활보다 전원생활을 예찬한 사람이 어디 한두 사람이겠습니까만, 굳이 동서양을 가르지 않고 세계 문학사를 통틀어 호라티우스처럼 시골을 예찬한 사람도 찾아보기 쉽지 않습니다. 물론 영국 시인 윌리엄 쿠퍼도 "신은 시골을 만들고 인간은 도시를 만들었다"라고 노래한 적이 있습니다. 그러나 쿠퍼가 살던 18세기는 서구에서 산업화가 진행되기 시작하면서 도시생활에 염증을 느끼고 전원생활을 동경하는 사람들이 많아졌습니다. 그러므로 쿠퍼의 말은 도시생활에 지친 도회인의 넋두리로 들릴 수도 있습니다. 그러나 호라티우스가 살던 기원전 1세기는 18세기와 비교해서는 아직 자연이 그다지 파괴되거나 환경이 오염되지 않았습니다. 그런데도 그가 이렇게 전원생활을 예찬하는 것이 여간 놀랍지 않습니다.

호라티우스가 굳이 시골에서 살겠다는 하는 데는 그럴 만한 까닭이 있습니다. 도시와 달리 시골에서는 "자연법칙에 따라 올바르게 살아갈" 수 있기 때문입니다. 도시처럼 납으로 만든 관을 통해 나오는 수돗물을 마시는 대신 개울을 따라 흐르는 시냇물이나 샘물을 마십니다. 조약돌로 장식하고 나무를 가꾼 도심의 정원이나 공원의 풍광보다는 시골의 들판이나 풀밭의 모습이 훨씬 더 자연스럽고 편안합니다. 이런 시골에서는 걱정근심 때문에 잠을 설치는 일도 별로 없을 것입니다.

앞의 인용문에서 "쇠스랑으로 자연을 쫓아낼지 모르지만 자연은 여전히 다시 돌아옵니다"라는 마지막 문장도 의미심장합니다. 이 문장은 그동안 영국을 비롯한 유럽에서 흔히 속담처럼 널리 사용되어왔습니다. 여기서 호라티우스가 굳이 쇠스랑을 언급하는 것은 시골에서 농사를 지을 때 쇠스랑을 중요한 농기구로 사용하기 때문입니다. 말하자면 쇠스랑은 호미나 쟁기처럼 농사일을 가리키는 일종의 환유입니다.

한편 쇠스랑은 다른 농기구와는 달라서 땅을 파헤쳐 고르거나 두엄과 풀 등을 쳐내는 데 쓰입니다. 물건을 안쪽으로 끌어들이기보다는 바깥쪽으로 내치는 연장입니다. 그래서 호라티우스는 농부가 쇠스랑으로 자연을 내칠 수 있다고 말하는 것입니다. 그러나 호라티우스는 비록 쇠스랑으로 자연을 내칠 수 있을지 모르지만 자연은 영원히 사라지지 않고 언제든지 다시 돌아온다고 말합니다. 다시 말해서 낮이 끝나면 밤이 돌아오고 봄이 가면 여름이 돌아오듯이 자연도 영원히 지속된다는 뜻이지요.

앞의 인용문에서 "그러고는 승리의 기쁨으로 인간의 온갖 서글픈 경멸감을 말끔히 씻어버리게 합니다"라는 마지막 구절도 다시 한번 찬찬히 음미해보시기 바랍니다. 자연은 인간이 아무리 멀리하려 해도 다시 돌아올 뿐만 아니라 인간의 온갖 정신적 질병과 육체적 질병을 치료해줍니다. 실제로 이 세상에서 자연만큼 치유력이 강한 것도 없습니다. 현대 의학이 발달하면서 인간은 의약품을 맹신하는 경향이 있습니다. 그러나 약은 독입니다. 실제로 약을 뜻하는 그리스어 '파르마콘Pharmakon'에는 약이라는 뜻과 함께 독이라는 뜻도 들어 있습니다. 약은 질병을 치료하지만 그 부작용에 따른 병도 만만치 않습니다. 미국에서는 해마다 의약품 부작용으로 10만 명이 넘는 사람이 사망합니다. 그래서 그런지 미국의 의약품 부작용 신고 건수는 46만 건이 넘습니다. 우리나라에서도 약물 부작용 문제가 심심치 않게 화제가 되고 있습니다. 몇 해 전 페닐프로판올아민PPA 성분이 함유된 감기약을 복용한 사람들이 출혈성 중풍을 일으켜 사망하거나, 반신 마비나 언어장애 등 각종 후유증에 시달렸습니다. 또 감기약 '콘텍 600'을 복용한 환자가 뇌출혈로 사망했는가 하면, 감기약 '코뚜정'을 복용한 환자 20여 명이 뇌출혈을 일으켜 운동장애와 언어장애 등을 호소하기도 했습니다. 이 밖에도 해열진통제 쇼크에 따른 사망과 항히스타민제가 심장부정맥을 유발한다는 보고도 있었습니다.

인간뿐만 아니라 모든 생명체는 몸에 이상이 생겼을 때 스스로 고치는 힘, 즉 자연 치유력을 지니고 있습니다. 많은 의사들은 이 자연 치유력을 과학적으로 강화하는 일이 건강을 지키는 첫걸음이며 아무 부작용 없이 질병을 근본적으로 고치는 방법이라고 지적합니다. 이렇게 자연 치유력을 강화하는 데 가장 좋은 방법은 복잡하고 공해로 찌든 도시를 떠나 자연과 더불어 살아가는 것입니다. 질병의 원인은 상당 부분 반자연적인 문명생활에 있기 때문이지요.

'니시 의학' 또는 '니시식 건강 의학'이라는 용어를 들어

본 적이 있습니까? 니시 가쓰조西勝造라는 일본의 의학 교수가 개발한 치료방법입니다. 그는 서양 의학에 정면으로 맞서 인체가 지닌 자연 치유력을 과학적으로 강화시키는 데 초점을 맞췄습니다. 다시 말해서 건강 이상을 초래하는 직접적인 요인을 찾아 그 근본을 치료하려고 노력한 것입니다. 니시 의학을 지지하는 사람들은 "인간은 니시 의학을 실천하면 당연히 120세까지 살 수 있다"라고 생각했습니다. 니시 가쓰조는 증상은 병이 아니라 요법이라고 주장했습니다. 감기의 오한과 발열은 자연 치유력의 현상이기 때문에 해열제를 먹는 것은 몸에 해로운 방법이라는 것이지요. 니시 의학 건강법에서는 오히려 이런 증상을 요법이라고 생각하고 증상을 인위적으로 완화하지 않습니다.

그런데 엄밀히 따지고 보면 이렇게 자연 치유력을 부르짖은 것은 니시 가쓰조가 처음이 아니었습니다. 서양에서도 그 예를 찾아볼 수 있습니다. 그 대표적인 사람이 바로 '서양 의학의 할아버지'로 일컫는 히포크라테스입니다. 그는 "모든 사람은 자신 안에 자신만의 의사를 고용하고 있으며, 우리는 그 의사가 제 역할을 할 수 있도록 도와주기만 하면 된다. 우리 각자의 몸속에 있는 자연 치유력은 병이 나아지는 데 가장 큰 힘이다"라고 말했습니다. 가령 병이 났을 때 발생하는 열은 치유로 나아가는 한 과정이라는 것입니다. 그런데도 우리는 해열제를 써서 일부러 열을 내리게 하려고 합니다. 히

포크라테스는 한마디로 병을 낫게 하는 것은 '자연'이라고 잘라 말했습니다. 자연 치유력은 병이 나을 수 있도록 하는 최고의 약이며, 이 최고의 약이 효력을 나타나게 하는 것은 곧 우리의 마음입니다.

호라티우스는 또한 "시골은 철학자의 정원이자 도서관이다. 그의 음식이며 책으로 그에게 지식과 즐거움을 준다. 번잡함과 소음을 벗어난 이 아름다운 자연은 그에게 성찰의 기회를 주고 최상의 생각거리를 준다"라고 말합니다. 시골은 호라티우스 같은 시인뿐만 아니라 철학자들에게도 더할 나위 없이 좋은 생활 터전이 됩니다. 의식주를 비롯한 기본적인 물질생활을 제공해줄 뿐만 아니라 책과 같은 정신적 자양분이 됩니다.

시골생활의 특징 중 하나는 도시와는 달라서 절약하고 검소하게 살아야 한다는 점입니다. 물론 검약은 비단 시골생활에만 국한된 문제는 아닙니다. 그러나 시골에 살다 보면 도시에서처럼 물질이나 재화가 넉넉하지 않은 탓에 더더욱 검약을 해야 살아갈 수 있습니다. 검소한 생활은 조금 불편할 수는 있을지 몰라도 행복을 느끼는 데는 전혀 방해가 되지 않습니다. 행복은 정신적으로 만족하는 데 있기 때문입니다.

> 검약하면 조금으로도 충분하지만 검약하지 않으면 아무리 많이 있어도 충분하지 않다. 검소한 생활은 가난한 사람을 부자로 만

들어 준다. 재산을 잃을 바에야 처음부터 갖고 있지 않는 것이 더 나은 법이다. 잃을 것이 제일 적은 사람이 두려워할 일이 제일 적다. 행운의 여신에 의해 버림받은 사람들보다는 한 번도 그 은총을 받은 적이 없는 사람들이 더 만족할 수 있다. (……) 황금 지붕이 아닌 초가지붕 아래에서도 마른자리에 따뜻하게 몸을 눕힐 수 있다.

앞서 인용한 말처럼 호라티우스는 근검절약하지 않으면 아무리 많이 있어도 늘 부족하며, 인간의 욕망이란 끝이 없기 때문에 욕망을 적절히 제어할 필요가 있다고 강조합니다. "검소한 생활은 가난한 사람을 부자로 만들어준다"라는 말도 절약하여 검소하게 살아 돈을 모아야 부자가 된다는 말이 아닙니다. 그보다는 오히려 분수를 알고 검소하게 살면 부자도 부럽지 않다는 뜻입니다. "황금 지붕이 아닌 초가지붕 아래에서도 마른자리에 따뜻하게 몸을 눕힐 수 있다"라는 마지막 구절을 보면 더더욱 그런 생각이 듭니다.

19세기 중엽 미국의 생태주의자요 수필가인 헨리 데이비드 소로는 《월든》1854에서 호라티우스처럼 자연 가까이 집을 짓고 살라고 권했습니다. 그것도 목수의 힘을 빌리지 않고서 직접 손으로 지으라고 말입니다. 소로는 "인간이 자신의 집을 짓는 것은 새가 둥지를 트는 것처럼 적절해 보인다. 만약 사람들이 자기 손으로 집을 짓고 소박하고 정직하게 자신들과 식구들을 먹여 살린다면, 새가 그런 일을 하면서 언제나 노래하듯이 사람들도 시심詩心을 깊어지게 할 수 있을지 누가 알겠는가?"라고 말합니다. 그러고 나서 그는 계속하여 "그러나 아, 슬프게도 우리는 찌르레기나 뻐꾸기처럼 다른 새들이 지어 놓은 둥지에 알을 낳으며 살고 있다. 그러면서 우리는 노래 같지도 않은 시끄러운 가락으로 어떤 나그네도 즐겁게 해주지 못한다. 집을 짓는 즐거움을 언제까지나 목수에게 맡겨야 할 것인가?"라고 묻습니다.

소로는 남이 지어놓은 집에서 산다는 점에서 인간이 뻐꾸기와 크게 다르지 않다고 이야기합니다. 소로는 월든 호숫가에 손수 오두막을 짓고 두 해가 넘게 살았습니다. 더구나 그는 인간이 집 같은 소유물에 지나치게 얽매어 있는 것을 안타깝게 생각했습니다. 지금도 마찬가지이지만 소로가 살던 무렵에는 집이 그 집주인의 신분이나 사회적 지위를 보여주는 척도였습니다. 이렇게 물질적인 것에 얽매이다 보면 정신적인 것이 그만큼 초라해진다는 것을 소로는 몸소 보여주었던 것입니다.

이리와 어린양이 함께 살며

약육강식이나 적자생존의 정글 법칙이 없는 것은 아니지만 종과 종, 개체와 개체 사이에 평형을 이루면서 더불어 살아가는 세계, 이것이 곧 생태주의가 지향하는 이상적인 세계입니다.

구약성서 〈이사야〉

그때는 이리가 어린 양과 함께 살며, 표범이 새끼 염소와 함께 누우며, 송아지와 새끼 사자와 살진 짐승이 함께 풀을 뜯고, 어린아이가 그것들을 이끌고 다닌다. 암소와 곰이 서로 벗이 되며, 그것들의 새끼가 함께 눕고, 사자가 소처럼 풀을 먹는다. 젖 먹는 아이가 독사의 구멍 곁에서 장난하고, 젖 뗀 아이가 살무사의 굴에 손을 넣는다. "나의 거룩한 산 모든 곳에서, 서로 해치거나 파괴하는 일이 없다." 물이 바다를 채우듯, 주님을 아는 지식이 땅에 가득하기 때문이다. 그날이 오면, 이새의 뿌리에서 한 싹이 나서, 만민의 깃발로 세워질 것이며, 민족들이 그를 찾아 모여들어서, 그가 있는 곳이 영광스럽게 될 것이다.

구약성서 〈이사야〉11장 6~9절에 나오는 내용입니다. 예언자 이사야는 아모스의 아들로 유다 왕국 출신이며 예루살렘 사람입니다. 전통적인 자료들을 얻기 위해 왕이나 제사장 같은 고위급 지도자들을 쉽게 만날 수 있었던 것으로 보아 고위직 가문 출신이거나 왕족일 가능성이 높습니다. 이사야가 활동하던 시절의 유다 왕국은 참으로 위태로운 시기였습니다. 시리아와 북이스라엘이 동맹을 맺어 이스라엘을 침공했으며, 히스기야 왕 때는 아시리아의 산헤립이 예루살렘을 공격하여 유다 왕국이 풍전등화 같은 위기에 놓인 적도 있었습니다. 이사야는 그때마다 이스라엘 백성들에게 위대한 하나님에게 의지할 것을 호소했습니다.

이 인용문은 마침내 메시아가 통치할 때 이 땅 위에 어떤 일이 일어날지를 묘사한 대목입니다. 이사야는 더할 나위 없이 평화로운 이상적인 사회가 건설될 것이라고 묘사합니다. 마치 천지창조 직후의 에덴동산처럼 다툼과 분쟁이 없는 평화롭고 행복하기 그지없는 세상이 도래하는 것이라 예언하고 있습니다. 보통 세상이라면 어떻게 이리와 어린 양과 함께 살 수 있고, 표범과 새끼 염소가 함께 풀밭에 누울 수 있으며, 송아지와 새끼 사자와 살진 짐승이 함께 풀을 뜯어 먹을 수 있겠습니까? 또 어린아이가 그런 짐승들을 이끌고 다닐 수 있겠습니까? 암소와 곰이 서로 벗이 되고, 그 짐승의 새끼들이 함께 풀밭에 눕고, 사자가 소처럼 풀을 뜯어 먹는다는 것은 보통 세상에서는 상상도 할 수 없는 모습입니다. 물론 젖을 먹는 갓난아이가 독사의 구멍 곁에서 놀 수도 없고, 젖 뗀 아이가 살무사, 즉 제 어미를 잡아먹는 살모사殺母蛇의 굴에 손을 집어넣을 수도 없는 노릇이겠지요.

동양 문화권에서는 서로 앙숙인 사이, 서로 어울리지 못하고 미워하는 사이를 개와 원숭이 사이에 빗대어 '견원지간犬猿之間'이라고 합니다. 그러나 이사야가 말하는 짐승들의 관계는 개와 원숭이에 비할 바가 아닙니다. 다시 말해서 서로 어울릴 것 같지 않은 동물들이 한데 조화를 이루며 사는 아름다운 세계를 그리고 있는 것입니다.

앞으로 메시아가 지배할 평화로운 세상에 대해 신학자들은 저마다 다르게 해석합니다. 가령 어떤 신학자들은 메시아에 대한 복음의 영향력으로 이런 세상이 이루어질 수 있다는 것입니다. 이리와 표범은 흔히 포악한 악인을 상징합니다. 그러나 이처럼 포악한 악인들도 복음이 전파되면서 그 포악함이 점차 사라지고 메시아를 믿는 사람들과 함께 조화와 균형을 이루며 평화롭게 살아간다는 것이지요.

한편 다른 신학자들은 지금 이사야가 예언하는 모습이 예수 그리스도가 재림한 뒤에 세워질 천년왕국 시대의 모습을 미리 보여준다고 주장합니다. 재림하는 그리스도가 세상을 심판한 뒤 이 땅 위에 세울 왕국의 모습이 이토록 평화롭다는 것입니다. 또 다른 신학자들은 이사야의 예언이 〈창세기〉

에 기록된 에덴동산을 다시 되찾은 모습을 묘사한 것이라고 지적하기도 합니다. 다시 말해서, 실낙원에서 복낙원으로 옮아온 세계라는 것입니다. 그들은 그 근거로 이사야가 마지막에 예언한 내용을 듭니다. 이사야는 "지난날의 괴로운 일들을, 내가 다시 기억하지 않고, 지나간 과거를, 내가 다시 되돌아보지 않기 때문이다. 보아라, 내가 새 하늘과 새 땅을 창조할 것이니, 이전 것들은 기억되거나 마음에 떠오르거나 하지 않을 것이다"〈이사야〉 65장 16~17절라고 말합니다.

그런가 하면 이사야가 앞으로 회복해야 할 이스라엘 국가를 언급하고 있다고 주장하는 신학자들도 있습니다. 이 무렵 이스라엘은 멸망해 있거나 거의 멸망한 것과 크게 다르지 않았으며, 이렇게 쇠멸한 이스라엘 국가가 다시 회복하게 될 모습을 이사야가 미리 보여주고 있다는 것이지요. 이렇게 주장하는 신학자들은 "이새의 뿌리에서 한 싹이 나서"라는 구절에 주목합니다. 또한 이사야는 "이새의 줄기에서 한 싹이 나며 그 뿌리에서 한 가지가 자라서 열매를 맺는다"〈창세기〉 11장 1절라고 말합니다. 여기서 '이새'란 바로 다윗 왕의 아버지 이름입니다. 그러므로 '이새의 뿌리'나 '이새의 줄기'란 곧 다윗 왕이나 그의 선조를 말합니다. 그리고 그 줄기나 뿌리에서 나온 가지나 잎사귀란 다윗 왕의 후손들을 가리킵니다. 그렇다면 앞의 인용문에서 이사야는 앞으로 다윗 왕의 후손이 나타나 이스라엘을 예전의 영화로운 상태로 되돌려놓을 것이라고 예언하는 것으로 볼 수 있다는 것입니다.

앞의 인용문을 어떻게 해석하든 메시아로 오는 그리스도를 통해 이 땅 위에 평화의 세계가 건설된다는 점에서는 크게 다르지 않은 것 같습니다. 기독교에서는 예수 그리스도야말로 미움을 사랑으로, 투쟁을 평화로, 갈등을 조화로 바꿔 새로운 세상을 만드는 '평화의 왕'이라고 믿습니다. 이사야는 지금 이스라엘 백성들에게 세계에서는 상상도 할 수 없는 세계가 앞으로 전개될 것이라고 말합니다.

그런데 이사야의 예언은 생태주의의 관점에서 읽으면 이와는 다른 새로운 의미로 우리에게 다가옵니다. 가장 이상적인 생태주의의 세계란 바로 이사야가 묘사하는 세계와 같습니다. 그곳에서는 언뜻 적대관계에 있는 생물 종生物種이나 개체個體가 서로 조화와 균형을 이루면서 평화롭게 살아갑니다. 약육강식이나 적자생존의 정글 법칙이 없는 것은 아니지만 종과 종, 개체와 개체 사이에 평형을 이루면서 더불어 살아가는 세계, 이것이 곧 생태주의가 지향하는 이상적인 세계입니다. 자유민주주의 국가에서 모든 사람이 법 앞에 평등하듯이 건강한 생태계에서는 모든 종과 개체가 생태계 질서 앞에서 서로 평등합니다. 어느 것 하나 다른 것들보다 더 낫다거나 뒤지지 않습니다.

앞의 인용문에서 가장 핵심적인 낱말은 '함께'라는 부사입니다. '함께 살며', '함께 누우며', '함께 풀을 뜯고', '함께 눕고'와 같은 표현이 바로 그것입니다. 비록 '함께'라는 말을 사용하지는 않아도 '서로 벗이 되며' 혹은 '곁에서 장난하고'와 같은 구절처럼 그런 뜻을 내포하는 표현이 아주 많습니다. 영어 번역본 성서를 보면 'With'와 'Together'라는 낱말이 유난히 눈에 띕니다. 이 낱말은 두말할 나위 없이 조화와 협력 그리고 공존을 뜻하는 말입니다.

여기서 잠깐 '생태계'라는 용어를 살펴봅시다. 영어로 '에코시스템'이라고 표현하는 생태계는 상호작용하는 유기체들과 그들과 서로 영향을 주고받는 주변의 무생물과 환경을 한데 묶어서 부르는 용어입니다. 이를테면 같은 지역에 살면서 서로 의존하는 유기체 집단이 완전히 독립된 체계를 이룰 때 이를 '생태계'라고 부르는 것이지요. 한 생태계 안에 사는 유기체들은 흔히 먹이사슬을 통해 서로 밀접하게 연관되어 있습니다. 이 먹이사슬을 통해 영양물질이 여러 유기체에 걸쳐 순환하고 에너지도 같이 이동합니다. 이런 과정을 거치는 동안 다양한 생태계가 생겨납니다.

그러고 보니 이사야의 예언 중에서 "나의 거룩한 산 모든 곳에서, 서로 해치거나 파괴하는 일이 없다"〈이사야〉 11장 9절라는 말도 예사롭지 않습니다. 여기서 산은 생태계를 가리키는 말로 받아들여도 크게 다르지 않을 듯합니다. 넓게는 산, 좀 더 좁게는 숲은 생태계를 보여주는 좋은 예입니다. 그야말로 온갖 식물과 동물들이 서로 공존하는 생태계의 본보기인 셈이지요.

숲에는 나무만 있다고 생각하는 것은 말하자면 그야말로 "숲을 보지 못하고 나무만 보는" 행위와 같은 이치입니다. 숲의 생물적 요소와 미생물적 요소는 마치 한 곡의 교향곡 연주처럼 서로에게 영향을 끼치면서 숲 생태계를 구성하고 있지요. 숲 생태계의 구성요소를 좀 더 자세히 살펴보면 생물적 요소와 무생물적 요소로 나눌 수 있습니다.

전자는 햇빛, 온도, 물, 공기, 토양으로 이루어지며 생물에게 필요한 물질과 생활 장소를 제공합니다. 햇빛은 식물이 광합성을 하여 영양분을 만드는 데 쓰입니다. 공기는 식물의 호흡과 광합성에 쓰이고 바람은 씨앗을 멀리 전달해주는 역할을 하지요. 온도에 따라 자라는 식물의 종류도 달라집니다. 물은 식물이 생활하는 모든 작용에 사용되며, 토양은 생물이 살아가는 생활 터전이 됩니다. 이 밖에도 지렁이와 곤충 같은 작은 동물은 땅을 비옥하게 하고, 토양 미생물도 유기물을 분해하여 무기물을 만드는 일을 맡습니다. 이 다섯 가지 비생물적 요소 가운데 어느 것 하나라도 균형을 잃게 되면 생물은 제대로 살아갈 수 없습니다.

한편 생물적 요소는 기능적으로 크게 생산자와 소비자, 분해자로 나눕니다. 생산자란 스스로 영양분을 만들어 살아가는 식물과 미생물을 말하고, 소비자란 동물을 말하며, 분해자란 동식물의 사체나 배설물의 유기물을 분해하여 에너지를 얻어 살아가는 미생물을 가리킵니다. 분해자는 분해 과정에서 무기물을 만드는데 이는 다시 생산자의 양분이 되어 순환과정을 거듭합니다. 야생동물은 소비자로서 생태계를 유지하도록 개체수를 조절하고, 식물은 스스로 양분을 만드는 생산자로서 소비자인 동물의 먹이가 되지요.

지금까지 숲에서는 나무들이 살아남기 위해 서로 치열한 생존경쟁을 벌이는 것으로 알려져 왔습니다. 가령 옆에 서 있는 나무보다 좀 더 햇빛을 많이 받기 위해 키를 키웁니다. 한 모금이라도 물을 더 빨아들이기 위해 뿌리를 깊고 넓게 뻗습니다. 적어도 이 점에서는 숲에서도 적자생존의 진화론이 적용된다고 할 수 있지요. 오죽하면 이런 원리를 '정글 법칙'이라고 부르겠습니까?

그러나 몇 해 전 캐나다 브리티시 콜롬비아 산림청의 숲 생태학자인 수잔 시마드는 종래의 진화론적 투쟁 이론과는 사뭇 다른 이론을 주장하여 관심을 끌었습니다. 그녀에 따르면 숲의 생태계는 '경쟁'이라는 용어로는 충분히 설명할 수 없습니다. 숲의 다양성 중에서 겨우 10~20퍼센트 정도만이 설명될 수 있을 뿐입니다. 특히 시마드는 진균류의 세맥細脈들이 다른 종의 나무들과도 연결되어 있다는 사실에 주목했습니다. 그녀는 자작나무와 전나무의 묘목을 심으면서 나무에 진균류들이 자랄 수 있도록 접종시켰습니다. 1년 뒤에 그녀는 몇몇 나무 위에 천막을 쳤습니다. 이렇게 그늘이 만들어진 나무들은 햇빛에 노출된 나무들보다 적은 광합성 때문에 적은 탄소 화합물들을 만들게 되었습니다.

여섯 주가 지난 뒤 시마드는 비닐 백으로 나무를 뒤집어 씌워 밀봉하고, 그 뒤에 탄소가 어느 나무로부터 유래하는지 알기 위해 다른 동위원소 표지를 한 이산화탄소들을 그 안에 주입했습니다. 몇 주일이 지난 뒤 이들 다른 탄소 표지들을 조사하기 위해 나무들을 분석했더니 놀랍게도 한 나무에서 만들어진 탄소 화합물은 다른 나무에서도 발견되었습니다. 즉 그늘에서 자라는 나무들은 햇볕에 있는 나무들로부터 더 많은 탄소들을 받아들이고 있었습니다.

탄소의 흐름을 관리하고 있는 진균류들은 건강한 나무로부터 탄소를 받아들여 그늘에 있는 나무들에게 전해 주고 있었습니다. 그리고 이런 일은 식물 종에 상관없이 폭넓게 일어나고 있었습니다. 가령 건강한 전나무가 만들어낸 탄소는 그늘에 있는 자작나무의 생존을 돕기 위해 전달됩니다. 그리고 그 반대의 경우도 일어나고 있었습니다. 시마드는 "한 집단에서의 식물들의 생존은 개체적으로뿐만 아니라 그의 이웃들에게도 의존한다. 이것은 진화론적 예측이 완전히 잘못되었음을 보여주는 것이다. 나무들은 생태학적 구성원으로서 존재하고 있는 것이다"라고 말합니다. 한마디로 숲에서 나무들은 정글 법칙에 따라 치열하게 경쟁을 벌이기보다는 서로 협력하면서 살아가고 있다는 것입니다.

사람은 과연 짐승과 다른가

인간과 인간이 아닌 다른 종 사이에는 엄청난 차이가 있는 것 같지만 실제로는 그렇지만도 않습니다. 차라리 그들을 이 지구상에서 함께 살아가는 동반자로 생각하는 쪽이 합당할 것입니다.

구약성서 〈전도서〉

나는 또 마음속으로 생각하였다. “하나님은, 사람이 짐승과 마찬가지라는 것을 깨닫게 하시려고 사람을 시험하신다. 사람에게 닥치는 운명이나 짐승에게 닥치는 운명이 같다. 같은 운명이 둘 다를 기다리고 있다. 하나가 죽듯이 다른 하나도 죽는다. 둘 다 숨을 쉬지 않고는 못 사니, 사람이라고 해서 짐승보다 나을 것이 무엇이냐? 모든 것이 헛되다. 사람의 영은 위로 올라가고 짐승의 영은 아래 땅으로 내려간다고 하지만, 누가 그것을 알겠는가? 모두 흙에서 나와서 흙으로 돌아간다. 둘 다 같은 곳으로 간다. 그리하여 나는 사람에게는 자기가 하는 일에서 보람을 느끼는 것보다 더 좋은 것은 없다는 것을 알았다. 그것은 곧 그가 받은 몫이기 때문이다. 사람이 죽은 다음에, 그에게 일어날 일들을 누가 그를 데리고 다니며 보여주겠는가?

구약성서 〈전도서〉3장 18~21절를 인용한 구절입니다. 〈전도서〉를 쓴 사람은 1장 1절에서 분명히 밝히고 있듯이 "다윗의 아들 예루살렘 왕 전도자" 솔로몬입니다. 솔로몬은 무척 지혜롭고, 금은보화는 물론 아내와 첩을 많이 두었으며, 후대에까지 영향을 미친 잠언을 많이 남겼다고도 합니다. 구약성서의 다른 책들과 비교해 〈전도서〉는 후대에 지었다는 것이 일반적인 견해입니다. 그 증거로 낱말이나 문법구조 또는 문체 같은 언어 자료가 그 전과는 다르다는 것이지요. 이 책은 40여 권이 되는 구약성서 가운데 〈아가서〉와 가장 공통점이 많습니다. 구약성서에서 하나님을 '여호와'로 부르지 않는 것은 오직 〈전도서〉와 〈아가서〉 두 권뿐입니다.

〈전도서〉 전편을 꿰뚫는 가장 중요한 특징은 삶의 허무함에 대해 다루고 있다는 점입니다. 이 책에는 '헛되다헤벨'이라는 표현이 무려 38번이나 나옵니다. '헛되다'라는 원어는 숨이나 김 또는 수증기를 뜻합니다. 또 이 책에는 '해 아래'라는 표현도 29번이나 나옵니다. 첫머리에서도 맨 마지막에서도 해 아래에서 하는 인간의 모든 일이 헛되다는 사실을 힘주어 말합니다. 물론 이렇게 모든 것이 헛되다는 것은 일반적인 허무주의나 염세주의와는 조금 다릅니다. 솔로몬은 이 세상의 모든 것이 헛되기 때문에 더더욱 하나님과 영원한 천국을 바라보아야 한다고 말하는 것이지요. "말은 다하였다. 결론은 이것이다. "하나님을 두려워하여라. 그분이 주신 계명을 지켜라. 이것이 바로 사람이 해야 할 의무다"〈전도서〉 12장 13절라는 〈전도서〉의 마지막 구절은 이를 뒷받침합니다.

그런데 이 글을 생태주의 관점에서 보면 또 다른 의미로 읽힙니다. 솔로몬의 메시지를 한마디로 요약한다면 인간은 다른 동물과 동일하다는 것입니다. 솔로몬에 따르면 인간과 동물은 죽을 수밖에 없다는 숙명을 안고 있다는 점에서 서로 똑같습니다. "같은 운명이 둘 다를 기다리고 있다"라고 말하는 까닭입니다. 앞서 인용한 것은 '표준새번역'을 개정한 '새번역'에서 인용한 것입니다. 새번역에서는 "둘 다 숨을 쉬지 않고는 못 사니, 사람이라고 해서 짐승보다 나을 것이 무엇이냐? 모든 것이 헛되다"라고 완곡하게 옮겼습니다. 그러나 개역개정에서는 "다 동일한 호흡이 있어서 짐승이 죽음같이 사람도 죽으니 사람이 짐승보다 뛰어남이 없음은 모든 것이 헛됨이로다"〈전도서〉 3장 19절로 옮겨 놓았습니다.

솔로몬은 인간이나 짐승이나 하나같이 흙에서 나와서 흙으로 돌아간다고 밝힙니다. 가톨릭 교회나 개신교 교회에서 장례식을 거행할 때 예식을 집전하는 신부나 목사가 거의 예외 없이 낭독하는 구절이 있습니다. 다름 아닌 "흙에서 왔다가 흙으로"라는 구절이지요. "이제 고故 ○○○성도님의 영혼이 하나님께로부터 왔다가 이미 하나님께로 돌아감은, 즉 우리가 그 시신을 땅에 장사하매 흙은 흙으로 재는 재로 티끌은 티끌로 돌아갈지라도 마지막 때 뭇 성도가 일제히 부활하여 우리 주 예수 그리스도로 말미암아 내세의 영광을 얻을 것이요……"라고 말입니다. 그런데 이 구절은 〈창세기〉 첫머리에서 따온 것입니다. 하나님은 아담에게 "너는 흙에서 나왔으니 흙으로 돌아갈 것이다"〈창세기〉 3장 19절라고 말한 부분입니다.

엄밀히 말하면 모든 생물은 흙에서 왔다가 흙으로 돌아가기보다는 물과 이산화탄소에서 왔다가 물과 이산화탄소로 돌아갑니다. 시체를 화장하면 물과 이산화탄소로 빨리 돌아가고, 매장을 하면 서서히 물과 이산화탄소로 돌아갑니다. 사람 몸의 원소 조성을 보면 쉽게 알 수 있습니다. 사람은 99퍼센트가 물과 이산화탄소에서 비롯하는 수소, 산소, 탄소로 이루어져 있습니다. 사람은 탄수화물이라는 유기물이었다가 물과 이산화탄소라는 무기물로 바뀌었다가 다시 유기물로 바뀌면서 이런 과정을 되풀이하지요.

어찌 되었든 구약성서에서는 인간이 흙에서 왔다가 흙으로 돌아간다고 말합니다. 아담이라는 말도 흙이라는 뜻입니다. '아담'이라는 이름은 흙이나 땅을 뜻하는 '아다마'라는 말에서 나왔습니다. 〈창세기〉 첫머리에도 "주 하나님이 땅의 흙으로 사람을 지으시고, 그의 코에 생명의 기운을 불어넣으시니 사람이 생명체가 되었다"〈창세기〉 2장 7절라고 기록되어 있습니다. 한편 하와는 '살다'라는 뜻의 히브리어 동사 의 한 형태입니다. 그 이름은 아담이 타락한 뒤 하나님이 아담의 반려자로 삼기 위해 아담의 갈비뼈로 만든 여성이라는 뜻입니다.

이번에는 "둘 다 같은 곳으로 간다"라는 구절을 눈여겨보기 바랍니다. 인간이 죽으면 그 육체는 짐승의 육체와 마찬가지로 흙으로 돌아갑니다. 하나님은 사람도 짐승도 모두 흙으로 만들었기 때문입니다. 솔로몬은 그 영혼도 아마 마찬가지일 것이라고 말합니다. "사람의 영은 위로 올라가고 짐승의 영은 아래 땅으로 내려간다고 하지만, 누가 그것을 알겠는가?"라고 수사적으로 묻습니다. 그것을 알 수 있는 사람은 이 세상에 아무도 없다는 뜻이지요. 이제까지 인간은 죽으면 그 영혼이 하늘로 올라가는 반면, 동물을 죽으면 그 혼이 지하로 내려가는 것으로 생각했습니다. 그러나 솔로몬은 그 사실을 부정합니다. 죽어서 그 영이 어디로 가느냐에 따라 인간과 짐승을 구별 지을 수 없다는 말입니다.

여기서 잠깐 개정개역과 새번역을 비교해봅시다. 전자에는 "인생들의 혼은 위로 올라가고 짐승의 혼은 아래 곧 땅으로 내려가는 줄을 누가 알랴"〈전도서〉 3장 21절라고 번역되어 있습니다. 자칫 인간의 혼은 하늘로 올라가고 짐승의 혼은 땅으로 내려간다는 것으로 받아들이기 쉽습니다. 사람의 영혼은 짐승과 달리서 불멸하며 하나님의 심판을 받아 영생하거나 벌을 받지만, 짐승의 영혼은 죽으면 없어진다고 말이지요. 그러나 새번역에서는 "사람의 영은 위로 올라가고 짐승의 영은 아래 땅으로 내려간다고 하지만, 누가 그것을 알겠는가?"〈전도서〉 3장 21절로 옮겨 인간과 짐승의 운명이 서로 다르지 않다는 사실을 암시하고 있습니다.

그래서 솔로몬은 "나는 사람에게는 자기가 하는 일에서 보람을 느끼는 것보다 더 좋은 것은 없다는 것을 알았다. 그것은 곧 그가 받은 몫이기 때문이다"라고 말하며 내세에 희망을 두기보다는 현세의 삶을 소중하게 여기라고 말합니다. 그의 말에서 '자기가 하는 일'이란 한 개인이 이 세상에서 하는 일상적 일이나 직장의 일을 가리킵니다. 가령 〈로마서〉에서 사도 바울은 하나님이 인간에 내려준 은사에 대해 섬기는 일, 가르치는 일, 권면하고 위로하는 일, 구제하는 일, 다스리는 일, 긍휼을 베푸는 일 등 아주 다양하게 언급하고 있습니다.

솔로몬은 이렇게 말하면서 "사람이 죽은 다음에, 그에게 일어날 일들을 누가 그를 데리고 다니며 보여주겠는가?"라고 묻습니다. 이 구절은 그가 죽은 뒤에 일어난 일을 보게 하려고 그를 다시 살려내 이 세상에 다시 데려올 자가 없으며 그렇기에 내세에 소망을 두는 것이 어리석다는 현세주의적 의미가 함축되어 있는 듯합니다. 만약 죽은 뒤의 일을 알 수 없다면 현세의 삶에 충실한 쪽이 낫다고 말입니다.

이렇듯 인간을 바라보는 태도에서 〈전도서〉의 내용은 〈창세기〉의 내용과는 조금 다릅니다. 〈창세기〉에서는 인간이 하나님의 형상대로 빚어졌다는 '이마고 데이'에 무게를 실음으로써 동물과 애써 구분 지으려고 하는 반면, 〈전도서〉에서는 인간과 동물이 생각하는 것만큼 그렇게 다르지 않다고 지적합니다. 하나님은 형상이 없다고 하면서 그를 닮아 인간을 창조했다는 것이 논리에 맞지 않는다고 주장하는 신학자들도 있습니다.

굳이 〈전도서〉의 내용이 아니더라도 인간과 인간이 아닌 다른 종 사이에는 언뜻 보면 엄청난 차이가 있는 것 같지만 실제로는 반드시 그렇지만도 않습니다. 최근 과학자들은 동물 사이에는 우리가 흔히 생각하는 것처럼 그 차이가 그렇게 크지 않다는 사실을 밝혀내어 관심을 끌었습니다. 김수우 시인은 〈비둘기 골목〉이라는 산문시에서 "수선화와는 38퍼센트 오징어와는 80퍼센트 침팬지와는 98퍼센트 닮았다는 유전인자는 최초로 산소를 뿜은 시아노박테리아, 저 원시미생물까지 흘러가니"라고 노래한 적이 있습니다.

그런데 이 수치는 시인이 시적 상상력을 발휘하여 허황되게 꾸며낸 것이 아닙니다. 어디까지나 인간의 유전 인자와 비교한 과학적 수치입니다. 그러니까 인간은 오징어 같은 해양 연체동물이나 침팬지 같은 유인원과는 상당 부분 닮아 있고, 심지어 수선화 같은 식물과도 40퍼센트 정도는 닮아 있다는 것입니다. 그렇다면 인간은 다른 생물 종에 대해 오만한 태도를 취하는 대신 이 지구상에서 함께 살아가는 동반자로 생각하는 쪽이 합당할 것입니다.

이것이 내가 만드는 마지막 세상

진보와 발전의 이름으로 인류는 숨 가쁘게 달려 왔습니다. 앞만 바라보고 힘껏 달려가는 게 중요한 것이 아니라 어떤 목표를 향해 달려가는지 판단하는 게 훨씬 더 중요하다는 독일 격언이 새삼 떠오릅니다.

하나님께서는 당신이 지으신 모든 것을 보시고는 매우 마음에 들으셨다. 그래서 말씀하시기를 "이 아름다운 세상을 그대에게 주노라. 이것을 잘 돌보고 함부로 파괴하지 마라."
하나님께서는 이 세상을 창조하시기 전에도 다른 여러 세상을 만드셨지만 마음에 들지 않아 곧 부숴버리셨다. 그러고 나서 마침내 지금의 이 세상을 만드시고는 아담에게 이렇게 말씀하셨다. "이것이 내가 만드는 마지막 세상이 되리라. 이것을 그대의 손에 맡기노라. 그러니 그대는 최선을 다하여 잘 보존하도록 하라."

유대인의 기도문입니다. 그런데 어디서 많이 들어본 듯한 구절이 아닙니까? 이 기도문을 읽고 있노라면 구약성서 〈창세기〉 1장 28절의 마지막 대목이 떠오릅니다. "하나님이 그들에게 말씀하시기를 '생육하고 번성하여 땅에 충만하여라. 땅을 정복하여라. 바다의 고기와 공중의 새와 땅 위에서 살아 움직이는 모든 생물을 다스려라' 하셨다"라고 적혀 있습니다. 곧이어 하나님은 아담과 하와에게 "'내가 온 땅 위에 있는 씨 맺는 모든 채소와 씨 있는 열매를 맺는 모든 나무를 너희에게 준다. 이것들이 너희의 먹거리가 될 것이다. 또 땅의 모든 짐승과 공중의 모든 새와 땅 위에 사는 모든 것, 곧 생명을 지닌 모든 것에게도 모든 푸른 풀을 먹거리로 준다' 하시니, 그대로 되었다"〈창세기〉 29~30절라고 기록되어 있습니다.

몇몇 학자들은 〈창세기〉의 "생육하고 번성하여 땅에 충만하여라. 땅을 정복하여라. 바다의 고기와 공중의 새와 땅 위에서 살아 움직이는 모든 생물을 다스려라"라는 구절을 근거로 오늘날 인류가 겪고 있는 환경 위기와 생태계 위기를 서구 기독교 탓으로 돌립니다. 하나님이 인간을 '만물의 영장'의 반열에 올려놓음으로써 인간으로 하여금 우주 만물을 지배하고 정복하게 했다는 것입니다. 다시 말해서 하나님의 형상대로 빚어진 인간은 모든 피조물 중에서 가장 높은 위치를 차지하고 있고, 그래서 다른 피조물을 마음대로 지배할 수 있는 자격을 부여받았다고 믿는다는 것이지요.

이렇게 주장하는 이론가 중에서도 미국의 역사학자 린 화이트는 단연 첫 손가락에 꼽힐 것입니다. 중세 전문가인 그는 1966년 미국과학진흥협회AAAS에서 〈서구 생태 위기의 역사적 근원〉1967이라는 논문을 발표하여 관심을 끌었습니다. 이 논문에서 화이트는 오늘날 환경 위기나 생태계 위기를 전적으로 기독교 세계관의 탓으로 돌립니다. 기독교야말로 이 세계에서 가장 인간중심주의적인 종교라고 못 박아 말하는 그는 유대-기독교 전통이 인간과 자연을 이원론적으로 파악함으로써 자연을 정복하고 착취할 수 있었던 이론적 기틀을 마련해주었다고 주장합니다.

화이트는 성서가 "인간이 자신의 목적에 맞도록 자연을 착취하는 것이 하나님의 의도였다"라고 가르친다고 말합니다. 또한 그는 "자연은 오직 인간에게 복무하기 위해서만 존재할 뿐이다"라고 가르친다고도 말합니다. 그러므로 환경 위기나 생태계 위기에 관한 한 "기독교는 무거운 죄의 짐을 걸머지고 있다"라고 결론짓습니다. 그러면서 화이트는 인간중심주의적인 기독교와 비교해볼 때 이교도적인 정령 신앙이나 물활론이 훨씬 더 자연 친화적이라고 밝힙니다.

실제로 〈창세기〉를 읽다 보면 "땅을 정복하여라" 혹은 "바다의 고기와 공중의 새와 땅 위에서 살아 움직이는 모든 생물을 다스려라"라는 구절이 목에 걸린 가시처럼 자꾸 걸립니다. '정복'이니 '지배'라는 낱말에서는 제국주의적인 냄

새가 짙게 풍깁니다. 지금까지 인류는 땅 같은 자연은 말할 것도 없고 바다에 사는 물고기와 공중에 나는 새 그리고 땅 위에서 움직이는 모든 생물을 정복하고 지배해왔을 뿐만 아니라 더 나아가 착취해왔습니다. 오늘날 인류가 겪고 있는 생태계 위기나 환경 위기도 따지고 보면 이런 인간의 무책임한 행동 때문이지요.

그동안 무분별한 남용으로 땅은 오염될 대로 오염되었습니다. 원래 모습을 알아보기 힘들 만큼 높은 언덕을 깎아 평지를 만들고, 통과하지 못하는 산에는 터널을 뚫었습니다. 강에는 흐르는 물을 막아 댐을 건설하고, 육지 근처의 바다를 메워 간척지로 만들기도 했습니다. 더구나 인간은 그동안 온갖 생물을 먹이로 삼아 왔습니다. 실제로 이 세상에는 인간이 식재료로 삼지 않는 것이 거의 없다시피 합니다. 따지고 보면 인간이 다른 동물에 비해 장수할 수 있는 비결도 이것저것 가리지 않고 음식을 먹는 잡식성 동물이기 때문이라고 주장하는 학자들도 있습니다.

앞의 인용문에서 "내가 온 땅 위에 있는 씨 맺는 모든 채소와 씨 있는 열매를 맺는 모든 나무를 너희에게 준다. 이것들이 너희의 먹거리가 될 것이다"라는 구절을 다시 한번 찬찬히 주목해보기 바랍니다. 하나님은 인간에게 채식을 명령했을 뿐 육식을 명령하지는 않았습니다. 인간뿐만 아니라 모든 짐승에게도 채식을 명령했습니다. "또 땅의 모든 짐승과 공중의 모든 새와 땅 위에 사는 모든 것, 곧 생명을 지닌 모든 것에게도 모든 푸른 풀을 먹거리로 준다"라는 구절은 이를 뒷받침합니다.

에덴동산에서 아담과 하와는 오직 푸른 채소만을 먹고 살았던 채식주의자였습니다. 인간이 육식을 하기 시작한 것은 노아의 방주 이후입니다. 하나님은 홍수를 견디고 살아남은 노아와 그 아들들에게 복을 주며 아담과 하와에게 그러했듯 "생육하고 번성하여 땅에 충만하여라"〈창세기〉 9장 1절라고 말합니다. 하나님은 땅 위에 기는 짐승, 공중에 나는 새들, 그리고 바다에 사는 모든 물고기에 대해서도 "내가 이것들을 다 너희 손에 맡긴다"9장 2절라고 말합니다. 그러면서 "살아 움직이는 모든 것이 너희의 먹거리가 될 것이다"9장 3절라고 말합니다. 인간은 처음으로 하나님에게서 짐승의 고기를 먹이로 삼을 수 있는 권리를 부여받은 것이지요.

그런데 문제는 짐승을 죽이지 않고서는 고기를 얻을 수 없다는 데 있습니다. 하나님은 "그러나 고기를 먹을 때에, 피가 있는 채로 먹지는 말아라. 피에는 생명이 있다"9장 4절라고 덧붙입니다. 그러나 짐승을 잡거나 다루는 방법에 대해서는 아무런 언급이 없습니다. 동물 해방론을 부르짖는 사람들이나 채식주의자들이 유독 깊은 관심을 기울이는 것은 바로 이 대목입니다. 적어도 하나님이 인간을 창조의 정점에 두고 인간에게 다른 짐승을 먹이로 삼게 한다는 점에서 〈창세기〉는 가히 인간중심주의적이라고 할 만합니다. 인간에게 다른 피조물과는 다른 특별한 위치, 즉 '영광과 존귀의 왕관'을 부여하고 있음을 부정할 수 없습니다.

그러나 몇몇 신학자들과 성서학자들은 '정복하라'거나 '다스려라'와 같은 표현을 지배나 정복 또는 착취의 개념을 받아들이기보다는 오히려 관리의 뜻으로 받아들여야 한다고 지적합니다. 말하자면 신약성서에 자주 나오는 청지기의 개념에 가깝다는 것입니다. 아담과 하와는 지구의 모든 피조물을 지배하고 착취하는 정복자라기보다는 관리인이나 청지기에 지나지 않는다는 것이지요. 물론 인간을 피조물의 청지기나 관리인으로 보는 해석에도 여전히 인간중심주의가 도사리고 있는 것은 사실입니다.

이제 앞서 인용한 유대인 기도문으로 돌아가기로 하지요. "하나님께서는 당신이 지으신 모든 것을 보시고는 매우 마음에 들으셨다"라는 구절은 〈창세기〉의 "하나님이 손수 만드신 모든 것을 보시니, 보시기에 참 좋았다"〈창세기〉 1장 31절라는 구절과 아주 비슷합니다. 그러나 이 기도문에서는 청지기의 개념을 좀 더 뚜렷이 엿볼 수 있습니다. "이 아름다운 세상을 그대에게 주노라. 이것을 잘 돌보고 함부로 파괴하지 마라"라는 구절은 〈창세기〉에 기록된 "땅을 정복하여라" 혹은 "바다의 고기와 공중의 새와 땅 위에서 살아 움직이는 모든 생물을 다스려라"와 같은 구절과는 그야말로 하늘과 땅만큼 큰 차이가 납니다. 이 구절에서도 엿볼 수 있듯이 하나님은 아담에게 세상을 잘 관리하도록 맡기셨을 뿐 정복하고 파괴하라고는 명령하지 않았습니다. 다만 청지기로서의 사명을 다하라고 말한 것이지요.

더구나 하나님이 이 세상을 창조하기 전에 다른 세상을 만들었다는 구절도 흥미롭습니다. 마치 도공이 도자기를 구운 뒤 마음에 들지 않으면 망치로 깨버리듯이 하나님도 세상을 창조했지만 마음에 들지 않으면 다시 짓기를 반복하다가 마침내 지금의 세상을 창조했다는 말입니다. 그러니 단 한 번에 창조한 세계와는 사뭇 다를 수밖에 없을 것입니다.

지금 우리가 살고 있는 이 세계가 하나님이 만든 마지막 세상이라는 사실도 무척 새롭습니다. 이 우주에 지구가 단 하나밖에 없듯이 하나님이 창조한 이 세계도 단 하나밖에 없습니다. 인간이 오염시켜 더는 살 수 없게 되면 이 세계는 그것으로 끝이라는 뜻이 담겨 있습니다. 그러므로 인간은 최선을 다하여 이 세계를 잘 보존해야 할 것입니다.

그러고 보니 2013년 여름 한국에서 개봉되어 인기를 끈 영화 〈설국열차〉가 생각납니다. 인류 종말의 미래를 묘사한 장 마르크 로셰트와 자크 로브가 그린 프랑스 만화를 원작으로 삼아 봉준호 감독이 메가폰을 잡은 영화입니다. 박찬욱이 제작을 맡고 송강호와 고아성이 출연했으며 미국과 영국, 체코의 유명 배우들과 스태프들이 함께 만든 글로벌 프로젝트였습니다.

영화는 지구 종말의 내용을 담고 있습니다. 지구 온난화가 날이 갈수록 심해지자 각국 정부는 'CW-7'이라는 인공 기온 강하제를 대기 중에 투하합니다. 그런데 뜻하지 않게 물질의 부작용으로 지구에는 새로운 빙하기가 찾아옵니다. 자연을 완전히 통제할 수 있으리라고 생각했던 인간의 오만이 불러온 끔찍한 재앙인 것이지요. 인류의 대부분은 얼어 죽고, 설국열차에 탑승한 승객들만이 겨우 살아남아 17년째 눈 덮인 대륙 위를 달리고 있습니다.

설국열차는 폐쇄된 생태계이자 계급사회의 축소판이라고 할 수 있습니다. 승객들은 탑승 당시 정해진 계급에 따라 기차 안에서 위치를 부여받습니다. 가까스로 꼬리 칸에 탑승한 승객들은 마치 포로 수용소나 노예선처럼 보이는 그곳에서 엄격한 규율을 강요받으며 살아갑니다. 그들은 앞 칸에서 나오는 단백질 블록을 배급받아 살아갈 뿐 노동도 하지 않습니다. 이따금 몇 명만이 차출되어 앞 칸에서 노동할 기회를 부여받지요. 앞 칸의 승객들은 호화로운 생활을 한다는 소문이 무성한 가운데 가끔씩 특정 연령대의 아이를 강제로 징발해 가기 때문에 꼬리 칸 승객들은 분노로 들끓습니다.

그러나 설국열차는 하나님이 마지막으로 창조했다는 지구가 아니며 인간이 그동안 살아온 행성과는 사뭇 다릅니다. 지구에서 살 수 없어 지구 위를 달리고 있는 열차일 뿐입니다. 그런데 이 설국열차에서는 불평등에 따른 갈등과 투쟁이 독버섯처럼 자라고 있습니다. 17년째 춥고 배고픈 상태로 꼬리 칸에 살고 있던 사람들은 부조리한 현실에 분노하여 몇 해 동안 준비해온 반란을 일으킵니다. 만약 반란이 성공하여 열차가 파괴된다면 이제 얼마 남지 않은 인간마저 더는 살 수 없게 됩니다. 〈설국열차〉는 승자 독식의 자본주의 사회를 비판의 대상으로 삼고 있는 한편, 환경 위기와 그에 따른 지구 파멸을 주제로 삼고 있습니다. 따지고 보면 무한경쟁의 자본주의와 환경파괴는 마치 샴쌍둥이처럼 떼려야 뗄 수 없이 서로 밀접하게 연관되어 있습니다.

그러고 보니 이 영화에서 왜 열차를 배경으로 삼고 있는지 이해가 갑니다. 열차는 인류가 문명의 성을 쌓기 위해 그동안 추구해온 역동적 노력을 가리키는 좋은 은유입니다. 진보와 발전의 이름으로 인류는 지금껏 열차처럼 숨 가쁘게 달려 왔습니다. 그런데 그 종착역에 기다리고 있는 것은 장밋빛 희망이 아닌 인류의 사멸과 지구의 종말입니다. 앞만 바라보고 힘껏 달려가기보다는 어떤 목표를 향해 달리고 있는지를 판단하는 것이 훨씬 더 중요하다는 독일 격언이 새삼 떠오릅니다.

나무가 없으면 도끼도 없다

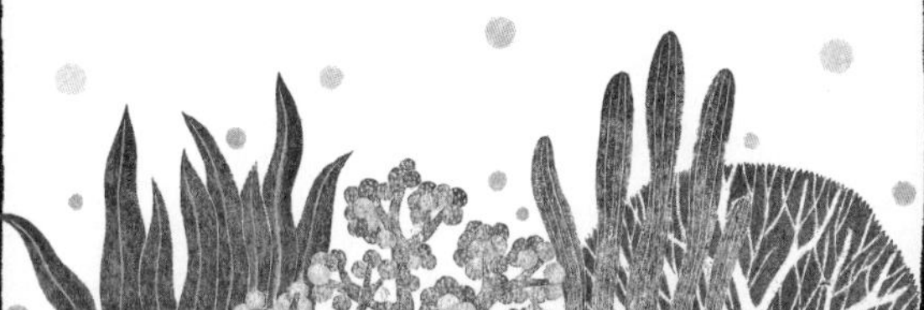

소비 자본주의가 오늘날 인류가 겪고 있는 환경 위기나 생태계 위기를 낳았다는 것은 말할 필요조차 없습니다. 이런 위기를 극복하기 위해서는 거창한 이론보다도 소비를 줄이는 작은 실천이 아주 중요합니다.

《탈무드》

이 세상에 쇠가 처음 발견되었을 때 온 세상의 나무들은 절망에 빠졌다.

"아, 이제 우리들은 끝장이네."

"저 단단한 쇠붙이가 우리를 자르기 시작하면 꼼짝없이 다 베어지고 말겠지."

나무들이 이렇게 탄식하고 있을 때 하나님이 나무들에게 이렇게 말씀하셨다.

"걱정하지 마라. 너희들이 자루를 내주지 않는 한, 쇠는 너희들에게 상처를 입히지 못할 것이다."

모세가 전했다는 또 다른 율법으로 그동안 유대인의 정신적 지주 역할을 해온 《탈무드》의 한 이야기입니다. 랍비의 교시를 중심으로 하는 현대 유대교의 주요 교파에서 이 책은 경전으로 추앙받습니다. 그러나 랍비의 권위를 인정하지 않는 교파에서는 이 책을 경전으로 인정하지 않지요. 경전으로 인정하든 인정하지 않든 《탈무드》는 유대인의 생활과 신앙의 토대가 되는 아주 중요한 책입니다. 유대교에 전해 내려오는 이야기에 따르면, 하나님은 모세가 기록한 '토라'와는 다르게 구전으로써 율법을 내려주었다고 합니다. '토라'란 흔히 '모세 오경五經'으로 일컫는 구약성서의 첫 다섯 편을 말하지요.

문서로 기록된 율법과는 달리 입으로 전해진 율법이 곧 《탈무드》입니다. 2세기 말경 이스라엘 유대인 공동체 우두머리였던 유다 하나시가 랍비들을 여러 차례 소집하여 구전된 율법을 책으로 작성하는 작업을 한 끝에 마침내 《미슈나》를 만들었습니다. 일설에는 제1차 유대 전쟁을 겪은 뒤 유대교의 존폐 위기를 걱정한 유대교 지도자들이 구전된 율법을 책으로 편찬했다고 전해지기도 합니다. 이 《미슈나》에 주석이 첨부되는 과정에서 내용이 서로 다른 두 판본의 《탈무드》, 즉 《팔레스타인 탈무드》와 《바빌로니아 탈무드》가 태어났지요. 지금 인정받고 있는 《탈무드》는 후자로 6세기쯤 지금의 모습을 갖추게 되었습니다. 《미슈나》에 덧붙여진 방대한 주석을 《게마라》라고 하는데 '탈무드'라는 용어는 흔히 이 두 권의 책을 한데 아울러 부르는 이름입니다.

이 세상에서 쇠붙이가 처음 발견된 것이 언제일까요? 신석기 시대에 인류는 돌을 갈아서 무기나 도구를 만들어 사용했지만 그 뒤 불을 사용하여 동이나 청동을 가공해 돌을 대신하여 사용했습니다. 그 뒤 청동보다 더 강하고 날카로운 날을 세울 수 있는 철을 사용하기 시작했지요. 고고학자들에 따르면 인류 역사에서 최초로 철을 알게 된 것은 청동기 시대에 철광석을 동광석으로 착각하여 용해로에 넣어 녹이는 과정에서 발견하게 되었다고 합니다. 한편 고대 원시림에 산불이 일어나 철광석이 반용융半鎔融 상태, 그러니까 반쯤 굳은 상태가 된 것을 산불이 지나간 뒤에 장인들이 채취하여 철기로 시작했다는 학설도 있습니다.

고대 그리스인들은 철을 '와에베'라고 불렀습니다. '하늘의 산물'이라는 뜻으로 운석을 가리키는 말입니다. 잘 알려진 것처럼 운석은 철Fe과 니켈Ni의 합금으로 되어 있습니다. 고대 중국에서도 기원전 14세기의 유물에서 청동기의 칼날 부분에 운석을 붙여 사용한 흔적이 보이지요. 그렇다면 인류가 최초로 사용했던 철은 운석이었음을 알 수 있습니다.

학자들은 철로 도구를 만들어 사용한 시기를 기원전 12세기 이후로 추정하고 있습니다. 이렇게 쇠가 도구로 처음 사용되면서 인류는 마치 날개를 얻은 듯 그 이전과는 전혀 다른 방향으로 빠르게 문명을 이룩해 나갔습니다. 고고학, 진화 생물학, 생태학, 지리학 등을 자유롭게 넘나들며 과학을 일반 대중에 널리 알리는 데 크게 이바지한 생물학자 재레드 다이아몬드의 《총, 균, 쇠》1997라는 책을 기억할 것입니다. 부제에서도 엿볼 수 있듯이 지난 1만 3,000년에 걸쳐 무기, 병균, 금속이 인류의 운명을 어떻게 바꿔놓았는지를 다룬 책입니다. 그는 무기와 제국, 문명의 기원뿐만 아니라 각 대륙의 인류사회가 저마다 서로 다르게 발전의 길을 걷게 된 원인을 설득력 있게 설명하면서 인종주의에 기반을 둔 종래의 역사 이론에서 허구의 옷을 벗겨냅니다.

1998년 퓰리처상을 받은 이 책에서 다이아몬드는 인류 문명의 불평등과 부조화가 생긴 기원을 다름 아닌 총과 세균과 쇠에서 찾습니다. 왜 어떤 민족들은 다른 민족들을 정복하고 지배하는 주체가 되는 반면, 다른 민족은 그들의 정복과 지배의 대상으로 전락하고 말았는가? 왜 각 대륙마다 문명의 발달 속도에 차이가 생겼는가? 인간사회의 다양한 문명은 과연 어디에서 비롯했는가? 다이아몬드는 이런 물음을 던지고 그 물음에 대해 명쾌하게 해답을 제시합니다. 특히 저자는 몇몇 민족이 쇠를 처음 발견하고 그것을 도구로 만들어 사용함으로써 이 세계를 재패할 수 있었다고 지적합니다. 그만큼 쇠가 인류 역사에서 차지하는 몫이 무척 크다는 것입니다.

《탈무드》의 인용문에서 "이 세상에 쇠가 처음 발견되었을 때 온 세상의 나무들은 절망에 빠졌다"라고 말하는 까닭이 바로 여기에 있습니다. 나무 중 하나가 "아, 이제 우리들은 끝장이네"라고 말합니다. 그러면서 "저 단단한 쇠붙이가 우리를 자르기 시작하면 꼼짝없이 다 베어지고 말겠지"라고 탄식합니다. 그런데 나무들이 이렇게 절망 속에서 탄식하고 있을 때 하나님이 이 소리를 듣고 나무들에게 "걱정하지 마라. 너희들이 자루를 내주지 않는 한, 쇠는 너희들에게 상처를 입히지 못할 것이다"라고 안심시킵니다.

한국 속담에 "신선놀음에 도끼 자루 썩는 줄 모른다"라는 말이 있습니다. 그러나 그 역사를 멀리 거슬러 오르면 중국의 고사에서 유래합니다. 진晉나라 때 왕질王質이라는 사람이 나무를 하러 갔다가 천년 묵은 고목나무 아래에서 두 신선이 바둑을 두는 모습을 보았습니다. 옆에 다가가 구경을 하니 너무 재미있어 그만 정신을 잃고 도끼를 세워놓은 채 바둑 구경을 하게 되었습니다. 그런데 신선이 바둑을 두면서 호주머니에서 뭔가를 꺼내먹기 시작했습니다. 그러다가 구경을 하고 있는 왕질을 보더니 그에게도 몇 알을 건네주었지요. 왕질에게 건네준 것은 다름 아닌 대추였습니다. 왕질은 대추 몇 알을 주섬주섬 먹고 나니 시장기도 가시고 목도 마르지 않았습니다. 어느덧 해가 저물어 어두워지고서야 집으로 가려고 도끼를 들려고 하니 도끼 자루가 삭아서 폭하고 꺼져버렸습니다.

왕질은 이상한 생각이 들어 썩은 도끼를 들고 마을로 내려

왔더니 집은 어느덧 폐가가 되어 허물어져 있고 낯선 사람이 그 앞을 지나가고 있었습니다. 그를 붙잡고 이 집이 왜 이렇게 되었는지 물었더니, 200년 전 집주인이 산에 나무를 하러 간 뒤 돌아오지 않았다는 것이었습니다. 이 집 주인이 왕질이 아니냐고 묻자 낯선 사람은 그렇다고 대답했습니다.

초기 미국 문학에 크게 이바지한 작가 워싱턴 어빙의 〈립 밴 윙클〉이라는 단편소설과 아주 비슷한 이야기입니다. 물론 왕질의 이야기는 어빙의 작품보다는 무려 몇천 년 앞섭니다. 왕질의 에피소드에서 "신선놀음에 도끼 자루 썩는 줄 모른다"라는 속담이 유래했습니다. 부질없는 일에 지나치게 몰두하여 중요한 일을 놓치는 것을 이르는 표현이지요.

《탈무드》에 나오는 이 우화는 생태주의와 관련하여 많은 것을 생각하게 합니다. 현대 자본주의 사회에서 소비는 가장 중요합니다. 자본주의라는 거대한 기관차는 소비라는 동력 없이는 제대로 굴러갈 수가 없습니다. 굴러가기는커녕 한 치도 움직일 수가 없지요. 경제 정책을 책임 맡고 있는 당국자들이나 기업가들이 가장 두려워하는 것이 바로 소비 위축입니다. 소비가 위축되어 상품이 팔리지 않으면 공장을 가동할 수 없기 때문이지요.

프랑스의 사회학자 장 보드리야르는 20세기 후반의 포스트모던 사회를 '소비사회'로 부릅니다. 이 소비사회에서는 과잉생산의 문제를 과잉소비로 해결하려고 합니다. 인간의 기본적 필요와 욕구를 합리적으로 충족시켜주는 방식으로는 과잉생산을 해결할 수 없기 때문이지요. 근대 산업화 시대에 농민을 도시 노동자로 바꿨던 것처럼, 탈현대 산업사회에서는 노동자를 소비자로 바꿉니다. 소비가 미덕으로 존중받는 사회가 곧 보드리야르가 말하는 소비사회입니다.

미국에서는 "나는 쇼핑한다. 그러므로 존재한다" 혹은 "나는 소비한다. 그러므로 존재한다"와 같은 말이 소비자 사이에 널리 유행합니다. 르네 데카르트의 "나는 생각한다. 그러므로 존재한다"라는 명제를 살짝 비틀어 만들어낸 말이지요. 탈현대 사회에서는 이렇게 소비를 하지 않고서는 좀처럼 존재 이유를 느끼지 못하는 단계에 이르렀습니다. 그러나 최근 연구에 따르면 이 같은 스트레스를 해소하기 위한 쇼핑이 오히려 스트레스를 가중시키는 것으로 나타났습니다. 미국의 의학뉴스인 '헬스데이'는 물질적 보상으로 트라우마를 극복하려는 사람들이 충동구매에 빠져 더 큰 스트레스에 시달리고 있다고 보도했습니다.

요즘 들어 '소비 자본주의'라는 말을 부쩍 자주 듣습니다. 생산보다는 소비에 무게를 싣는 자본주의를 말합니다. 자본주의에서는 자본가가 생산수단을 기본으로 이윤 획득을 최대 목표로 삼습니다. 사람들은 소비를 자신의 사회적 지위와 부, 세련됨, 좋은 성격 등을 과시하기 위한 수단으로 삼습니다. 이를 이용하여 자본가들은 온갖 형태로 소비자들을 유혹

합니다. 명품을 좋아하는 것은 제품 자체의 질이 좋기 때문이기도 하지만 그 제품이 지니는 상징성 때문입니다. 다시 말해서 탈현대 사회에서 소비자들은 커피나 가방 같은 상품을 소비하기보다는 오히려 '스타벅스'나 '커피빈' 또는 '에르메스'나 '루이뷔통' 같은 기호를 소비합니다. 오늘날의 소비 자본주의에서 기업들은 소비자를 왕이나 여왕이라고 치켜세웁니다. 상품에 '스마트'라는 접두어를 붙여 소비자가 똑똑하다고 그럴듯하게 포장하는가 하면, 고급 상품을 애용하면 세련되고 고상한 인격의 소유자라는 메시지를 슬쩍 심어 주려고 애씁니다. 그러나 소비 자본주의의 이면에는 소비자의 심리를 이용하여 상품을 판매하려는 기업의 경영 전략이 교묘히 숨어 있습니다.

쇠로 만든 도끼가 나무를 베어낼 수는 있지만 만약 도끼 자루가 없으면 도끼는 아무 쓸모가 없기 마련입니다. 이와 마찬가지로 소비자가 정신을 바짝 차리고 살아가는 데 꼭 필요한 상품만 구입하고 필요 이상으로 소비를 하지 않거나, 사치스러운 상품을 구입하지 않는다면 소비 자본주의는 더 이상 지탱될 수 없습니다. 방금 앞에서 보드리야르가 20세기 후반의 탈현대 사회를 '소비사회'라는 이름으로 불렀다고 했습니다. 그러나 요즈음 소비 행태를 보면 '소비사회'가 아니라 차라리 '낭비사회'로 불러도 무방할 듯합니다. 재화의 낭비가 그 도를 넘어설 만큼 무척 심해졌습니다.

오죽하면 최근 소비를 억제해주는 지갑까지 등장해 화제가 되겠습니까? 외신을 통해 국내에 처음 알려진 이 지갑에는 여느 다른 지갑과는 달리 조그마한 바퀴가 네 개 달려 있습니다. 지갑 주인의 주머니 사정이 적자일 때는 지갑이 도망치고 다니며 주인의 손길에서부터 벗어납니다. 주인이 억지로 지갑을 움켜쥐고 돈을 꺼내면 "도와주세요!"라고 비명까지 지릅니다. 그래도 주인이 소비하려고 하면 이번에는 최후 수단으로 휴대전화와 교신해 가족에게 돈 낭비를 알리는 문자 메시지를 보내도록 되어 있습니다. 물론 지갑 주인의 주머니 사정이 넉넉할 때면 지갑이 알아서 척척 온라인 쇼핑몰의 추천 상품을 사라고 부추깁니다. 오늘날 같은 과소비 시대와 낭비 시대에 꼭 필요한 지갑 같습니다. 아직 정식으로 시장에서 발매되고 있지는 않지만 만약 발매된다면 소비자 사이에서 아마 엄청난 인기를 끌지도 모르겠습니다.

비록 이런 지갑이 없어도 소비자들이 현명하게 소비를 한다면 소비 자본주의는 더 이상 지탱될 수 없을 것입니다. 소비 자본주의가 지탱될 수 없다면 자연이나 환경은 그만큼 건강해질 수 있습니다. 소비 자본주의가 오늘날 인류가 겪고 있는 환경 위기나 생태계 위기를 낳았다는 것은 말할 필요조차 새삼스럽습니다. 이런 위기를 극복하기 위해서는 거창한 이론보다도 될 수 있는 대로 소비를 줄이는 작은 실천이 아주 중요합니다.

삼라만상은 나의 형제요 자매

가족 구성원을 서로 아끼고 배려하고 사랑하는 가정이 행복하듯이, 우주에 존재하는 모든 종과 개체의 저마다의 존재 이유를 인정하고 아끼고 배려하며 사랑해야 생태계가 그만큼 건강해질 것입니다.

오 지극히 높으시고 전능하시며 자비로우신 하나님,
찬미와 영광과 칭송 그리고 모든 축복이 당신께 있나이다.

찬미 받으시옵소서, 나의 하나님,
당신의 모든 피조물, 그중에서도 우리 형제 태양에 대하여.
태양은 우리에게 하루와 빛을 가져다주며 아름답고도 커다란 광채로 빛나는구나.
오 주님, 태양은 당신을 의미하나이다.

찬미 받으시옵소서, 나의 하나님,
우리 자매 달과 별에 대하여.
당신은 그들을 하늘에 밝고도 아름답게 놓으셨나이다.

찬미 받으시옵소서, 나의 하나님,
우리 형제 바람과 공기와 구름 그리고 정적과 모든 날씨에 대하여.
당신은 그것들로 말미암아 모든 피조물이 삶을 영위하도록
하나이다.

찬미 받으시옵소서, 나의 하나님
우리 자매 물에 대하여.
물은 겸손하며 소중하고 깨끗하나이다.

찬미 받으시옵소서, 나의 하나님
우리 형제 불에 대하여.
당신은 어둠 속에서도 그것을 통하여 빛을 주시고
또한 그것은 밝게 빛나고 즐거우며 매우 힘이 세고 강하나
이다.

찬미 받으시옵소서, 나의 하나님

우리의 어머니인 대지에 대하여.
어머니는 우리를 유지하게 하며
온갖 꽃과 풀과 과일을 맺고 자라게 하시니.

찬미 받으시옵소서, 나의 하나님
당신의 사랑으로 서로 용서하고 병과 고통을 견디는 이들을 위해.
평화롭게 참는 자들은 축복 받을지니
오 가장 존귀하신 주여
그들에게 면류관을 씌워 주옵소서.

찬미 받으시옵소서, 나의 하나님
우리 자매 육신의 죽음에 대하여.
살아 있는 어느 누구도 그 포옹으로부터 피할 수 없나이다.
죽음을 면하기 어려운 죄 가운데 죽은 자에게 재앙이 있을지어다!
죽음 가운데에서도 당신의 가장 거룩한 뜻을 행하는 자들에
게 축복이 있을지니
두 번째 죽음도 이들을 해칠 수가 없을 것입니다.

찬미하라 주께, 축복하라 하나님을,
그에게 감사하며 한껏 겸손을 다하여 섬길지어다.

로마 가톨릭의 수도사 성聖 프란체스코의 〈태양의 찬가〉 전문입니다. 12세기 말엽 이탈리아의 움브리아 지방의 작은 도시 아시시에서 태어나 흔히 '아시시의 성 프란체스코'로 일컫습니다. 그는 13세기 초엽 프란체스코 수도회를 설립하여 세속화된 로마 가톨릭 교회를 개혁하려고 한 성인聖人이기도 했습니다. 지금까지도 프란체스코의 뒤를 따르는 '작은 형제회' 또는 '프란체스코회'라는 수도회가 있습니다.

비교적 부유한 집안에서 태어났지만 프란체스코는 가난한 민중과 함께 살기 위해 스스로 가난한 사람이 되었습니다. 실제로 그는 "나는 가난과 결혼했다"라고 말하면서 가난과 청빈을 몸소 실천했습니다. 그는 부富가 부러움의 대상이 아니라 참다운 삶의 족쇄가 된다는 사실을 깨달았기 때문입니다. 이를 탐탁지 않게 여긴 그의 아버지는 프란체스코에게서 상속권은 말할 것도 없고 갖고 있던 모든 물건을 박탈해버렸습니다. 주교관에서 열린 재판에서 주교는 프란체스코에게 갖고 있는 돈을 모두 아버지에게 돌려주라고 명령했습니다. 그러자 프란체스코는 많은 사람이 보는 앞에서 갖고 있던 돈뿐만이 아니라 입고 있던 옷까지 벗어 소지품과 함께 모든 것을 아버지에게 돌려주었습니다.

그러고 나서 프란체스코는 "이제부터 저는 하나님께 방향을 돌려, 그분을 하늘에 계신 저의 아버지라고 부르겠습니다"라고 말했다고 전해집니다. 다시 말해서 지상의 아버지는 그에게 더는 필요가 없다는 뜻입니다. 프란체스코는 가난한 은수자隱修者의 옷을 입고 그 길로 아시시를 떠났습니다. 가는 길에 강도의 습격을 받고는 자신이 '위대한 왕의 사자使者'라고 말했습니다. 그러자 강도들이 그를 정신병자로 생각하여 그를 구덩이에 던져넣고 떠나버리는 바람에 가까스로 목숨을 건져야 했습니다.

프란체스코는 평생 가난을 벗 삼아 살았습니다. 1219년에 십자군을 따라 이집트에 갔다가 포로 신세가 되기도 했습니다. 그 뒤 1226년 10월 해질 무렵 프란체스코는 동료 수도자들에게 〈요한복음서〉의 수난 대목을 읽어 달라고 청한 다음 〈시편〉 141편으로 기도한 뒤에 세상을 떠났습니다. 그는 "어느 누구도 죽음의 포옹에서 달아날 수 없습니다"라는 마지막 말을 남겼습니다. 그로부터 2년 뒤인 1228년 프란체스코는 교황 그레고리오 9세의 의해 성인으로 시성되었습니다. 성인이 된 지 700년이 지난 1939년에는 '이탈리아의 수호성인'으로 선포되었고, 1980년에는 교황 요한 바오로 2세에 의해 '생태주의 수호성인'으로 선포되었습니다.

그렇다면 로마 교황청에서는 왜 성 프란체스코를 '생태주의 수호신'으로 선포했을까요? 그가 마흔네 해라는 짧은 생을 살면서 보여준 말과 행동을 보면 충분히 이해가 갑니다.

14세기 이탈리아의 화가 조토 디 본도네가 그린 〈새들에게 설교하는 성 프란체스코〉라는 작품을 아십니까? 아시시의 성 프란체스코 성당의 벽화에 그린 프레스코 말이지요. 프란체스코 성인은 그가 살던 중세의 관념적이고 신비주의적인 설교와는 아주 다른 인간적인 설교를 한 것으로도 유명합니다. 그는 나무와 꽃, 새들과 신비스러운 대화를 나누었습니다. 언뜻 보면 상식에서 벗어난 행동 같지만 그에게는 그럴 만한 까닭이 있었습니다. 프란체스코 성인의 그런 모습은 나무와 꽃과 새 같은 피조물 속에 내재하는 창조주를 경건하게 찬미하는 것이었습니다. 그에게는 인간만이 하나님의 소중한 피조물이 아니라 우주만물이 모두 하나님의 소중한 피조물이었습니다.

이 그림에는 새들에게 설교하는 프란체스코 성인과 그 뒤를 따르는 형제 한 사람이 그려져 있습니다. 프란체스코 성인은 두 손을 들어 그의 주위에 모여든 흰 새들에게 설교를 하고 있습니다. 구부정하게 허리를 굽혀 새들에게 조심스럽게 다가가는 성인의 온화한 모습에서는 겸손한 그의 인품이 저절로 느껴집니다. 푸른 배경 속에 그려진 흰 새 한 마리가 설교를 들으려고 황급히 날아드는 모습에서는 생동감과 위트가 흘러넘칩니다. 성인은 비단 새들에게만 설교를 하는 것은 아닙니다. 그 주위에 서 있는 잎사귀 풍성한 나무들에게도, 또 배경으로 그려진 산에게도 설교를 하는 듯합니다. 이 무렵 중세의 그림들이 평면적으로 처리된 것과 달리, 성인이 걸치고 있는 넓은 옷은 그의 몸이 드러나도록 입체적으로 표현되어 있다는 점도 흥미롭습니다.

앞서 인용한 〈태양의 찬가〉에는 이 프레스코 작품에서처럼 인간 외의 다른 피조물에 대한 성 프란체스코의 사랑이 잘 드러나 있습니다. 말하자면 이 프레스코화는 한 편의 시를 시각예술인 벽화로 옮겨놓은 것이라고 할 수 있습니다. 그의 아름다운 신앙고백이라고 할 〈태양의 찬가〉는 1224년 성 프란체스코가 산 다미아노에서 병석에 있을 때 하나님을 찬양하고 그에게 영광을 돌리기 위해 지은 것입니다.

이 작품에서 성 프란체스코는 우주만물이 하나님의 피조물로서 인간과 동등한 관계를 맺고 있음을 잘 보여주고 있습니다. '태양의 찬가'라는 제목과는 달리 그가 찬양하고 있는 대상은 비단 태양 하나에만 그치지 않습니다. 그런 제목을 붙인 것은 성 프란체스코가 제일 먼저 찬양하는 대상이 바로 태양이기 때문입니다. 이 작품에서 그가 찬양하고 있는 피조물을 좀 더 자세히 살펴보기로 하지요. 먼저 태양에 대해 성 프란체스코는 "우리에게 하루와 빛을 가져다주며 아름답고도 커다란 광채로 빛나게" 하노라고 노래합니다. 여기서 태양을 '우리 형제'라고 부르는 점에 주목하기 바랍니다. 태양은 단순히 하나님이 창조한 피조물 중 하나가 아니라 인간과 형제 사이라는 것입니다.

이렇게 태양을 찬양하고 난 뒤 성 프란체스코는 "찬미 받으시옵소서 나의 하나님 / 우리 자매 달과 별에 대하여 / 당신은 그들을 하늘에 밝고도 아름답게 놓으셨나이다"라고 노래합니다. 태양을 '우리 형제'라고 부르듯이 저 밤하늘에 떠 있는 달과 별을 '우리 자매'라고 부릅니다. 성 프란체스코가 찬양하는 것은 하늘에 떠 있는 천체만이 아닙니다. 역시 '우리 형제'인 바람과 공기와 구름을 비롯한 모든 기상 조건에 대해서도 노래합니다. 만약 이런 기상 현상이 없다면 다른 피조물은 존재하지 못할 것입니다. "당신은 그것들로 말미암아 모든 피조물이 삶을 영위하도록 하나이다"라고 말하는 까닭이 바로 여기에 있습니다.

성 프란체스코는 이번에는 그야말로 서로 상극 관계에 있는 물과 불에 대해서도 창조주 하나님에게 찬양합니다. 물에 대해 "물은 겸손하며 소중하고 깨끗하나이다"라고 말합니다. 여기서 물이 겸손하다고 노래하는 것은 노자의 《도덕경》에서 말하는 상선약수上善若水와 아주 비슷합니다. 노자는 일찍이 "가장 훌륭한 것은 물처럼 되는 것이다. 물은 온갖 것을 위해 섬길 뿐 그것들과 겨루는 일이 없고, 모두가 싫어한 낮은 곳을 향하여 흐를 뿐이다. 그러므로 물은 도에 가장 가까운 것이다"라고 가르칩니다. 또 성 프란체스코는 불에 대해서도 '우리 형제'라고 부르면서 "당신은 어둠 속에서도 그것을 통하여 빛을 주시고 / 또한 그것은 밝게 빛나고 즐거우며 매우 힘이 세고 강하나이다"라고 노래합니다.

성 프란체스코는 이번에는 형제자매가 아닌 부모에 대해

찬양합니다. "찬미 받으시옵소서 나의 하나님 / 우리의 어머니인 대지에 대하여 / 어머니는 우리를 유지하게 하며 / 온갖 꽃과 풀과 과일을 맺고 자라게 하시니"라고 노래합니다. 만물을 낳고 기르는 대지를 '우리 어머니'라고 부르는 것은 어찌 보면 그다지 새로울 것도 없을 것 같습니다. 고대 그리스 시대나 로마 시대부터 대지는 흔히 자애로운 어머니에 빗대어 왔으니까요. 그러나 가톨릭 교회에서 어머니는 성모 마리아와 관련되어 더더욱 각별한 의미가 있습니다. 로마 가톨릭과 동방 정교회에서는 마리아를 예수 그리스도와 교회의 어머니이자 전구자轉求者로 부르며 성인 중에서도 가장 특별하게 공경합니다.

〈태양의 찬가〉에서 특히 눈여겨볼 대목은 죽음을 찬양하고 있는 마지막 구절입니다. 전설에 따르면 이 마지막 구절은 성 프란체스코가 임종을 맞는 자리에서 안젤로와 레오가 이 시를 노래할 때 즉흥적으로 덧붙인 것이라고 합니다. 죽음이라면 모든 사람이 끔찍이 싫어하는 대상이 아니겠습니까? 그런데도 성 프란체스코는 "찬미 받으시옵소서, 나의 하나님 / 우리 자매 육신의 죽음에 대하여 / 살아 있는 어느 누구도 그 포옹으로부터 피할 수 없나이다 / 죽음을 면하기 어려운 죄 가운데 죽은 자에게 재앙이 있을지어다! / 죽음 가운데에서도 당신의 가장 거룩한 뜻을 행하는 자들에게 축복이 있을지니 / 두 번째 죽음도 이들을 해치지 못할 것입니다"라고 노래합니다. 육신의 죽음을 '우리 자매'라고 부른 것이 놀랍지 않습니까?

여기서 성 프란체스코는 생물학적 의미의 죽음과 성서적인 의미의 죽음을 함께 말하는 것 같습니다. 신학에서의 죽음은 에덴동산에서 아담과 하와가 저지른 죄에서 비롯한 결과입니다. 이것이 인류의 첫 번째 죽음을 뜻하는 것이지요. 성 프란체스코가 말하는 '두 번째 죽음'이란 아마 생물학적 죽음을 가리키는 듯합니다. 하나님과 같이 의로운 길을 걷는 사람에게는 이 생물학적 죽음이 이렇다 할 의미가 없다는 뜻일 것입니다. 죽은 뒤 부활하여 천국에서 영생하기 때문입니다.

이렇듯 우주의 삼라만상이 인간과 형제자매 관계에 있다면 인간은 과연 어떻게 해야 할까요? 두말할 나위 없이 삼라만상을 형제자매처럼 아끼고 사랑해야 할 것입니다. 인간은 주체, 자연은 객체로 간주하여 지배와 착취의 대상으로 삼아서는 안 된다는 뜻이지요. 가족을 서로 아끼고 배려하고 사랑하는 가정이 행복하듯이, 이 우주에 존재하는 모든 종과 개체의 저마다의 존재 이유를 인정하고 아끼고 배려하며 사랑해야 생태계가 그만큼 건강해질 것입니다. 13세기에 일찍이 생태계를 찬미하고 사랑한 성 프란체스코의 태도와 삶의 방식이 여간 놀랍지 않습니다. 로마 교황청에서 그를 '생태주의 수호성인'으로 선포한 까닭을 이제야 알 만합니다.

어떻게 하늘을
사고팔 수 있단 말인가

모든 것들은 우리 모두를 한데 묶어 주는 피처럼 서로 연결되어 있습니다. 인간은 삶의 그물을 짜지 않았습니다. 인간은 다만 그 그물 속에서 하나의 매듭일 뿐입니다. 인간이 그 그물에 하는 짓은 곧 자기 자신에게 고스란히 되돌아갑니다.

어떻게 당신들은 하늘을 사고팔 수 있습니까? 그리고 땅을 사고팔 수 있단 말입니까? 그런 생각은 우리에게는 참으로 낯설게 느껴집니다. 만약 우리가 신선한 공기와 반짝이는 물을 소유하고 있지 않다면, 당신들은 그것을 어떻게 살 수 있겠습니까? 이 땅의 구석구석은 우리에게는 신성합니다. 저 반짝이는 솔잎이며 모래강변이며 어두운 숲 속에 자욱이 낀 안개며 초원, 그리고 울어대는 벌레들까지 그 어느 것 하나 우리들의 기억과 경험에 거룩하지 않은 것이 없습니다. (……) 대지에 일어난 모든 일은 그 대지의 아들들에게도 찾아옵니다. 만약 인간이 대지에 침을 뱉는다면, 그것은 자기 자신에게 침을 뱉는 것입니다. 우리는 이것만은 잘 알고 있습니다. 땅이 인간에게 속해 있는 것이 아니라 오히려 인간이 땅에 속해 있다는 사실 말입니다. 모든 것들은 우리 모두를 한데 묶어주는 피처럼 서로 연결되어 있습니다. 인간은 삶의 그물을 짜지 않았습니다. 인간은 다만 그 그물 속에서 하나의 매듭일 뿐입니

다. 인간이 그 그물에 하는 짓은 곧 자기 자신에게 고스란히 되돌아갑니다.
비록 친구로서 함께 걸으며 이야기를 나누어줄 신을 가진 백인이라 할지라도 이 공통된 운명을 벗어날 수 없습니다. 우리들은 결국 형제들입니다. 우리는 알게 될 것입니다. 훗날 백인들도 깨닫게 될지 모르는 한 가지, 우리가 알고 있는 사실은 우리의 신들은 결국 같은 신이라는 것입니다. 지금 당신들은 당신들이 우리의 땅을 소유하려 하듯이 그 신 또한 당신들만의 신으로 소유하고 있다고 생각할지 모르지만, 당신들은 그럴 수 없습니다. 그는 인류의 신이며, 그의 자비로움은 붉은 살갗의 사람들에게나 백인들에게나 평등합니다. 대지는 그 신에게 소중하고, 대지에 상처를 입히는 것은 그의 피조물들을 경멸하는 일입니다. 백인들 역시 곧 사라질 것입니다. 아마도 다른 모든 부족들보다도 빨리 그러할 것입니다.

1854년에 북아메리카 대륙 서부 지역에 살았던 두와미시-수쿠아미시 족의 인디언 추장 시애틀이 원주민 말로 행한 연설입니다. '인디언'이라는 말을 사용했지만 그렇게 말하면 요즈음 같은 다문화 사회에서는 '정치적으로 부적절'하다는 비판을 받습니다. '원주민 미국인'이라고 불러야 맞습니다. 이 추장의 이름은 영어식 발음으로 '시애틀'이지만 두와미시-수쿠아미시 족 언어로는 '세알트'에 가깝습니다. 워싱턴 주의 주도 시애틀, 〈시애틀의 잠 못 이루는 밤〉이라는 할리우드 영화의 그 시애틀은 바로 이 추장을 기념하기 위해 그의 이름을 따서 붙인 것이지요.

미국의 14대 대통령 프랭클린 피어스가 인디언 추장에게 오늘날의 워싱턴 주 시애틀 근교의 땅을 미국 정부에 팔라고 제안했습니다. 말이 좋아서 '제안'이지 땅을 내놓고 다른 곳으로 이주하라는 '협박'과 다름없었습니다. 추장은 결국 미합중국 정부에 그들의 땅을 내놓을 수밖에 없다는 사실을 잘 알고 있었습니다. 제안을 거부하면 백인들이 강제로 그들의 대지를 빼앗아 갈 것이라는 사실을 잘 알고 있었기 때문이지요. 이 무렵 인디언들은 자신들이 살던 땅에서 쫓겨나 서쪽으로 또 서쪽으로 계속 쫓겨났습니다. 결국 인디언들은 태평양이 가로막혀 있어 이제 더 앞으로 나아갈 수 없는 서부 맨 끝자락까지 쫓겨났습니다.

물론 그런 과정에서 백인과 원주민 사이에 크고 작은 전투가 치열하게 벌어지기도 했습니다. 오죽하면 "가장 훌륭한 인디언은 죽은 인디언"이라는 말까지 생겨났겠습니까? 백인들에게는 총을 맞고 죽어가는 인디언이 가장 훌륭한 인디언이라는 의미입니다. 반대로 인디언들에게는 오히려 죽어가는 백인이 가장 훌륭한 백인이었지도 모르지요. 어찌 되었든 다른 인디언 부족의 한 추장은 백인들에게 땅을 모두 빼앗긴 나머지 이제 "담요 한 장 펼칠 수 있는 땅"조차 남아 있지 않다고 한탄하기도 했습니다.

이왕 담요 이야기가 나왔으니 말이지만, 백인들은 담요에 매독 균을 묻혀 인디언들에게 나누어주기도 했습니다. 매독에 아무 저항력이 없던 인디언들은 그 무렵 무참하게 죽어갔습니다. 백인들이 서부를 개척하면서 인디언들에게 저지른 범행은 앞으로 그들 스스로가 걸머질 원죄가 되어 그들의 양심을 괴롭힐 것입니다. 백인들이 인디언들에 저지른 죄는 흑인들에게 저지른 죄보다 훨씬 더 큽니다.

앞선 인용문은 세알트 추장이 피어스 대통령의 제안을 받고 매각 협상 막바지에 접어들 무렵에 한 연설입니다. 연설한 시기는 1854년 12월 혹은 1855년 초엽이었을 것입니다. 물론 세알트가 추장이 연설을 할 때 피어스 대통령은 그 자리에 없었고, 오직 아이작 스티븐스 주지사만이 참석했다고 전해집니다. 이런 자료가 흔히 그러하듯이 여러 사람의 손을 거쳐 영어로 번역되는 과정에서 없던 말이 덧붙여졌는가 하면 원래 있던 말이 빠지기도 했습니다.

인디언 말을 할 줄 아는 헨리 A. 스미스라는 백인이 추장의 연설을 받아적은 것으로 알려져 있습니다. 연설 내용은 실제 연설이 있었던 날로부터 무려 33년이 지난 1887년에야 비로소 처음으로 언론에 공개되었습니다. 처음 연설문에는 주로 인디언 부족의 슬픈 이별을 노래하고, 인디언의 생존을 걱정하는 내용이 주된 것이었습니다. 물론 인디언의 생활방식에 걸맞게 땅과의 연대성을 비롯한 친자연적인 세계관을 강조합니다.

그로부터 수십 년이 흘러 1960년 윌리엄 애로스미스라는 교수가 이 연설문을 수정했습니다. 이때 그는 "마지막 나무가 베어지고, 마지막 강이 더렵혀지고, 마지막 물고기가 잡힌 뒤에야 그대들은 깨달으리라. 돈을 먹고 살 수는 없다는 것을"이라는 부분을 덧붙였습니다. 그러다가 1970년대 초엽 텔레비전 다큐멘터리 〈고향〉에서 이 연설은 다시 한번 변용을 거칩니다. 이 방송을 계기로 세알트 추장은 환경운동의 대부의 반열에 오르게 됩니다. "땅은 인간의 것이 아니라, 인간이 땅의 일부"라는 말도 방송 작가 테드 페리가 지어낸 말이라고 합니다. 그러다가 환경운동에 관심 있는 사람들에게 주목받은 이후 다시 한번 텍스트의 변용이 일어났습니다. 한마디로 이 연설문의 역사는 인디언의 역사만큼이나 복잡하고 굴곡이 많았습니다.

물론 이런 과정에서 세알트 추장의 연설은 표현이 많이 달라졌지만 기본적인 뼈대는 거의 그대로 간직하고 있습니다. 이 연설은 인디언 원주민의 생태의식을 읽을 수 있는 더할 나위 없이 아주 좋은 자료로 자주 인용되고 있습니다. 물론 과장된 부분도 있지만 가히 '생태주의의 복음서'라고 해도 크게 틀리지 않을 것 같습니다. 좀 더 구체적으로 말하자면 신약성서 사복음서에 나오는 '산상 수훈'이 떠오릅니다.

세알트는 무엇보다도 먼저 하늘과 땅 같은 자연이란 돈으로 사고팔 수 있는 대상이 아니라고 말합니다. 그런 것들을 사고팔 수 있다고 생각하는 백인들이 "참으로 낯설게 느껴진다"라고 고백합니다. 그러면서 세알트는 우리가 들이마시는 공기와 물을 돈으로 사고팔 수 없듯이 하늘과 땅도 팔 수 없다고 말합니다. 여기서 하늘보다는 특히 땅에 무게가 실려 있습니다. 대서양을 건너 유럽에서 건너 온 백인들은 대서양 연안 동부 지방을 개척한 이후 서부 쪽으로 눈을 돌려 땅을 넓혀갔습니다. 인디언들이 땅을 사고팔 수 없다고 생각하는 것은 땅이란 한 개인이나 국가 같은 집단의 소유물이 아니라 모든 사람이 공유해야 하는 공동재산이기 때문입니다.

인류 역사에서 사유재산 제도가 처음 생긴 것은 수렵이나 어로에 종사하면서 방랑생활을 하던 무리들이 일정한 지역에 정착해 농경생활을 하게 되면서부터입니다. 모계제母系制에서 부계제父系制로, 난혼이나 집단혼의 형태에서 일부일처의 가족 제도가 성립하고 계급사회가 발생한 것도 모두 이 무렵이었습니다. 북아메리카 대륙에 오랫동안 살았던 인디언들은 부계제나 일부일처의 가족 제도를 받아들이고 있었지만 토지에 대해서만은 원시 공동사회에서처럼 사유재산을 인정하지 않았습니다.

더구나 인디언들은 땅에는 그 가치를 화폐로 측정할 수 없는 신성함이나 거룩함이 깃들어 있다고 굳게 믿었습니다. 말하자면 일종의 물활론이나 정령 신앙을 받아들이고 있었던 것입니다. "이 땅의 구석구석은 우리 사람들에게는 신성합니다. 저 반짝이는 솔잎이며 모래강변이며 어두운 숲 속에 자욱이 낀 안개며 초원, 그리고 울어대는 벌레들까지, 그 어느 것 하나 우리의 기억과 경험에 거룩하지 않은 것이 없습니다"라는 부분에 주목하기 바랍니다. 땅이나 자연 곳곳에서 초월적인 존재자의 모습을 볼 수 있다는 것입니다.

이렇게 인디언들이 땅을 소중하게 생각하는 데는 그럴 만한 까닭이 있습니다. "대지에 일어난 모든 일은 그 대지의 아들들에게도 찾아옵니다"라는 구절에서도 엿볼 수 있듯이, 인간이 만물을 낳고 기르는 땅을 소중하게 생각하지 않고 함부로 다루면 그 피해가 고스란히 인간에게 되돌아오기 때문입니다. 우리말 격언에도 "누워서 침 뱉기"라는 표현이 있는 것처럼 세알트 추장도 침을 뱉는다는 은유를 사용하는 것이 흥미롭습니다. 남에게 해를 끼치려다가 도리어 자신이 해를 입는다는 뜻으로 자주 쓰는 말이지요. 영어 속담으로는 "고약한 새가 자신의 둥지를 더럽힌다"라고 합니다. 세알트 추장의 말대로 만약 이 대지에 살고 있는 인간이 대지에 침을 뱉는다면, 그 침은 고스란히 인간 자신에게 되돌아오고 말 것입니다.

인간과 그의 주거지라고 할 대지에 대해 세알트 추장은 이번에는 그물의 비유를 사용해 말하고 있습니다. "인간은 다만 그 그물 속에서 하나의 매듭일 뿐입니다. 인간이 그 그물에 하는 짓은 곧 자기 자신에게 고스란히 되돌아갑니다"라고 말입니다. 그물은 매듭이 생명입니다. 실이나 노끈, 철사 따위를 묶어 맺은 자리가 매듭입니다. 그런데 만약 이 매듭이 풀려버리면 그물은 더는 그물로서 사용할 수 없습니다. 그냥 쓰레기일 뿐 실이나 노끈 또는 철사로 다시 쓸 수도 없습니다.

생태계는 마치 그물의 매듭과 같습니다. 그것을 구성하는 종과 개체는 그물의 매듭처럼 서로 긴밀하게 연결되어 있습니다. 그물 한쪽 끄트머리를 살짝 건드려 보십시오. 그 주위는 말할 것도 없고 심지어 반대쪽까지 파상적으로 움직입니다. 지구상에 살고 있는 종이나 개체는 어느 하나가 없어지면 나머지 종이나 개체도 영향을 받을 수밖에 없습니다. 하루에도 수십 종씩 지구에서 사라지고 있는 멸종 생물, 그리고 그런 위기에 놓여 있는 생물에 대해 우리가 그토록 안타깝게 생각하는 이유가 바로 여기에 있지요. 그래서 세알트 추장은 "모든 것들은 우리 모두를 한데 묶어주는 피처럼 서로 연결되어 있습니다"라고 말하는 것입니다. 인디언의 인사말 중에 '미타쿠예 오야신'이라는 것이 있습니다. 모든 것이 하나로 연결되어 있다는 뜻입니다. 인디언들은 만물이 서로 긴밀하게 연결되어 있다는 사실을 하루라도 잊지 않았던 것입니다.

세알트 추장이 "땅이 인간에게 속해 있는 것이 아니라 오히려 인간이 땅에 속해 있다"라고 말하는 대목도 눈여겨보기 바랍니다. 지금까지 인간은 자신이 주인이고 땅을 비롯한 자연이 손님인 것처럼 행동해 왔습니다. 말하자면 주객이 전도된 셈이지요. 그러나 추장의 말대로 인간은 땅의 일부에 해당합니다. 동양의 대표적인 사상가 노자도 세알트 추장과 비슷한 생각을 피력한 바 있습니다. 《도덕경》 첫머리에서 노자는 "우주 안에 네 가지 큰 것이 있는데 사람은 그 가운데 하나일 뿐이다"라고 잘라 말합니다. 그러면서 "사람은 땅의 법칙에 따르고, 땅은 하늘의 법칙에 따르며, 하늘은 도道의 법칙에 따르고, 도는 자연의 법칙에 따른다"라고 밝힙니다.

여기서 "사람은 땅의 법칙에 따른다人法地"라는 구절이 바로 세알트 추장이 말하는 것과 크게 다르지 않습니다. 추장은 "인간은 삶의 그물을 짜지 않았습니다"라고 말합니다. 그물, 즉 생태계를 짠 것은 초월적 존재자라는 의미입니다. 오히려 인간은 그물을 만드는 수많은 매듭 가운데 하나일 뿐입니다. 물론 인간이라는 매듭도 소중해서 그것이 풀어지면 그물은 쓸모가 없기 마련입니다. 생태계에서 인간이 없으면 건강하다고 생각할지 모르지만 인간이 없는 생태계도 그다지 건강한 생태계는 아닙니다. 생태계를 파괴하는 주범이기는 하지만 인간도 생태계를 구성하는 소중한 일원이기 때문이지요.

세알트 추장이 연설문에서 그들의 땅을 빼앗고 수많은 동포를 무참하게 죽인 백인들을 '형제'라고 부른다는 점도 눈여겨보기 바랍니다. 성 프란체스코가 〈태양의 찬가〉에서 우주 만물을 형제요 자매라고 불렀다는 점은 앞에서 이미 지적한 바 있습니다. 우주 만물이 형제자매라면 동료 인간도 마땅히 형제가 되어야 할 것입니다. 형제라면 한 부모에서 태어난 사람으로 같은 운명에서 벗어날 수 없습니다. 말하자면 같은 배를 타고 있다는 뜻이지요. 세알트 추장은 백인들도 인디언들도 궁극적으로는 같은 신을 섬기고 있다고 말합니다. 물론 인디언이 섬기는 신은 백인들이 섬기는 기독교의 유일신과는 많이 다릅니다. 그러나 신의 자비심은 백인에게나 인디언들에게나 공평하게 허락될 것입니다. 세알트 추장이 "그는 인류의 신이며, 그의 자비로움은 붉은 살갗의 사람들에게나 백인들에게나 평등합니다"라고 말하는 까닭입니다.

또한 세알트 추장은 신의 자비심에 대해 말하면서 신에 대한 인간의 의무에 대해서도 언급하고 있습니다. “대지는 그 신에게 소중하고, 대지에 상처를 입히는 것은 그의 피조물들을 경멸하는 일입니다”라는 구절이 바로 그것입니다. 이 구절에서도 엿볼 수 있듯이 땅은 신에게 소중할 뿐만 아니라 그 땅을 더럽히거나 상처를 입히는 것은 곧 그곳에 존재해 있는 만물을 얕잡아 보는 것과 크게 다르지 않습니다. 이는 부모한테서 물려받은 소중한 선물을 친구에게 함부로 팔 수 없듯이 신이 인간에게 준 소중한 선물인 땅도 인간이 마음대로 사고팔 수 없는 것과 같은 이치입니다.

어떻게 땅을 쟁기로 갈 수 있단 말인가

땅과 어머니는 공통점이 한두 가지가 아닙니다. 만물을 낳아 기른다는 점, 넉넉한 품으로 모든 것을 감싸 안는다는 점이 그러합니다. 대지의 어머니이든 위대한 어머니이든 자식을 낳고 기르는 정성은 매한가지입니다.

인디언 지도자 스모할라의 연설문

당신은 나더러 쟁기로 땅을 갈아엎으라고 부탁하고 있습니다. 칼을 들고 내 어머니의 가슴을 찢어야만 하나요? 그렇게 한다면 내가 죽은 후에 어머니는 나를 가슴에 품어 편히 쉬게 해주지 않을 것입니다.

당신은 귀중한 돌을 찾아 땅을 파헤치라고 부탁하고 있습니다. 내 어머니의 피부 밑을 파면서 뼈를 뒤져야만 하나요? 그렇게 한다면 내가 죽은 후에 어머니의 몸속에서 다시 태어날 수 없을 것입니다.

당신은 풀밭을 베어 건초를 만들어 팔아서 백인들처럼 부자가 되라고 부탁하고 있습니다. 하지만 내가 어떻게 감히 어머니의 머리칼을 자를 수 있나요?

북아메리카 대륙의 컬럼비아베이슨 족 인디언 지도자 스모할라의 연설문 중 일부입니다. 컬럼비아베이슨 족 인디언은 이름 그대로 태평양 연안 북서부 지방에서 가장 큰 강인 컬럼비아 강 근처 프리스트 래피스 지역을 중심으로 모여 살았습니다. 오늘날의 워싱턴 주 동부에 해당하는 곳입니다. 이 인디언 족은 네페르세 족과 혈족관계에 있던 와나품 또는 와나팜이라는 조그만 부족이었습니다.

스모할라는 바로 이 인디언 족을 이끈 정신적 지도자였습니다. 그는 이 지역에서 이름난 주술의呪術醫이자 훌륭한 전사이기도 했지요. 그러나 경쟁자와 싸우고 난 뒤 고향을 떠나 남쪽으로 갔습니다. 멀리 멕시코까지 여행하면서 수년간 떠돌아 돌아다녔습니다. 고향으로 돌아온 뒤 자신은 죽었다가 신의 도움으로 다시 살아났다고 주장했습니다. 그때부터 설교를 시작해 1872년까지 꽤 많은 추종자들을 얻었습니다. 스모할라는 백인 정착민들에게 인디언 문화가 크게 위협받던 당시 등장한 여러 인디언 지도자 가운데 한 사람이지요. 인디언의 가치와 전통적인 삶의 방식을 강조하기 위해 그는 '꿈꾸는 사람들'이라는 종교 단체를 만든 것으로도 유명합니다. 이 단체는 스모할라가 사망한 뒤에도 몇 년 동안이나 유지되었습니다.

스모할라의 영향력은 고원지대 인디언들 사이에 점차 확산되었습니다. 가장 헌신적으로 그를 따르는 사람들 중에는 조지프 추장과 네페르세 족 인디언들도 있었습니다. 이 종파는 이 지역 인디언들을 정착시키고 백인들의 생활방식을 바꾸려고 한 미국 정부의 노력에 가장 큰 걸림돌이 되었던 인디언들이었지요. 같은 시대에 살았던 미국 육군 소령 J. W. 맥머리는 스모할라에 대해 이렇게 평한 적이 있습니다. "키가 땅딸막하고 대머리에 곱사등이었던 그 사람은 처음에는 호감을 주는 인상은 아니었다. 하지만 그의 눈썹은 깊고 두 눈은 지혜롭게 번득였다. 그가 영향력을 발휘할 수 있었던 이유는 주로 백인에게서 얻은 지식 때문이기도 했지만, 그보다 더 큰 이유는 타고난 지능과 자질을 갖춘 웅변가이자 지도자였기 때문이었다."

스모할라의 연설문을 좀 더 쉽게 이해하기 위해서는 19세기 중엽의 미국 사회를 먼저 살펴보는 것이 좋을 것 같습니다. 이 무렵 백인 정착민들은 대서양 동부의 인구가 점점 많아지자 미시시피 강을 건너 서북부 지역으로 대거 몰려들기 시작했습니다. 로키 산맥을 넘어 1869년에 완성된 대륙 횡단 철도는 백인들이 드넓고 비옥한 땅을 찾아 서부로 이주하는 데 그야말로 견인차 역할을 했지요. 미국 정부는 인디언들에게 보호구역으로 옮기거나 아니면 농토를 받아 농민으로 정착할 것을 설득했습니다. 주로 수렵과 채취생활을 하던 고원지대 인디언들 가운데 많은 사람들이 그 제안을 받아들여 농업으로 전환했습니다.

그런데 문제는 땅을 취급하고 농사를 짓는 방법에 있었습니다. 스모할라는 농사지을 땅을 사고파는 행위와 토지 매매증서에 서명하는 것 같은 행위를 절대로 해서는 안 된다고 주장했습니다. 이 점에서는 두와미시-수쿠아미시 족 인디언 추장 세알트 추장과 비슷합니다. 특히 스모할라는 농사를 짓되 백인들이 하는 방식으로 농사를 지어서는 안 된다고 지적했습니다.

백인들은 농사를 지을 때 쟁기로 땅을 파헤칩니다. 물론 지금은 트랙터 같은 기계를 사용하지만 쟁기는 메소포타미아와 이집트 문명 때부터 사용해온 대표적인 농기구 중 하나입니다. 농사의 역사는 곧 쟁기의 역사라고 해도 크게 틀린 말이 아닐 정도로 쟁기는 농사짓는 데 필수적인 도구이지요. 땅위에 곡식을 심기 위해서는 무엇보다도 먼저 쟁기로 땅을 갈아엎어야 합니다. 쟁기로 땅을 뒤엎으면 흙에 새 공기를 쐬어줄 수도 있고, 영양소를 땅 위로 끌고 올 수도 있어 식물의 성장을 돕습니다. 또 잡초를 땅 속에 묻어버릴 수도 있습니다.

그런데 이 연설문에서 스모할라는 쟁기로 땅을 갈아엎을 수 없다고 말하고 있습니다. 쟁기로 땅을 갈아엎지 말라고 말하는 것은 곧 농사를 금한다는 뜻이기도 합니다. 그런데도 스모할라는 동료 인디언들에게 힘주어 말합니다. 쟁기로 땅을 갈아엎는다는 것은 곧 "칼을 들고 내 어머니의 가슴을 찢는" 행위라는 것입니다. 스모할라에게 땅은 곧 어머니입니다. 대지를 쟁기로 갈아엎어버리면 죽어서 어머니 품에 안길 수 없다고 이야기합니다. 어머니 품에 안길 수 없다는 것은 죽어서도 편히 잠들 수 없다는 뜻이지요.

요즈음 법률용어를 빌려 말하면 어머니에게 상처를 입히는 행위는 존속 상해가 될 것이고, 만약 그 정도가 지나쳐서 사망한다면 존속 살해가 될 것입니다. 한국의 현행 형법에는 그동안 존속 살인은 보통 살인보다 형을 가중하여 사형 또는 무기징역 또는 7년 이상의 징역에 처한다고 되어 있었습니다. 물론 형량이 높다고 하여 논란이 많았습니다. 그래서 법무부 형사법개정특위에서는 형법 존속 살해 조항을 없애기로 의결하고 개정 시안을 마련했습니다. "누구든지 사회적 신분에 의해 생활의 모든 영역에서 차별을 받지 않는다"라는 헌법 제11조의 평등권 조항을 고려할 때 존속 살해죄는 '출생에 따른 차별'이 될 수 있기 때문이지요.

스모할라는 쟁기로 땅을 갈아엎는 행위뿐만 아니라 귀중한 돌을 찾아 땅을 파헤치는 것조차 거부하고 있습니다. 여기서 '귀중한 돌'이란 보석을 말하지만 넓은 의미에서 석탄이나 철광석 같은 광물이나 지하자원을 가리키는 것이지요. 인류가 최초로 지하자원을 이용하기 시작한 것은 구석기 시대부터입니다. 이때부터 지층 속에 굳어진 채로 산출되는 화타석火打石을 지하 깊이까지 파고들어가 구하곤 했습니다.

스모할라는 쟁기로 땅을 갈아엎는 것이 어머니의 몸에 상처를 내는 것이라면, 땅 속에 묻힌 광물을 찾기 위해 땅을 파헤치는 것은 어머니의 살갗을 절개하는 것과 같다고 말합니다. 스모할라는 만약 쟁기로 땅을 갈아엎으면 자신이 죽은 뒤에 다시는 어머니의 몸을 빌려 이 세상에 태어날 수 없을 것이라고 말합니다. 영어로 '살과 뼈'라고 하면 살아 있는 사람이나 인간을 가리킵니다. 한국어에서의 '골육骨肉'은 영어보다는 의미의 폭이 줄어 부자나 형제 등의 육친을 일컫습니다. 어찌 되었든 어머니의 뼈를 뒤지는 것은 자식으로서 불경을 범하는 행위입니다. 뿐만 아니라 어머니로부터 살과 뼈를 받아 이 세상에 다시 태어날 수도 없을 것입니다. 고대 로마 시대에도 땅을 파헤쳐 귀금속을 채취하는 것을 어머니 몸속을 뒤지는 것에 빗대며 엄격히 금한 바 있습니다.

또한 스모할라는 연설문에서 초원의 풀을 베어 건초를 만드는 것조차 행할 수 없다고 말합니다. 그 이유는 간단합니다. 초원에 자라는 풀은 어머니 대지의 머리칼이기 때문입니다. 쟁기질을 해서 어머니의 가슴에 상처를 내거나 어머니의 살과 뼈를 뒤져 광물을 채취할 수 없듯이 어머니의 머리칼인 풀을 베어낼 수 없다는 주장입니다. 특히 백인들이 그러하듯 돈을 벌 목적으로는 더더욱 할 수 없다고 밝힙니다.

땅을 자애로운 어머니로 간주하는 스모할라의 주장처럼 실제로 땅과 어머니 사이에는 공통점이 한두 가지가 아닙니다. 만물을 낳아 기른다는 점에서도 그러하고, 넉넉한 품으로 모든 것을 감싸 안는다는 점에서도 그러합니다. 특히 대자연의 생산력은 어머니가 자식을 낳고 양육하는 능력에 자주 비유되곤 합니다. 전통적인 문화권에서는 예로부터 대지의 어머니는 태양과 결혼을 하여 '그녀'의 자궁 속에 소중한 돌과 금속을 만들어낸다고 생각했습니다. 광물과 금속은 대지의 어머니의 자궁 속에서 잉태되어 자라다가 때가 되면 자연스럽게 몸 밖으로 나온다는 것입니다. 인간이 땅을 파헤쳐 광물이나 금속을 찾아내는 것은 아직 자라지도 않은 아이를 억지로 꺼내는 조산早産 행위라고 할 수 있습니다. 그렇다면 광물과 원광을 채취하여 정제하는 제련소는 인큐베이터인 셈이지요.

서양에서나 동양에서나 하늘을 남성으로 생각하는 반면 대지는 여성으로 생각합니다. 예를 들어 그리스 신화에 등장하는 가이아Gaia는 대지의 여신입니다. 로마 신화의 데메테르Demeter와 동일한 신이지요. 헤시오도스가 쓴 《신통기神統記》에 따르면 카오스Chaos와 타르타로스Tartaros 등과 더불어 태초부터 존재해왔던 태초신이라고 합니다. 그리스 신화에 등장하는 신들의 대부분은 가이아의 혈통을 이어받고 있습니다.

이렇듯 지모신地母神은 대지의 풍요로움과 여성의 생식력이 결부되어 태어난 신격으로 아버지로서의 성격이 강한 천공신天空神의 신격과 대비되는 어머니 여신들입니다. 영어로는 흔히 대지의 어머니라는 뜻으로 '어스 마더'나 위대한 어머니라고 하여 '그레이트 마더'라고도 부릅니다.

지모신은 비단 서양 문화권에서만 볼 수 있는 것이 아니라 동양 문화권 등 세계 곳곳에서 쉽게 엿볼 수 있습니다. 가령 인도에는 지장보살地藏菩薩이 있고, 중국에는 마고麻姑가 있으며, 한국에는 단군신화의 웅녀熊女가 있습니다. 역사가 오래된 여신들은 그 기원을 거슬러 올라가면 거의 대부분 지모신 계열에 맞닿아 있습니다. 지모신에 대한 신앙은 천공신, 즉 하늘에 대한 신앙보다도 오래되었다고 주장하는 학자들도 적지 않습니다. 다만 시간이 지나면서 지모신에 대한 신앙이 쇠퇴하는 대신 점차 부신父神 쪽으로 헤게모니가 이동했다는 것이지요.

이처럼 대지를 자애로운 어머니로 생각하는 문화권에서는 자연과 자원을 소중하게 생각하고 아낍니다. 자연파괴나 환경오염은 지모신 신앙보다는 천공신 신앙이 보편화된 문화권에서 훨씬 심각합니다. 앞에서 지적했듯이 몇몇 학자들은 기독교가 환경파괴에 적잖은 영향을 미쳤다고 주장합니다. 야훼 또는 하나님을 믿는 유대교와 기독교야말로 천공신의 가장 대표적인 종교라고 할 수 있지요. '하느님'이라는 우리말은 하늘, 한자로는 천天의 존칭어입니다. 광활하고 드높은 하늘은 보편적으로 궁극적 존재자를 상징합니다.

이밖에도 가장 오래된 문자 문화를 지닌 고대 메소포타미아의 아누Anu, 가나안 지방의 엘EL, 그리스의 제우스Zeus 등은 모두 천공신으로 최고 권위의 상징이었습니다. 세계적 종교로 발전했던 조로아스터교의 아후라 마즈다Ahura Mazdah, 이슬람교의 알라Allah 신 또한 천공신이었습니다. 시간이 지나면서 이런 신들은 최고신에서 유일신으로 점차 자리를 잡았습니다. 자연파괴와 환경오염은 지모신을 몰아내고 그 자리에 천공신을 세우면서부터 시작되었던 것입니다.

아름다운 호수의 얼굴

소로는 호수를 '숲의 심장부'라고 명명하였습니다. 심장이 없는 사람을 상상할 수 없듯이 호수 없는 숲도 상상하기 어렵습니다. 심장이 몸 곳곳에 깨끗한 피를 공급해주듯 호수는 대지의 불순물을 깨끗하게 씻어줍니다.

헨리 데이비드 소로 〈겨울 산책〉

여름이 되면 호수는 물기를 머금고 있는 대지의 눈眼이요, 자연의 가슴에 달린 거울이다. 숲에 일어난 모든 죄악은 그 안에서 깨끗하게 정화된다. 숲이 어떻게 호숫가 주위에 원형극장을 만들고 있는지 보라. 그곳은 자연의 온갖 온화함이 경합을 벌이는 곳. 나무들은 여행자들의 발길을 그 호숫가로 인도한다. 그곳으로 이어지지 않는 길이란 없다. 새들이 그곳을 향해 날아가며, 네 발로 걷는 짐승들도 그곳에서 도피처를 찾는다. 대지조차 호수를 향하여 마음을 활짝 열어놓고 있다. 그곳은 자연의 응접실, 여자들이 화장을 하려고 앉는 곳이다. 자연의 말 없는 절약과 정갈함을 생각해보라. 아침이면 태양은 수증기를 흩뿌려 호수의 수면으로부터 티끌을 닦아낸다. 신선한 수면은 끊임없이 새롭게 솟아오른다. 무슨 불순물이든 수북이 쌓이지만 봄이 되면 투명한 물로 새롭게 단장을 하고 모습을 드러낸다. 여름이 되면 음악이 은밀하게 수면을 가로질러 흐르는 것만 같다.

이 작품은 미국의 수필가요 시인이며 환경운동가인 헨리 데이비드 소로의 〈겨울 산책〉1843에서 뽑은 문장입니다. 초월주의자들의 잡지 〈다이얼〉에 처음 실렸다가 그가 사망한 뒤에 출간된 《소풍》1863이라는 책에 수록되었습니다. 1817년 미국 매사추세츠 주 콩코드에서 태어난 소로는 하버드 대학을 졸업한 뒤 취직도 하지 않고, 가내 수공업으로 연필을 만들던 아버지를 돕거나 가정교사 노릇을 하며 지냈습니다. 또 시간이 나면 자연과 벗 삼아 산책을 즐겼습니다. 이 무렵 대학에 간다는 것은 여간 드문 일이 아니었습니다. 대학을 졸업하면 흔히 목사나 법률가 또는 의사 같은 전문직에 종사하는 것이 보통이었습니다. 실제로 하버드 같은 대학은 목사를 양성하기 위해 설립한 고등 교육기관이었지요. 이렇게 대학을 졸업한 뒤 고향에서 빈둥거리는 소로는 말하자면 콩코드 마을에서 '괴짜'로 통했습니다.

그러나 이처럼 겉으로는 빈둥거리는 것 같지만 소로는 철학이나 사상이 척박한 미국 땅에 초월주의의 씨앗을 뿌린 랠프 월도 에머슨과 친분을 맺으며 내면적으로 사상적 토대를 다졌습니다. 빚을 내어 자비로 출판한 첫 작품 《콩코드 강과 메리맥 강에서 보낸 일주일》1849은 형과 함께 두 강을 따라 여행하던 순간을 기록한 여행기로 당시에는 독자들로부터 외면을 당했습니다. 저널에서 그는 "지금 900여 권의 책을 소장하고 있는데 그중에서 700권이 넘는 책은 내가 쓴 책"

이라고 밝인 바 있습니다. 이 700권은 처녀작 1,000여 권 가운데 시중에 팔리거나 친지들에게 나눠주고 남은 책의 권수입니다.

소로는 인두세를 납부하지 않아 감옥에 갇히기도 했고, 노예 해방운동에 헌신하기도 했습니다. 《시민 불복종》1849에서 그는 "국민에게 가장 좋은 정부는 가장 적게 다스리는 정부이며, 더 나아가서는 전혀 다스리지 않는 정부"라고 부르짖었습니다. 소로의 시민 불복종 정신은 뒷날 '인도의 성인'으로 일컫는 마하트마 간디의 인도 독립운동과 마틴 루서 킹 목사의 민권운동에 소중한 사상적 자양분이 되었습니다.

그러나 소로의 대표작 가운데 손꼽히는 것은 '숲 속의 생활'이라는 부제가 붙은 《월든》1854입니다. 이 무렵 미국을 풍미하던 물질주의에 항의하기 위해 그는 2년 2개월 동안 콩코드의 월든 숲 호숫가에 작은 오두막을 짓고 살았습니다. 당시의 경험을 기록한 책이 바로 《월든》입니다. 흔히 '생태주의의 복음서'로 일컫는 이 책은 시인과 작가에게 큰 영향을 주었을 뿐만 아니라 환경운동에도 크나큰 영향을 끼쳤습니다. 마흔다섯의 젊은 나이에 폐결핵으로 요절한 소로는 《원칙 없는 삶》1863, 《메인 주의 숲》1864, 《케이프 코드》1865 같은 여행기와 자연에 관한 에세이, 일기, 서간집 등 다양한 작품을 남겼습니다.

소로는 1862년 사망할 때까지 엄청난 양의 저널을 남겼습니다. 그때그때 느끼고 생각하는 것을 그는 일기처럼 써놓았습니다. 그런데 이 저널은 소로에게 마치 보물창고와 같아서 필요할 때마다 자신이 기록해둔 자료를 찾아가며 글을 썼습니다. 실제로 그가 쓴 대부분의 글은 이 저널과 직간접으로 관련이 있습니다. 앞서 인용한 〈겨울 산책〉도 저널에 기록해 놓았던 글을 다듬어 쓴 글입니다.

소로의 〈겨울 산책〉을 읽고 있노라면 마치 서정시 한 편을 감상하는 듯한 느낌이 듭니다. 은유나 직유 같은 비유법을 구사하는 솜씨가 어느 시인 못지않게 뛰어납니다. 늘 자연을 벗 삼아 살아 온 덕분에 소로는 비유법을 구사하되 주로 자연과 관련한 비유법을 즐겨 사용합니다. 무엇보다도 먼저 여름철의 호수를 "물기를 머금고 있는 대지의 눈"이라고 묘사한 대목을 눈여겨보기 바랍니다. 소로는 《월든》에서도 호수를 '대지의 눈'이라고 불렀습니다.

하늘 아래 드넓은 대지를 인간에 빗댄다면 호수는 그 얼굴에서도 가장 중요한 눈에 해당한다고 소로는 말합니다. 비행기를 타고 하늘에서 땅을 내려다보면 둥근 호수는 마치 얼굴의 눈처럼 보일 것입니다. 타원형의 모양에서도 그러하고, 물이라는 액체를 담고 있다는 점에서도 그러하지요. 소로는 또 다른 글에서 호수를 눈으로 부를뿐더러 그 옆에 서 있는 나무들을 날씬한 눈썹이라고 부릅니다. 그런가 하면 호수 주변으로 나무가 우거진 언덕과 절벽은 눈 위에 불쑥 튀어나온

이마에 빗대기도 합니다. 이렇게 호수야말로 대지에서 가장 중요한 위치를 차지하고 있습니다. 한국에서는 "눈이 보배"라는 말도 있고, 서양에서는 가장 소중히 아끼는 물건이나 사람을 "눈의 사과"라고 합니다.

한편 소로는 호수를 "자연의 가슴에 달린 거울"에 빗대기도 합니다. 호수의 잔잔한 수면이 그 주위에 있는 대상을 낱낱이 비춰주기 때문일 것입니다. 그렇다면 왜 가슴에 달린 거울이라고 표현했을까요? 아마도 호수가 산 중턱에 있기 때문일 것입니다. 소로가 2년 넘게 오두막을 짓고 살았던 월든 호수만 해도 산 속에 위치해 있습니다. 이렇게 비교적 높은 위치에 있기 때문에 자연의 모습을 그대로 비출 수 있었던 것입니다. 또 소로는 호수를 중심으로 나무들이 쭉 들어서 있는 모습을 마치 호숫가 주위에 세워놓은 원형 극장에 빗댑니다. 나무들은 이 원형 극장에 앉아 계절이 바뀔 때마다 호수에서 벌어지고 있는 다양한 모습을 낱낱이 바라봅니다.

게다가 호수는 숲과 호수 주변의 환경을 정화시켜 줍니다. 낙엽이며 짐승들의 분비물이며 심지어 인간이 버리고 간 쓰레기도 비가 내리면 호수로 쓸려 들어갑니다. 소로가 "숲에 일어난 모든 죄악은 그 안에서 깨끗하게 정화된다"라고 말하는 까닭이 바로 여기에 있습니다. 그런데 하필이면 왜 '죄악'이라는 단어를 사용할까요? 낙엽이나 짐승의 분비물은 그렇다 치더라도 인간이 나무를 벌목하면서 버린 쓰레기나 호숫가로 캠핑을 왔다가 버린 쓰레기들도 호수가 고스란히 떠맡아 정화시켜야 하기 때문일 것입니다. 소로에게 소중한 자연을 훼손하는 일은 죄악과 다름없는 행위였습니다.

호수는 숲에서 광장과 같은 곳이기도 합니다. 말하자면 숲의 중심지라고 할 수 있습니다. 소로는 저널에서 호수를 '숲의 심장부'라고 명명하였습니다. 심장이 없는 사람을 상상할 수 없듯이 호수 없는 숲도 상상하기 어려울 것입니다. 심장이 인간의 몸 곳곳에 깨끗한 피를 공급해주듯이 호수는 대지의 불순물을 깨끗하게 씻어줍니다. 또 "모든 길은 로마로 통한다"라는 격언처럼 숲에 난 길은 하나같이 호수로 이어집니다. 가령 여행자들이 무성한 나무를 따라 걷다 보면 어느덧 호숫가에 이르게 됩니다. 새들도 먹이를 찾아 호수를 향해 날아가고, 네 발 짐승들도 그곳에서 도피처를 찾습니다. 그래서 소로는 "대지조차 호수를 향하여 마음을 활짝 열어 놓고 있다"라고 말합니다.

소로가 호수를 남성보다는 여성에 빗대어 묘사하는 부분도 무척 흥미롭습니다. 호수를 "자연의 응접실, 여자들이 화장을 하려고 앉는 곳"이라고 말합니다. 자연이 더러운 곳을 닦아내고 예쁘게 단장하는 곳이 바로 호수라고 말입니다. 아침이 되어 해가 떠오르면 수증기를 흩뿌려 호수의 수면으로부터 티끌을 닦아냅니다. 호수는 끊임없이 새롭게 솟아오르는 물로 언제나 신선한 수면을 유지합니다. 비록 가을이나 겨울이 되어 낙엽이나 쓰레기 같은 불순물이 수북이 쌓여도 봄이 되면 어김없이 정화시켜 투명한 물로 새롭게 단장하고 정갈한 모습을 드러냅니다. 그리고 여름이 되면 귀에 들릴 듯 말듯 은밀한 음악이 호수 수면을 가로질러 흐르는 것만 같습니다. 소로가 온갖 수사법을 동원하여 묘사하는 호수에서는 아름다운 중년 여성의 모습이 살며시 떠오릅니다.

그러나 소로의 〈겨울 산책〉에서 무엇보다도 눈길을 끄는 것은 자연의 놀라운 회복력입니다. 호수는 아름다운 자태만 뽐낼 뿐만 아니라 더 나아가 자정 능력도 갖추고 있습니다. "자연의 말없는 절약과 정갈함을 생각해보라"라는 구절에서 소로는 자연이 무엇 하나 헛되게 낭비하는 것 없이 언제나 정갈함을 유지하고 있다고 말합니다. '말 없는 절약'이라고 옮겼지만 원문에는 'silent economy'로 기록되어 있습니다. 소로는 《월든》의 첫 장에도 이 '경제'라는 제목을 붙였습니다. 이 말에는 절약하여 효율적으로 사용한다는 의미가 담겨 있습니다. 그 앞에 굳이 '말 없는'이라는 형용사를 붙인 것은 인간처럼 요란하게 떠들어대며 절약하는 것이 아니라 조용히 그것을 행한다는 뜻입니다. 이처럼 숲이나 호수는 스스로 오염물질을 정화하는 기능이 있어 언제나 생명력 넘치는 모습으로 살아갈 수 있습니다.

낙엽이 주는 교훈

낙엽은 자기를 희생하고 헌신하는 것만은 아닙니다. 썩어서 흙이 되고 무기물로 바뀌어 다시 나무의 몸속에 들어갑니다. 겉으로는 죽는 것 같지만 실제로는 나무의 일부로서의 삶을 계속 이어나가는 것입니다.

서리가 이 잎들을 살짝 건드리고 난 다음 날이면 바람이 조금만 불거나 지축이 조금만 흔들려도 잎들은 소나기처럼 후드득 후드득 떨어져내리는 모습을 보라! 이제 땅은 온통 낙엽의 온갖 색깔로 알록달록 물들어 있다. 그러나 낙엽은 그대로 죽어가는 것이 아니라 흙 속에 살아남아 흙의 생산력과 부피를 키워준다. 또한 그 흙에서 뻗어 오르는 숲에서도 낙엽의 삶은 계속 이어진다.

나뭇잎들은 자신의 몸을 굽히지만 그것은 어디까지나 미래에 더 높이 오르기 위해서이다. 나뭇잎은 신비로운 화학작용에 따라 수액으로 변해 나무의 몸속을 오른다. 그리하여 어린 나무의 첫 번째 결실로 땅에 떨어진 나뭇잎은 변신에 변신을 거듭한 끝에 그 나무가 뒷날 숲의 왕자로 자랄 때 그 수관樹冠을 장식하게 될지도 모른다.

갓 떨어진 싱그러운 낙엽이 깔린 침대 같은 땅을 바스락거리며 걷는 것은 참으로 기분 좋은 일이다. 낙엽이 무덤으로 가

는 길은 얼마나 아름다운가! 그들은 얼마나 사뿐히 자신을 땅에 눕히고 흙으로 돌아가는가! 온갖 색깔로 치장하고 살아 있는 우리를 위해 침대처럼 부드러운 땅을 만드는 데 안성맞춤인 상태로 말이다. 이렇게 낙엽은 가볍고 쾌활하게 자신의 무덤으로 떼를 지어 몰려간다. 그들은 수의壽衣를 입지 않는다. 땅 위를 이리저리 즐겁게 뛰어다니며 숲 전체에 자신의 이야기를 속삭이다가 적당한 장소를 골라잡는다. 무덤 주위를 장식할 쇠 울타리를 주문하지 않으며, 그 장소에 대하여 온 숲에 소문을 퍼뜨린다. 어떤 낙엽은 사람들의 육신이 땅 속에 썩어가고 있는 바로 무덤 위를 장소로 택하여 그들을 도중에서 마중하기도 한다.

낙엽은 자신의 무덤에서 편히 쉬기 전까지 얼마나 오랫동안 하늘 높이 공중에 솟아 있었던가! 그들은 이제 얼마나 만족스러운 마음으로 다시 땅으로 돌아와 자신의 몸을 낮추고 나무 밑동에 몸을 눕히고 썩어 하늘에서 퍼덕거리던 때만큼 새

로운 세대를 위해 자양분을 제공하는가! 낙엽은 우리 인간에게 죽음을 맞이하는 방법을 가르쳐준다. 인간은 자신의 불멸을 자랑하지만 낙엽처럼 그렇게 우아하고 성숙한 마음으로 죽음을 맞이할 날이 과연 언제쯤 오게 될까. 머리카락과 손톱을 깎듯 늦가을에 갑자기 찾아오는 여름날처럼 평온한 마음으로 자신의 육신을 벗어버릴 그날이 과연 오게 될까?

헨리 데이비드 소로의 〈가을의 빛깔〉에서 뽑은 한 대목입니다. 이 작품도 소로가 1853년 10월에 남긴 저녁 기록을 기초로 쓴 글입니다. 굳이 동양과 서양을 가르지 않고 낙엽을 묘사하거나 예찬한 글이 한둘이 아니지만 소로의 이 글처럼 그렇게 감칠맛 나고 철학적이고 명상적인 글도 아마 찾아보기 쉽지 않을 듯합니다. 이 글을 읽고 있노라면 이효석李孝石의 유명한 수필 〈낙엽을 태우면서〉라는 작품이 떠오릅니다.

새삼 말하기도 쑥스럽지만 낙엽은 계절적인 요인에 의해 나무에서 떨어져나온 잎을 말합니다. 기후대에 따라 우기 이후 건기를 맞아 낙엽이 지는 곳이 있는가 하면, 여름이 끝난 뒤 가을을 맞아 낙엽이 지는 곳도 있습니다. 한국이나 미국의 북동부 지방처럼 여름과 겨울이 뚜렷한 지역에서 서리가 내릴 정도로 추워지면 식물의 생장을 돕던 잎의 증산작용은 더 이상 일어나지 않고 오히려 동상 같은 피해를 입게 됩니다. 그래서 온대나 냉대에 서식하는 대부분의 활엽수는 낙엽을 떨어뜨림으로써 겨울철 추운 기온 때문에 일어날 수 있는 손상으로부터 스스로를 보호합니다. 한편 건기와 우기가 있는 지역에 서식하는 일부 활엽수들은 과도한 증발을 막기 위해 잎을 떨어뜨리지요.

활엽수는 특정한 조건이 되면 잎자루에 막을 만들어 줄기와 단절시킵니다. 그러면 잎에 있던 엽록소는 파괴되고 남아 있는 영양분과 효소의 작용으로 노란색이나 붉은색의 단풍이 듭니다. 그 후 수분을 공급받지 못하면 잎은 바싹 말라 나무줄기에 붙어 있지 못하고 떨어지고 맙니다. 이렇게 떨어진 잎을 낙엽이라고 부릅니다. 동양에서는 떨어진다는 사실에 주목하여 떨어질 '낙落' 자와 잎사귀 '엽葉' 자를 써 '낙엽'이라고 합니다. 이와 마찬가지로 영어에서도 낙엽을 '떨어진 잎사귀'라고 합니다. 그런가 하면 프랑스어에서는 에디트 피아프의 샹송으로도 잘 알려진 것처럼 낙엽을 '죽은 잎사귀'라고 하지요.

소로는 늦가을 나뭇잎이 떨어져 땅 위에서 썩어 가는 과정에서 아주 귀중한 교훈을 얻습니다. 낙엽은 그에게 무엇보다도 "죽음을 맞이하는 방법"을 가르쳐줍니다. 나무에 매달려 있을 때는 화려한 빛깔로 사람들의 눈을 즐겁게 해주고, 땅에 떨어져서도 바닥을 "온갖 색깔로 알록달록 물들여" 놓습니다. 또 산책하는 사람들에게는 침대처럼 부드러운 산책로가 되어줍니다. 그런가 하면 썩은 낙엽은 거름이 되어 다른 나무들에게 소중한 자양분이 됩니다. 낙엽의 삶 자체가 남의 위한 자기희생이요 자기헌신이라고 할 수 있지요.

그러나 달리 생각해 보면 낙엽은 자기를 희생하고 헌신하는 것만은 아닙니다. 썩어서 흙이 되고 무기물로 바뀌어 다시 나무의 몸속으로 들어갑니다. 낙엽은 겉으로는 죽는 것 같지만 실제로는 나무의 일부로서의 삶을 계속 이어나가는 것입니다. 소로가 "나뭇잎들은 자신의 몸을 굽히지만 그것은 어디까지나 미래에 더 높이 오르기 위해서"라고 말하는 것은 바로 그 때문입니다. 소로의 말대로 땅에 떨어져 나뒹구는 낙엽은 변신에 변신을 거듭하여 뒷날 그 나무가 '숲의 왕자'로 자랄 때 그 수관을 화려하게 장식할 것입니다. 적어도 이 점에서 낙엽의 일생은 자기소생이나 자기부활의 과정으로도 볼 수도 있습니다.

소로는 특히 낙엽이 소멸하는 과정에 감명을 받습니다. "낙엽이 무덤으로 가는 길은 얼마나 아름다운가!"라고 말합니다. 또 "얼마나 사뿐히 자신을 땅에 눕히고 흙으로 돌아가는가!"라고도 말합니다. 그렇다면 낙엽이 무덤으로 가는 과정과 비교하여 인간은 과연 어떠한가요? 살아 있을 때는 온갖 방법으로 자연을 더럽히고 죽어서도 "우아하게 성숙한 마음으로" 육신의 옷을 벗지 않습니다. 가문을 중시하던 시대에는 말할 것도 없고 현대 자본주의 사회에 이르러서도 사람들은 장의葬儀를 사회적 신분이나 재산을 과시하는 기회로 삼기 일쑤입니다.

물론 장의 문화에는 조상들의 지혜와 숨결이 깃들어 있습니다. 오랜 역사를 통해 전승하면서 보존해온 것이기 때문에 그 정신을 소중하게 여겨야 합니다. 그러나 문제는 시대가 변하면 장의 문화도 그에 걸맞게 달라져야 한다는 데 있습니다. 과거의 전통이라고 해서 선조들이 물려준 유산이라고 해서 고민 없이 답습하는 것은 옳지 않습니다. 특히 유교의 영향을 받아온 중국과 한국에서는 지나치게 형식에 얽매어 온 것이 사실입니다. 전보다 많이 간소해졌다고는 하지만 아직도 여전히 절차가 복잡하고 사치스러운 면이 없지 않습니다.

〈가을의 낙엽〉에서 소로는 낙엽들은 수의를 입지 않으며, 땅 위로 이리저리 뛰어다니며 즐겁게 놀다가 적당한 장소를 골라 그곳에 자신을 눕힌다고 말합니다. 무덤을 선택하는 방법이 유쾌하고 겸손하기 그지없습니다. 입관에서 장례식장까지 가는 동안 겨우 열 시간 남짓 입는 수의 가격이 적게는 몇백만 원에서 많게는 몇천만 원을 호가합니다. 비단 수의만이 아닙니다. 이제는 지나친 상술에서 벗어나 건전한 장례 문화를 정착시켜야 한다는 목소리가 높습니다. 그래서 사단법인 하이패밀리에서는 가정의 달 5월을 맞아 수의 대신 평상복을 입는 캠페인을 펼치기도 했습니다. 이 캠페인은 장례 때 고인이 입던 옷 가운데 가장 좋은 것을 골라 시신에 입히고, 상주들도 평상복을 입자는 운동입니다. 또한 매장이 크게 줄고 화장이 보편화되면서 옛날 방식의 수의를 굳이 고집할 이유가 없습니다.

수의뿐만 아니라 관도 마찬가지입니다. 나무로 짠 관은 몇십만 원에서 몇백만 원을 호가합니다. 장례를 대행해주는 상조회사에서는 원가의 몇 배가 넘는 돈을 받고 있는 실정입니다. 고급 삼나무나 향나무로 만든 관은 엄청난 돈을 건네야 구할 수 있습니다. 며칠 후면 태워버릴 값으로 수백만 원을 쓰는 것은 낭비라고 아니할 수 없습니다. 아마 이만한 액수의 돈이라면 고인의 유지를 받들어 가난한 학생들에게 장학금을 주거나 독거노인들 같은 사회적 약자를 위해 기부하는 뜻깊은 방법도 있을 것입니다.

또 소로는 낙엽이 "무덤 주위를 화려하게 장식할 쇠 울타리를 주문하지 않는다"라고 말합니다. 서양 사람들은 가족묘지가 따로 없고 공동묘지에 고인을 묻습니다. 동양 문화권처럼 봉분을 하지 않고 간단히 비석만 세웁니다. 을씨년스러운 우리네 공동묘지에 비하면 도심과 잘 어우러진 공원이나 산책로 같습니다. 그 주위에 삼나무 같은 나무를 심기도 하고 때로는 쇠 울타리로 장식을 하기도 합니다. 소로가 쇠 울타리를 언급한 것은 바로 그 때문이지요.

소로는 《월든》의 마지막 부분에서 "어떤 사람이 다른 동료와 발을 맞추지 못한다면 그는 어쩌면 다른 고수鼓手의 북소리에 귀를 기울이고 있기 때문일지 모른다"라고 말합니다. 남들이 장례식을 화려하게 치른다고 하여 덩달아 따라하는 것만큼 어리석은 일도 없을 것입니다. 비록 시대의 유행은 화려하게 장례식을 거행하는 것이라 해도 자신의 분수에 맞게, 아니 환경 위기나 생태계 위기를 겪고 있는 요즘 실정에 걸맞게 장례를 검소하게 치르는 것이야말로 다른 고수의 북소리에 귀를 기울이는 방법일 것입니다.

한때 입만 열면 '웰빙'을 외쳤습니다. 전보다는 조금 줄어들었지만 지금도 여전히 마찬가지입니다. 그러나 지금은 '웰빙'보다는 '웰다잉'에 무게를 실어야 하는 시대로 바뀌었습니다. 이제는 어떻게 잘 사느냐가 아니라 어떻게 잘 죽느냐 하는 것이 더 중요한 화두입니다. 미국과 유럽 그리고 일본 같은 선진국들은 이미 몇십 년 전부터 웰다잉에 대해 관심을 쏟고 있습니다. 가령 독일에서는 고등학교 교과과정에 죽음과 관련한 내용을 수록하였습니다. 그런데 한국에서는 고등학교는커녕 대학, 아니 제도권 학교가 아닌 노인학교에서조차 죽음에 대한 교육이 소홀한 편입니다. 허례허식을 없애고 시대에 걸맞은 장례 문화를 창출해냄으로써 환경을 보호하고 자연을 지키는 것도 웰다잉에 무척 잘 어울리는 삶의 방식일 것입니다.

잡초여
잡초여

우리 인디언 말에는 잡초란 말이 없다. 그러나 백인들은 마음에 들지 않은 풀을 잡초라고 부른다. 세상에 잡초라는 것은 없다. 존재 이유가 없는 풀은 하나도 없다. 모든 풀은 존중되어야 한다.

한스 위르겐 하이제 〈약속〉

잡초여

모든 사람이

장미만을 사랑스러워 하는

이 시대에

나는 너를 돌보는 산지기가 되리라

독일의 생태 시인 한스 위르겐 하이제의 〈약속〉이라는 작품입니다. 한스-위르겐 쉘러로도 일컫는 하이제는 1930년 독일의 북부 발트해 연안, 포메른의 부블리츠에서 태어나 서베를린과 동베를린을 오가며 살았습니다. 그는 주로 서정시를 비롯하여 다른 시인들에 대한 에세이, 문학 비평 그리고 서간문 등을 썼습니다. 독일 펜클럽 회원인 하이제는 지금까지 무려 40여 권이 넘는 책을 출간했습니다. 물론 그중에서 시집이 대부분을 차지합니다.

하이제 하면 곧 생태시를 떠올릴 만큼 그는 자연을 즐겨 노래한 시인으로 손꼽힙니다. 1950년대에서 1980년대에 이르기까지, 넓게는 서유럽, 좀 더 좁게는 독일을 비롯한 스위스와 오스트리아 등의 독일어 문화권에서 자연파괴와 환경오염을 비판하거나 인간중심주의를 재검토하는 시 작품들이 지속적으로 발표되었습니다. 특히 1980년 생태학자이자 문학 연구가인 페터 코르넬리우스 마이어-타시가 처음으로 '생태시'라는 용어를 사용하면서 이 용어는 점차 널리 쓰이기 시작했습니다. 그 이듬해 마이어-타시가 생태시를 한데 묶은 사화집 《직선들의 폭풍우 속에서》1981를 출간하면서 생태시는 서유럽뿐만 아니라 전세계에 걸쳐 굳건히 뿌리를 내렸습니다. 또한 마이어-타시는 통일 이전의 동독과 서독, 스위스와 오스트리아 등 90여 명에 이르는 세계 각국 시인들의 생태시 200여 편을 이 사화집에 수록했습니다.

앞서 인용한 〈약속〉도 《직선들의 폭풍우 속에서》라는 사화집에 실려 있는 작품입니다. 이 시에서 하이제는 시적 화자가 잡초에게 직접 말을 거는 형식을 취합니다. 여기에서 일인칭 화자인 '나'를 흔히 시인으로 생각하기 쉽습니다만, 시인은 '나'라는 일인칭 대명사로 얼굴을 내밀면서도 어디까지나 가면을 쓴 채 나타납니다. 영어에서 시적 화자를 '퍼소너'라고 부르는데 이는 그리스어 '페르소나', 즉 가면이라는 뜻입니다. 고대 그리스 시대 연극에서는 배우가 무대에 등장할 때 늘 가면을 쓰고 등장했기 때문입니다. 지금도 연극의 등장인물을 '드라마티스 페르소나'라고 부르지요.

이 〈약속〉이라는 작품에서 일인칭 화자 '나'가 하이제인지 아닌지는 정확히 알 수 없습니다. 다만 하이제의 작품과 행적으로 미루어 보아 시인 자신으로 보아도 크게 틀리지 않을 것 같습니다. 그동안 자연 친화적인 작품을 많이 써왔기 때문입니다. 이 작품에서 하이제는 잡초와 장미를 이항대립적 관계로 파악합니다. 두말할 나위 없이 장미는 '꽃 중의 꽃'으로 뭇 사람에게서 사랑을 받는 꽃입니다. 서양에서는 장미와 백합을 가장 아름다운 꽃으로 여깁니다. 그런데 붉디붉은 장미는 요염한 아름다움을 상징하고, 눈처럼 흰 백합은 정숙한 아름다움을 상징합니다. 물론 장미나 백합이 그토록 아름다운 것은 인간의 눈을 즐겁게 하기 위한 까닭은 아닙니다. 아름다운 것이 장미나 백합의 속성이기 때문이지요. 다시 말해서 그런 꽃들은 인간이 부여하는 가치와는 아무 상관없이 그 자체로 존재 이유가 있는 것입니다.

19세기 미국의 시인이요 초월주의 사상을 처음 펼친 랠프 월도 에머슨은 〈자기 의존〉이라는 글에서 "내 창문 밑에 피어 있는 장미는 그 이전에 피었던 장미나, 좀 더 아름다운 다른 장미에 대하여 조금도 상관하지 아니한다"라고 말한 바 있습니다. 그러면서 그는 "그 장미는 있는 그대로 존재하며 신과 함께 지금 생존하고 있다. 장미에게는 시간이란 것이 없다. 다만 장미라는 실체가 존재할 따름이다"라고 밝혔습니다. 흔히 사람들은 장미가 사람들의 눈과 코를 즐겁게 하기 위해 피어 있는 것으로 생각하곤 합니다. 그러나 그것은 어디까지나 인간의 착각일 뿐 장미는 오직 장미로서 존재 이유를 지니고 있을 따름입니다. 이렇게 장미를 장미로 객체나 대상으로 보지 않고 그 자체에 존재 이유를 부여할 때 비로소 생태의식이 싹틉니다.

한편 잡초는 장미와는 아주 대조적인 식물입니다. '잡풀'이라고도 일컫는 잡초는 인간이 농경생활을 시작하면서 발생한 것으로 특정한 때와 장소에 적절하지 않은 식물을 말합니다. 한국의 산림청에서 발간한 《산림임업 용어사전》에 따르면 잡초는 "초본草本 식물로서 묘포苗圃 또는 임지林地에 발생해서 임업상 해로운 것. 나무의 경우에는 이것을 'Weed tree'라고 한다"라고 규정짓고 있습니다. 실제로 잡초는 꽃다운 꽃도 피지 않을뿐더러 인간에게 이렇다 할 이로움을 주지 않습니다. 따지고 보면 이 세상에 '잡초'라는 식물은 존재하지 않습니다. 아무리 식물도감을 샅샅이 훑어봐도 '잡초'라는 식물을 찾을 수 없습니다. 그도 그럴 것이 잡초는 어떤 특정한 식물의 이름이 아니라 인간에 쓸모없는 풀을 두루 일컫는 말이기 때문이지요. 인간에게 버림받은 식물이 곧 잡초라고 할 수 있습니다.

그런데 놀랍게도 하이제는 모든 사람이 장미꽃만을 예뻐하고 사랑스러워하는 이 시대에 자신은 잡초를 돌보는 산지기가 되겠노라고 노래합니다. 이 작품에 '잡초'나 '장미'라는 제목을 붙이지 않고 굳이 '약속'이라는 제목을 붙인 점에 주목해보기 바랍니다. 잡초에게 산을 지키는 산지기처럼 정성껏 돌보아주겠다고 굳은 약속을 하는 것입니다. 장미나 백합에게 약속하는 것도 예사롭지 않은데 잡초에게 이런 약속을 하다니 더더욱 예사롭지 않습니다.

앞에서 언급한 랠프 월도 에머슨은 잡초에 대해 "그 가치가 아직 발견되지 않는 식물들"이라고 했습니다. '아직'이라는 부사에서도 엿볼 수 있듯이 잡초는 지금은 그 가치를 인정받지 못하고 있지만 언젠가는 그 가치가 발견될지도 모른다는 뜻입니다. 실제로 과거에 잡초로 간주되던 식물이 뒷날 숨은 가치를 인정받아 농작물의 반열에 오르기도 합니다. 가령 토끼가 즐겨 먹는다고 하여 토끼풀이라고 부르던 잡초는 이런 경우의 좋은 예가 될 것입니다. 토끼풀을 먹고 자라는 토끼는 무려 여섯 번까지 새끼를 낳는다고 합니다. 그만큼 토끼풀은 여성 호르몬을 생성하는 데 더할 나위 없이 좋은 작물입니다. 명아주, 쇠비름, 민들레, 질경이, 갈대, 쑥, 애기수영, 올방개, 가래 등도 이와 크게 다르지 않습니다.

이렇게 시대에 따라 잡초의 성격이 달라질 뿐만 아니라 인종이나 지역에 따라서도 잡초를 보는 태도가 사뭇 다릅니다. 가령 한 나라에서 잡초로 간주되는 것이 다른 나라에서는 약초로 인정받는 경우도 있습니다. 나라와 나라 사이가 아니라 심지어 한 나라 안에서도 지역에 따라 잡초로 멸시받기도 하고 약초로 존중받기도 합니다. 다시 말해서 잡초와 약초를 구분 짓기란 그렇게 간단하지 않습니다.

요즈음에는 잡초를 뽑아내지 않고 농작물과 함께 키우는 농부들도 더러 있습니다. 잡초에 따른 피해보다는 농작물의 소출량도 증가하고 맛도 더 좋아지는 등 이로운 점이 많기 때문입니다. 미국의 식물학자 조지프 코캐너는 지난 50여 년 동안 생물학과 환경 보존학을 연구하고 가르치며 잡초가 생태계와 환경뿐만 아니라 농작물에도 이롭다는 사실을 증명했습니다. 한국에서는 《잡초의 재발견》이라는 제목으로 출간된 《대지의 수호자 잡초》1950라는 책에서 그는 잡초에 대한 편견과 그릇된 인식을 근본적으로 바꾸어놓습니다. 그에 따르면 잡초는 농토의 천덕꾸러기로 제거해야 할 대상이 아니라 대지의 수호자요 토양의 상태를 알려주는 훌륭한 지표이며 인간과 가축을 위한 좋은 먹을거리입니다.

이렇게 잡초의 가치와 효용을 일찍이 깨달은 사람들은 바로 북아메리카 대륙에 오랫동안 살았던 인디언들, 즉 원주민 미국인들입니다. 원주민 여자들은 옥수수와 콩, 호박과 잡초 등을 같은 땅에서 함께 키웠습니다. 백인들이라면 잡초라고 부르며 다른 농작물에서 분리해 뽑아버릴 것입니다. 일반적으로 잡초는 농작물과는 달리 가뭄과 척박한 땅에서도 살아남기 위해 뿌리를 땅속 깊이까지 뻗어내리는 속성이 있습니다. 그렇게 해서 보통 작물들의 뿌리가 도달할 수 없는 심층부의 미네랄과 수분을 지표면 가까이로 끌어올리는 역할을 합니다. 그래서 가뭄 때는 밭에 잡초가 있는 것이 작물의 생장에 크게 도움이 되기도 합니다. 잡초가 심층부의 물을 끌어올리는 동안 뿌리 주위에 모세관 현상이 발생해 표층부까지 수분을 공급하기 때문이지요. 그러므로 심층부에 뿌리를 내리는 잡초들이 너무 빽빽하게만 자라지 않는다면 작물의 재배에 도움이 됩니다.

예를 들어 털비름 같은 잡초는 토양을 느슨하게 해주어 당근, 순무, 토마토, 가지, 근대 같은 채소가 잘 자라게 도와줍니다. 명아주풀과 돼지풀도 60센티미터 정도의 간격을 유지하도록 적당히 솎아주면 감자, 가지, 후추의 생산에 도움이 됩니다. 토마토와 양파 밭에는 특히 명아주풀과 방가지똥이

토양 개선에 효과가 있는 것으로 나타났습니다. 고구마를 심을 수 없을 정도로 단단하고 척박한 땅에 잡초들이 들어서게 한 뒤 고구마를 심으면 고구마가 아주 잘 자랍니다. 물론 인디언들이 이런 과학적 지식을 근거로 잡초를 제거하지 않은 것은 아니지만 경험을 통해 그런 사실을 알아냈던 것이지요. 그래서 한 인디언 족의 추장은 "우리 인디언 말에는 잡초란 말이 없다. 그러나 백인들은 마음에 들지 않은 풀을 잡초라고 부른다. 세상에 잡초라는 것은 없다. 존재 이유가 없는 풀은 하나도 없다. 모든 풀은 존중받아야 한다"라고 말했던 것입니다.

그러고 보니 《직선들의 폭풍우 속에서》라는 사화집의 제목도 시사하는 바가 자못 큽니다. 무엇보다도 먼저 '직선들'이란 이성이나 합리성을 신처럼 받들던 계몽주의를 말합니다. 18세기에 이르러 유럽에서는 신을 밀어내고 그 자리에 이성을 세웠습니다. 이 무렵은 이성을 그야말로 신주단지처럼 떠받들던 시대였습니다. 오죽하면 18세기를 '이성의 시대'라고 부르겠습니까? 19세기 전반기 유럽을 풍미한 낭만주의가 곡선이라면 또다시 그 뒤를 이어 나타난 사실주의는 직선이라고 할 수 있습니다. 사실주의는 두말할 나위 없이 18세기 계몽주의가 낳은 자식입니다. 또 '폭풍우'란 이성과 합리성을 무기로 삼아 자연을 무참히 파괴했던 막강한 힘을 말합니다. 아니면 이런 자연파괴와 환경오염이 불러올 비극적 결과를 뜻할 수도 있습니다. 어떤 의미로 받아들이든 인류는 이제 이성이라는 칼을 잘못 사용한 나머지 재앙이라는 폭풍우를 피할 수 없게 되었습니다.

그러나 절망 속에서 손을 놓고 발만 동동 구르고 있기에는 아직 이릅니다. 아직도 우리에게는 희망이 남아 있습니다. 장미나 백합만을 편애하지 말고 잡초도 생태계의 소중한 식구로 생각할 때 바로 그 희망이 싹트는 것입니다. 이보다 한 발 더 나아가 한스 위르겐 하이제처럼 모든 사람이 잡초를 돌보는 산지기가 된다면 그 희망은 그만큼 커질 것입니다. 또한 앞만 바라보고 직선으로 달려가는 대신 잠시 걸음을 멈추고 생각을 가다듬으며 돌아온 길을 반성할 때 비로소 재앙을 피할 수 있습니다.

인간은 대지의 손님일 뿐

인간은 어머니 대지의 자식이건만 인간들은 자신의 이익에 맞게 마음대로 산을 깎고 터널을 뚫고 바다를 막아 개펄을 없앴습니다. 대지가 어머니라면 대지를 파헤치는 것은 어머니의 살점을 도려내는 것과 무엇이 다르겠습니까?

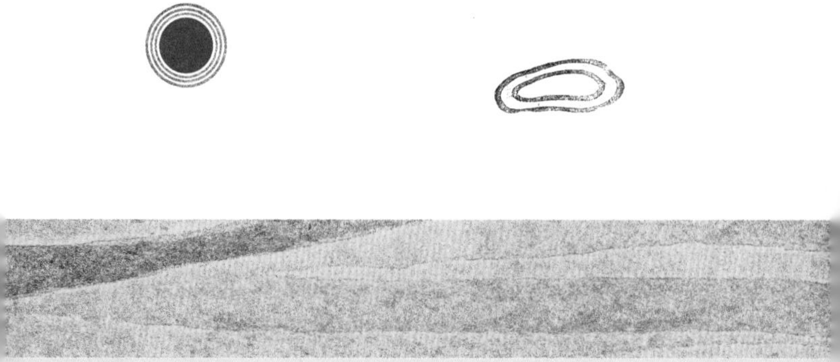

한평생 우리는
대지의 손님이다.
대지는 우리를 길러주고 품어주다가
죽음의 품속에 우리를 거두어 간다.

대지로 돌아가서 티끌이 되는
위대한 변화.
사랑스럽게 대지를 받들어야 하는 까닭이,
주인의 권리를 존중해야 하는 까닭이
바로 여기에 있다.
우리가 갖고 있는 대지는
오직 하나밖에 없으니까.

우리는 대지의 살점을 도려내고
대지의 살갗에서 털을 깎듯이

엘케 외르트겐 〈대지〉

숲을 베어낸다.
더구나 구멍 숭숭한 상처 속에
아스팔트를 메워 숨통을 틀어막는다.

어느새 우리는 대지의 주인이 되었다.
인정머리라고는 털끝만큼도 없는 강도가 되어
밤낮 구별 없이
대지를 약탈하고 있다.

우리는 이성을 잃어버린 도굴꾼이 되었다.
물고기들과 물새들이
기름에 덮여
목숨을 잃듯이
오염된 물과 흙
독이 서린 바람을 마시며

대지 역시 죽을 수 있다.
그 피조물들의 언어를 알아들었던
성자 프란츠는 그것들을 형제라고 불렀다.

이제 대지의 기억 속에
남아 있는 것이라곤
우리가 그의 피조물들에게
저지른 짓거리뿐.
그러니 우리에게 남아 있는 것은 이제 노아의 홍수뿐.

독일의 대표적인 생태 시인 가운데 한 사람인 엘케 외르트겐의 〈대지〉라는 작품입니다. 앞에서 언급한 페터 코르넬리우스 마이어-타시가 편집한 《직선들의 폭풍우 속에서》에 실린 작품입니다. 외르트겐은 1936년 독일 코블렌츠에서 태어나 주로 두이스부르크에서 살면서 짧은 산문과 시를 발표했습니다. 《새의 시간》1955와 《지하 배관》1978 같은 시집을 남겼습니다. 한스 위르겐 하이제와 함께 그녀는 독일이 낳은 대표적인 생태 시인으로 손꼽힙니다.

앞서 인용한 〈대지〉에서 외르트겐은 인간이 자신의 어머니라고 할 대지를 그동안 얼마나 무참히 짓밟고 파괴해왔는지, 그리고 그 결과가 어떠한가에 대해 실감 나게 노래합니다. 첫 구절에서 외르트겐은 인간은 오직 한평생 "대지의 손님"일 뿐이라고 말합니다. 손님이라는 표현이 조금 걸릴지도 모르겠습니다만, 여기에서의 손님이란 타인이라는 뜻보다는 허물없이 굴거나 함부로 대해서는 안 되는 사람이라는 뜻으로 받아들일 수 있습니다. 손님 또한 손님으로 대접받기 위해서는 마땅히 주인에게 깍듯이 예의를 갖춰야 합니다.

그렇다면 손님이 주인 행세를 하면 어떻게 될까요? 그야말로 주객主客이 전도된 상황입니다. 실제로 지금까지 인간은 대지의 손님이 아니라 그 주인으로 행세해왔습니다. 외르트겐은 "어느새 우리는 대지의 주인이 되었다"라고 말합니다. 이 '주인'이라는 말에는 또 다른 함축적 의미가 담겨 있습니다. 16세기경 유럽에서 근대 과학이 처음 태어났을 때 그 주역을 맡은 철학자들은 인간을 바로 이런 관점에서 바라보았습니다. 가령 근대 과학의 아버지로 흔히 일컫는 영국의 철학자 프랜시스 베이컨은 인간이 "자연을 적극적으로 조작하는 존재"라고 말한 바 있습니다. 프랑스의 수학자이자 철학자인 르네 데카르트도 인간이 "자연의 주인이며 소유주"라고 주장했습니다. 특히 사유思惟 기능을 인간의 본질적인 잣대로 삼은 데카르트는 인간과 동물을 엄격히 구분 지었습니다. 한낱 기계에 지나지 않는 동물은 영혼과 의식을 지니고 있는, 사유하는 인간과는 근본적으로 다르다고 주장했습니다. 단순히 대지의 손님일 뿐인 인간이 우주의 주인으로 행세한 결과가 과연 어떻습니까? 자연이 무참하게 파괴되고 환경은 돌이킬 수 없을 만큼 오염되었습니다.

외르트겐은 인간이 대지의 손님으로도 모자라 이번에는 남의 물건을 빼앗는 강도나 약탈자가 되었다고 한탄합니다. "인정머리라고는 털끝만큼도 없는 강도가 되어 / 밤낮 구별 없이 / 대지를 약탈하고 있다"라는 구절이 바로 그러합니다. 앞서 언급한 베이컨은 자연에게 고문을 가해서라도 베일에 감춰진 비밀을 알아내야 한다고 말한 적이 있습니다. 여기서 그가 말하는 고문 도구는 다름 아닌 과학적 실험이었습니다. 베이컨은 과학적 실험을 통해 인간이 자연을 정복할 수 있다고 생각했던 것입니다. 그러고 보면 인간은 강도나 약탈자일

뿐더러 고문 기술자이기도 합니다.

이와 관련하여 "우리는 이성을 잃어버린 도굴꾼이 되었다"라는 구절을 찬찬히 눈여겨보기 바랍니다. 좀 더 엄밀히 말하자면 인간은 그동안 이성을 잃어버린 것이 아니라 이성을 잘못 사용했다고 말하는 쪽이 더 정확할 것 같습니다. 좁게는 서구 문명을 타락시키고 넓게는 환경 위기나 생태계 위기를 불러온 장본인이 바로 도구적 이성이었습니다. 프랑크푸르트 학파의 제1세대 인물 가운데 이론의 깊이와 학문적 업적에서 가장 뛰어난 이론가는 테오도르 아도르노였습니다. 아도르노는 '이성의 자기자각', 즉 도구적 이성에 대한 비판 개념을 처음으로 정립했습니다. 나치가 들어서기 전인 1931년, 그러니까 스물여덟 살의 젊은 나이에 그는 프랑크푸르트 대학에서 '철학의 현재적 중요성'이라는 주제로 강연을 했습니다. 그는 임마누엘 칸트 이후 서양 관념철학의 전통에서 사고가 사물을 사물 자체로 대하지 않고 사고의 총체성에 종속시키고 있다고 비판했습니다. 대상을 목적이 아닌 수단으로 대하는 것을 일컫는 '도구적 이성'의 개념이 처음 태어나는 순간이었지요.

도구적 이성이란 쉽게 말해서 자연 같은 대상을 인간이 자신의 목적에 맞게 수단으로 판단하는 이성을 말합니다. 다시 말해서 목적의 타당성이나 가치를 생각하기보다는 설정한 목표를 가장 효율적으로 달성하려는 사고방식이 곧 도구적 이성입니다. 이는 '합리적 이성'이라는 용어와 거의 같은 개념입니다. 아도르노는 도구적 이성이 고대 그리스 시대에서 시작해 근세 이후 모든 대상을 추상적 사고에 종속시키는 단계에 이르렀다고 보았습니다. 그래서 프랑크푸르트 학파에 속한 위르겐 하버마스는 "도구적 이성이 서구 문명을 타락시켰다"라고 지적했습니다.

아도르노는 이런 과정을 거쳐 서구 문명이 타락해왔으며, 그 정점에는 나치즘과 스탈린주의 그리고 동구권 사회주의가 자리잡고 있다고 주장합니다. 그는 1960년대 말, 서구가 한껏 누려온 풍요로운 사회도 궁극적으로는 도구적 이성이 이룩한 개가凱歌에 지나지 않는다고 지적했습니다. 오늘날 인류가 겪고 있는 환경 위기나 생태계 위기도 따지고 보면 도구적 이성 때문이라는 것이지요. 그래서 최근에는 도구적 이성 대신에 비판적 이성, 더 나아가 생태학적 이성을 사용하자고 주장하는 학자들이 적지 않습니다. "우리는 이성을 잃어버린 도굴꾼이 되었다"라는 구절에서 외르트겐이 말하는 '잃어버린' 이성은 도구적 이성이나 합리적 이성이 아니라 어디까지나 비판적 이성이나 생태학적 이성이라고 할 수 있습니다.

외르트겐은 인간이 대지의 손님일 뿐만 아니라 더 나아가 대지와 인간의 관계는 어머니와 자식의 관계라고 노래합니다. 이런 관계는 "대지는 우리를 길러주고 품어주다가 / 죽음의 품속에 우리를 거두어 간다"라는 구절에서 단적으로 엿볼 수 있습니다. 어머니와 자식의 관계는 주인과 손님의 관계보다 더 돈독하고 친밀할 수밖에 없습니다. "피는 물보다 짙다"라는 서양 격언은 바로 이를 두고 일컫는 말입니다.

언뜻 보면 어머니인 대자연이 "죽음의 품속에 우리를 거두어 간다"라는 구절은 선뜻 이해가 가지 않을지도 모릅니다. 상식적으로는 자식보다 어머니가 먼저 세상을 떠나기 때문입니다. 그러나 인간은 죽으면 한 줌의 티끌이 되어 어머니인 대지 곁으로 돌아갑니다. 외르트겐은 이를 두고 "위대한 변화"라고 말합니다. 티끌에서 왔다가 다시 티끌로 돌아가는 생태학적 과정이야말로 참으로 위대한 변화가 아닐 수 없습니다.

인간은 어머니 대지의 자식이건만 마음대로 산을 깎고 터널을 뚫고 바다를 막아 개펄을 없앴습니다. 온갖 화학약품으로 땅과 강과 하늘을 오염시켰습니다. 대지가 어머니라면 대지를 파헤치는 것은 어머니의 살점을 도려내는 것과 무엇이 다르겠습니까? 또한 대지에 숭숭 구멍을 뚫는 것은 상처를 내는 것이고, 그렇게 구멍 난 상처를 아스팔트로 메우는 것은 숨통을 틀어막는 일일 것입니다. 외르트겐이 "우리는 대지의 살점을 도려내고 / 대지의 살갗에서 털을 깎듯이 / 숲을 베어 낸다 / 더구나 구멍 숭숭한 상처 속에 / 아스팔트를 메워 숨통을 틀어막는다"라고 말하는 것도 그다지 무리는 아닙니다.

이번에의 “그 피조물들의 언어를 알아들었던 / 성자 프란츠는 그것들을 형제라고 불렀다”라는 구절을 살펴보십시오. 성자 프란츠라니 과연 어떤 성인을 가리키는 것일까요? 독일어식으로 표기해서 낯설게 느껴지지만 이탈리아의 아시시 지방에 살았던 프란체스코 성인을 말합니다. 앞에서 언급한 〈태양의 찬가〉를 노래한 바로 그 성인 말이지요. 그는 해와 달과 별 그리고 심지어 죽음까지도 사랑스러운 형제자매라고 불렀습니다.

외르트겐은 마지막 연 “이제 대지의 기억 속에 / 남아 있는 것이라곤 / 우리가 그의 피조물들에게 / 저지른 짓거리뿐 / 그러니 우리에게 남아 있는 것은 / 이제 노아의 홍수뿐”에서는 묵시록적 비전을 보여줍니다. 그동안 인류가 피조물에게 저지른 온갖 ‘짓거리’ 때문에 환경과 생태계는 돌이킬 수 없을 정도로 파괴되었고 이제 남아 있는 것은 오직 종말뿐입니다. 구약 시대 인류가 타락에 타락을 거듭하고 포악해지자 하나님은 홍수를 내려 의로운 노아 가족만 남기고 인류를 멸망시켰듯이, 이제 인류에게 남아 있는 것도 노아의 홍수 같은 대재앙뿐이라는 것입니다. 신약성서 〈요한계시록〉에는 앞으로 인류가 유황불로 망한다고 기록되어 있습니다. 그 재앙이 물이 될지 불이 될지는 그리 중요하지 않습니다. 중요한 것은 머지않은 장래에 인류의 종말이 기다리고 있다는 사실입니다.

지구는 살아 있는 생명체

그동안 지구는 인간과 다른 피조물을 위해 무던히도 노력해왔습니다. 이미 때가 늦었는지 모르지만, 더 늦기 전에 인간은 스스로의 욕망을 조절하여 자연과 조화를 이루고 그 은혜에 보답해야 할 것입니다.

제임스 러브록《가이아의 시대》

우리는 지구가 얇은 공기층과 대양 그리고 생명체가 그 표면을 덮고 있는 바윗덩어리 그 이상으로 생각한다. 마치 이 지구가 정말로 우리의 집인 것처럼 우리는 이곳에 속해 살고 있다. 오래전 그리스 사람들은 이런 식으로 생각하여 지구를 '가이아' 또는 줄여서 '게'라고 불렀다. 그 무렵 과학과 신학은 하나였고, 과학은 비록 정확하지는 않았지만 영혼을 지니고 있었다. (……) 내가 마음속에서 가이아를 처음 보았을 때 나는 마치 우주인이 달에 서서 우리의 집인 지구를 바라보는 것과 같은 느낌을 받았다. 지구는 살아 있는 하나의 유기체다. 지구가 살아 있다고 생각하게 되면 지구 전체가 거룩한 의식을 거행하고 있는 것처럼 보일 것이다.

영국의 생물학자 제임스 러브록의 《가이아의 시대》1988에 나오는 한 구절입니다. 이보다 10년 전쯤 그는 이미 《가이아》1979라는 책에서 지구가 살아 있는 유기체라는 이른바 '가이아 가설' 또는 '가이아 이론'을 내세워 세계적으로 큰 관심을 끌었습니다. 러브록은 1972년에 발표한 논문 〈대기권 분석을 통해 본 가이아 연구〉와 저서 《지구상의 생명을 보는 새로운 관점》1978에서 이 이론을 처음 소개했습니다. 《가이아》에서 그는 "우리는 이제 공기며 대양이며 흙이 단순히 생명체를 위한 환경 이상이라는 사실을 깨닫고 있다. 그것들은 생명 자체의 일부이다"라고 주장했습니다.

'가이아Gaia'란 그리스 신화에서 고대 그리스인들이 대지의 여신을 지칭하던 이름으로 지구를 은유적으로 표현하는 말입니다. 이 점에 착안한 러브록은 지구와 지구에 살고 있는 생물, 대기권, 대양, 토양을 모두 포함하는 지구를 신성하고 지성적인 존재, 즉 능동적이고 살아 있는 존재로 간주합니다. 이 인용문에서 그가 지구를 두고 "얇은 공기층과 대양 그리고 생명체가 그 표면을 덮고 있는 바윗덩어리 그 이상"이라고 말하는 까닭입니다. 그의 말대로 가이아 이론은 지구를 단순히 기체에 둘러싸인 암석덩어리 이상으로 생각하며 생명체를 지탱해줄 뿐만 아니라 더 나아가 생물과 무생물이 상호작용하면서 스스로 진화하고 변화해나가는 하나의 생명체요 유기체라고 주장합니다. 한마디로 러브록은 생물, 대기, 대륙, 바다로 이루어진 지구는 "살아 있는 하나의 유기체"라고 잘라 말합니다.

요즈음 지구촌 곳곳에서 이상 기후 현상이 일어나 지구가 몸살을 앓고 있습니다. 해수면이 높아지면서 국토 면적이 날이 갈수록 줄어드는가 하면, 이와는 반대로 거대한 호수가 다 말라버려서 주변 지역이 사막이 되어가는 곳도 있습니다. 많은 과학자들은 이런 이상 기후가 지구 온난화 현상 때문이라고 지적합니다. 가이아 이론에 따르면 지구가 온난화로 점점 뜨거워지자 스스로 평형을 유지하기 위해 폭설을 내리게 하고 햇빛을 반사시켜 지구 온도를 낮추는 것입니다.

그동안 서양에서 과학자들은 지구를 오직 물리적 또는 화학적 입장에서만 바라보고 지구의 대기·해양·지질·역사 등을 연구해왔습니다. 이런 시각이 보편화되면서 인간은 지구를 문명을 유지하기 위한 자원 공급처로만 생각해 무분별하게 개발하거나 파괴해왔습니다. 그 결과 대기와 물이 오염되어 많은 생명체가 멸종했고, 온난화에 따른 기후 변화가 초래되었습니다. 이런 전통적인 이론에 문제를 제기한 것이 바로 가이아 이론이었습니다.

가이아 이론의 핵심은 이 지구가 살아 있는 유기체라는 것입니다. 그렇다면 유기체란 무엇입니까? 국어사전에는 "많은 부분이 일정한 목적 아래 통일·조직되어 그 각 부분과 전체가 필연적 관계를 가지는 조직체"로 풀이되어 있습니다.

한마디로 지구상에 살고 있는 생명체가 곧 유기체인 것입니다. 학문적으로 말해서 생명체란 항상성과 자기조절 능력이 있으며 유전에 의해 자손을 낳을 수 있는 존재입니다. 그중에서 항상성은 생명체를 규정짓는 가장 뚜렷한 특징이지요. 여기서 항상성이란 생명체가 외부 환경이나 체내 환경이 변하더라도 몸속의 혈당량, 체온, 삼투압 등을 일정하게 유지하려는 성질을 말합니다.

러브록은 생명체가 지구상에 처음 존재하기 시작한 35억 년 전부터 지금까지 지구의 평균 온도가 섭씨 10도에서 15도 사이를 벗어나지 않은 사실에 주목했습니다. 태양이 처음 생긴 이래 지금까지 연소하면서 발산하는 열의 양이 30퍼센트나 증가했는데도 지구 온도는 거의 변동이 없었던 것과 다름없었습니다. 달이 햇빛을 받는 면은 섭씨 100도, 햇빛을 받지 않는 반대쪽은 섭씨 영하 153도이고, 금성의 평균 온도가 무려 섭씨 459도라는 사실을 고려할 때 지구 온도가 무려 35억 년 동안 수많은 외부 충격과 내부 변화에도 일정하게 유지되었다는 것이 참으로 놀랍습니다. 러브록은 이처럼 지구가 평균 온도를 일정하게 유지할 수 있는 것과 생명체가 지니는 항상성이 서로 비슷하기 때문이라고 보았던 것입니다.

러브록은 인간이 스스로 체온을 조절하는 것처럼 지구도 그런 능력이 있고 긴 세월 동안 이를 수행해왔다고 주장합니다. 지구에 갑작스런 온도 변화가 생기면 그 변화를 즉각 알아차리고 여러 가지 작용을 통해 이를 조절한다는 것이지요. 일반 과학자들은 지구의 온도 조절작용을 이산화탄소나 빙하의 양적 변화 또는 대류의 순환에 의한 것이라는 물리적, 화학적 견해만을 내놓았습니다. 그러나 러브록은 대양에 사는 규조류와 진흙 속에 사는 혐기성 세균 등의 여러 생명체들이 지구 온도 조절 과정에 적극 기여한다고 보았습니다. 마치 뇌가 인체의 세포에 지령을 내리듯 지구도 그 세포라 할 생명체들을 동원해 그런 기능을 발휘한다는 것입니다.

더 나아가 러브록은 지구가 살아 있는 유기체라는 사실을 다른 점에서도 찾아냅니다. 가령 지구와 인간의 몸은 여러모로 비슷하다고 지적합니다. 그 한 가지 예로 지구의 70퍼센트가 물로 이루어져 있는 것처럼 인간의 신체도 70퍼센트가 물로 구성되어 있습니다. 염분 속에 녹아 있는 염류의 구성 비율까지도 인체와 정확히 일치합니다. 가이아 이론에서는 인간이 심장, 폐, 피부 등의 여러 부속 기관을 지니고 있는 것처럼 지구도 유사한 부속 기관을 지니고 있다고 봅니다. 좀 더 구체적으로 말해서 러브록은 대기권을 지구의 피부로, 아마존 밀림 같은 열대우림을 지구의 폐로, 대양을 순환계로 보았습니다. 또한 지구의 건강 상태에 대해 온난화는 열병으로, 산성비는 소화 불량으로, 오존층의 파괴는 피부 반점에 빗댑니다. 그동안 인류가 엄청난 규모로 자연을 훼손했지만 지구가 아직 멀쩡한 것은 상대적으로 덜 중요한 부속 기관을 건드렸기 때문이라는 것입니다.

과학의 범위를 넘어선 신화적 해석일 수도 있겠지만 생명체로서의 지구가 인간처럼 의식과 감정 그리고 정신이 있다고 생각해볼 수도 있습니다. 의식도 감정도 없어 보이는 작은 세포들이 수없이 모인 육체에 인간의 감정과 정신이 깃들어 있듯이, 지구상의 수많은 미생물들과 식물과 동물과 무생물체가 한데 모여 가이아라는 거대한 영적 생명체를 구성한다고 말입니다. 러브록의 가이아 가설, 즉 살아 있는 지구의 개념은 지난 30년 동안 과학계뿐 아니라 종교계와 일반 대중에게도 큰 반향을 불러일으켰습니다. 러브록은 이런 열띤 반응이 있었던 것은 우리의 심상 깊숙한 곳에 자연이 살아 있다고 믿는 인간 본연의 인식과 가이아 개념이 일치하기 때문이라고 지적합니다.

러브록의 가이아 이론은 어떤 의미에서는 동아시아의 민간 신앙과도 맞닿아 있습니다. 동양 전통에서 보는 자연은 생물만을 포함하는 것이 아니라 인간이 발붙이고 사는 이 땅덩어리의 모든 존재를 일컫는 것이었습니다. 가령 산에도 산신이 있고, 바다에도 용왕신이 있으며, 땅에도 토지신이 있습니다. 이렇게 우주 만물에는 거룩한 신이 깃들어 있다는 사실을 당연하게 믿고 살아왔지요. 또한 천둥이 치고 바람이 부는 모든 자연 현상은 신의 뜻이라고 여겼습니다. 그러므로 당연히 자연에 대해 경외심을 가지고 자연과의 조화와 교감을 추구했던 것입니다. 비가 내려도 서양 사람들처럼 비인칭 대명사 'It'을 사용해 그냥 "비가 내린다"라고 말하지 않고 "비가 내리신다"라고 존경어로 표현했습니다.

러브록이 지구를 가이아라고 부른다는 것은 곧 지구를 어머니로 부르는 것과 같습니다. 앞에서 이미 언급했듯이 고대 그리스 시대에 가이아는 만물을 낳고 기르는 '대지의 어머니'로 존경받았습니다. 이와 관련해 러브록이 고대 그리스 시대에 "과학과 신학은 하나였고, 과학은 비록 정확하지는 않았지만 영혼을 지니고 있었다"라고 말하는 대목을 좀 더 찬찬히 눈여겨보기 바랍니다. 그 무렵 과학과 신학이 분리되지 않고 한 몸뚱이였던 것처럼 20세기의 과학자 러브록도 이 두 학문을 엄격히 나눠 생각하지 않았습니다. 그는 지구 과학자들에게는 한낱 돌덩어리에 지나지 않을 지구를 어머니처럼 신성하게 생각합니다.

가이아 이론은 한낱 '가설'에 지나지 않지만 지구 온난화 현상과 최근의 지구 환경문제와 관련해 그동안 적잖이 주목받았으며, 지금도 생태주의나 환경주의와 관련하여 여전히 인용되고 있습니다. 린 마굴리스는 러브록의 가이아 이론을 지지함으로써 이 가설을 더욱 공고히 하는 데 크게 이바지했습니다. 여담이지만 마굴리스는 과학의 대중화에 앞장선 칼 세이건의 첫 번째 부인이자 저술가 도리언 세이건의 어머니이기도 합니다. 물론 가이아 이론이 모든 사람에게서 각광받은 것은 아닙니다. 가령 리처드 도킨스를 비롯한 주류 생물학계에서는 가이아 이론에 냉담하게 반응합니다. 자연선택이란 이기적 성격과 맹목적 성격에 이끌려 진행되어 왔다고 지적하는 도킨스는 《풀리는 무지개》1998에서 러브록과 마굴리스를 "나쁜 시적 과학"의 가장 대표적인 사례로 날카롭게 비판합니다.

도킨스는 러브록의 가이아 이론을 "나쁜 시적 과학"으로 비판합니다만 생태주의 관점에서 보면 오히려 칭찬하는 말로 들릴 수도 있습니다. '시적 과학'이라는 표현은 언뜻 보면 모순어법입니다. 시와 과학, 넓게는 문학과 과학, 더 넓게는 예술과 과학은 지금까지 서로 상반되는 영역으로 간주해왔기 때문입니다. 시가 아닌 것이 곧 과학이고 과학이 아닌 것이 곧 시를 비롯한 문학이나 예술이라고 말입니다.

그런데 문제는 환경문제를 이렇게 낙관적으로 보았던 러브록조차 최근에 이르러서는 지구가 자정 능력을 상실했다고 주장하는 데 있습니다. 지구는 이제 자정 능력의 임계점을 넘어섰다는 것이지요. 지구가 이렇게 자정 능력을 잃은 것은 두말할 나위 없이 인간이 그동안 지구에게 너무 지나친 부담을 안겨주었기 때문입니다. 토양의 표면층인 표토表土는 하루가 다르게 침식되고 있으며, 토양 자체도 이런저런 이유로 오염될 대로 오염되고 있습니다. 강과 하천 그리고 바다는 인간이 쓰고 버린 온갖 쓰레기로 흘러넘칩니다. 인간이 살아가는 데 꼭 필요한 공기마저 자동차에서 내뿜는 이산화탄소와 공장에서 내뿜는 온갖 유해 화학물질로 오염되었습니다. 이런 상황에서 살아 있는 지구가 생명을 부지하고 있다는 사실이 오히려 놀라운 정도입니다.

제임스 러브록의 가이아 이론에서 엿볼 수 있듯이 그동안 지구는 인간과 다른 피조물을 위해 노력해왔습니다. 이제 인간은 자연이 주는 많은 혜택에 감사함을 느끼고 자연을 보호해야 하는 시점에 이르렀습니다. 인간이 앞으로도 지구의 주요 기관을 계속 파괴한다면 앞으로 어떤 결과가 초래될지 알 수 없습니다. 벌써부터 그 조짐이 지구촌 곳곳에서 나타나고 있습니다. 이미 때가 늦은지도 모르지만, 더 늦기 전에 인간은 스스로의 욕망을 조절하여 자연과 조화를 이루고 그 은혜에 보답해야 할 것입니다.

갈림길에 서 있는 인류

지금이라도 인류는 과거의 잘못된 선택을 뉘우치고 "사람들이 적게 다닌 길"로 되돌아가야 합니다. 이 길만이 인류에게 남아 있는 "마지막이자 유일한 기회"입니다. 인류에게 이제 더 이상의 선택은 없습니다.

레이철 카슨《침묵의 봄》

우리는 지금 길이 두 갈래로 갈라져 있는 곳에 서 있다. 하지만 로버트 프로스트의 유명한 시에 나오는 두 갈래 길과는 달리, 그 길은 어떤 길을 선택하건 비슷한 결과가 나오지는 않는다. 우리가 오랫동안 여행해온 길은 겉으로 보기에는 걷기 쉽고, 놀라운 속도로 빨리 나아갈 수 있는 평탄한 초고속 도로였지만 그 끝에는 재앙이 기다리고 있다. 다른 쪽 길은—"사람들이 적게 다닌 길" 말이다—궁극적인 목적지에 도달할 수 있는 마지막이자 유일한 기회라고 할 수 있다.

미국의 해양 생물학자요 저술가인 레이철 카슨의 《침묵의 봄》1962 마지막 장의 맨 첫머리에서 뽑은 대목입니다. 1907년 펜실베이니아 주 스프링데일에서 태어난 카슨은 작가가 되고 싶어 펜실베이니아 여자대학교, 즉 오늘날의 채텀 대학에서 영문학을 전공했습니다. 그러나 문학을 공부하던 중 전공을 문학에서 생물학으로 바꾸었습니다. 1929년 졸업할 때 이 학교에서 과학 전공으로 학위를 받은 보기 드문 여학생 중 한 사람이었습니다. 존스홉킨스 대학교에 진학하여 해양 동물학 석사학위를 받은 카슨은 대학에서 강의하면서 틈틈이 신문과 잡지에 자연과학에 관한 글을 기고했습니다.

카슨은 미국의 '어류 및 야생동물국'에서 해양 생물학자로 일했지만, 글을 쓰는 데 전력하기 위해 이 일을 그만두었습니다. 시적인 산문과 정확한 과학적 지식을 결합한 그녀는 1951년 《우리 주변의 바다》를 출간하면서 세계적으로 그 문학적 성과를 인정받았습니다. 그러나 카슨이 명성을 더욱 확고히 한 것은 은 바로 《침묵의 봄》을 출간하면서부터였습니다. 이 책은 그녀가 미국의 유명한 잡지 〈뉴요커〉에 연재했던 내용을 한데 모아 펴낸 것입니다. 평생 그토록 열성적으로 DDT를 비롯한 살충제와 BHC 같은 유기염소계 농약의 위험을 경고했던 카슨이 쉰여섯 살의 나이로 암으로 사망했다는 것은 참으로 아이러니가 아닐 수 없습니다.

카슨의 《침묵의 봄》은 흔히 20세기에 가장 큰 영향력을 끼친 책 중의 하나로 평가받습니다. 이 책에서 그녀는 살충제를 무분별하게 사용한 나머지 야생생물계가 파괴되는 모습을 적나라하게 파헤쳤습니다. 언론의 비난과 이 책의 출판을 막으려는 화학업계의 거센 방해에도 아랑곳하지 않고 카슨은 환경문제에 대해 대중의 인식을 이끌어내며 정부의 정책 변화와 현대적인 환경운동에 박차를 가했습니다. 1963년 존 F. 케네디 대통령은 환경문제를 다룰 자문위원회를 구성하였고, 1969년 미국 의회는 환경정책 법안을 통과시켰으며, 미국 암연구소는 DDT가 암을 유발할 수도 있다는 증거를 발표했습니다. 1972년 미국 환경부EPA는 DDT의 사용을 금지했습니다. 그런가 하면 《침묵의 봄》을 읽고 감명받은 한 상원 의원은 케네디 대통령에게 자연보호를 위한 전국 순례를 건의했으며, 이를 계기로 4월 22일을 '지구의 날'로 제정하기에 이르렀습니다.

카슨은 《침묵의 봄》의 맨 첫 장 〈내일을 위한 우화〉에서 우화 한 토막으로 시작합니다. 자연의 조화가 절묘한 아름다운 마을이 마치 저주의 마술에 걸린 듯 점차 생명을 잃어가다가 마침내 봄의 소리, 즉 새들이 지저귀는 소리가 모두 사라진 죽음의 공간으로 바뀐다는 짤막한 우화입니다. 이어 카슨은 제2장에서 제17장에 이르기까지 살충제와 제초제 같은 맹독성 농약이 새를 비롯한 물고기, 야생동물, 인간 등에게 미치는 엄청난 결과를 낱낱이 고발합니다. 지루한 한겨울이 지나고 새봄이 돌아와도 마을에 새들이 울지 않는다고 한 번 상상해 보십시오. 얼마나 황량하고 쓸쓸하겠습니까?

랠프 월도 에머슨은 한 작품에서 "대지는 꽃들을 통해 웃는다"라고 노래한 적이 있습니다. 새봄이 되어 여기저기 꽃들이 화려하게 피어 있는 모습을 대지가 활짝 웃는 것에 빗대는 시적 상상력이 여간 놀랍지 않습니다. 그런데 대지가 활짝 웃는 것은 비단 꽃이 피기 때문만은 아닙니다. 새들이 즐겁게 지저귀면서 노래를 부르는 것도 대지가 웃는 것입니다. 바늘 가는 데 실 간다고 꽃이 피는 데 어찌 새가 없겠습니까? 꽃이 피고 새가 울면 대지는 더더욱 활짝 함박웃음을 터트릴 것입니다.

카슨의 《침묵의 봄》이 대중으로부터 각광을 받은 이유는 4년에 걸친 과학적 연구와 탐사 때문이기도 하지만 그녀의 뛰어난 문학적 감수성 때문이기도 합니다. 그녀는 문학에 대한 깊은 이해와 더불어 시적 감수성 또한 뛰어납니다. 앞선 인용문에서 "로버트 프로스트의 유명한 시에 나오는 두 갈래 길과는 달리"라는 구절은 이를 뒷받침합니다. 이 구절에서 카슨은 미국의 국민시인으로 흔히 일컫는 프로스트의 작품 〈가지 않은 길〉을 언급하고 있습니다.

노란 숲 속에 길이 두 갈래로 나 있었습니다.
두 길을 다 가지 못하는 것을 안타깝게 생각하면서

나는 오랫동안 서서 한 길이 굽어 꺾여내려간 데까지
바라다볼 수 있는 데까지 멀리 바라다보았습니다.

그리고 똑같이 아름다운 다른 길을 택했습니다.
그 길에는 풀이 더 있고 사람이 걸은 자취가 적어
아마 더 걸어야 될 길이라고 나는 생각했었던 게지요.
그 길을 걷게 되면 그 길 또한 거의 같아질 것이지만.

금아琴兒 피천득皮千得이 번역한 것을 조금 고쳐서 옮겼습니다. 프로스트는 뉴잉글랜드 시골 지방을 소재로 한 인생론적인 의미가 짙은 작품을 많이 쓴 시인입니다. 〈가지 않은 길〉이라는 작품도 마찬가지여서 이 시에서도 그는 누구나 인생행로에서 부딪치기 마련인 선택의 문제를 노래하고 있습니다. 시적 화자 '나'는 똑같이 아름다운 길이지만 두 길을 동시에 갈 수 없다는 사실을 안타깝게 여기면서도 사람들이 적게 다닌 길, 그래서 다른 길보다 풀이 더 나 있는 길을 택했다고 말합니다. 물론 그 길도 다른 길처럼 똑같이 발자취가 나게 될 테지만 말이지요.

그렇다면 "로버트 프로스트의 유명한 시에 나오는 두 갈래 길과는 달리, 그 길은 어떤 길을 선택하건 비슷한 결과가 나오지는 않는다"에서 추측할 수 있는 '길'은 과연 어떤 길일까요? 그 길은 우리 인류가 문명을 이룩하기 위해 오랫동안 숨 가쁘게 달려온 길, 역사의 진보와 발전의 길이었습니다. 그 길에 대해 카슨은 "겉으로 보기에는 걷기 쉽고 놀라운 속도로 나아갈 수 있는 평탄한 초고속도로"였다고 말합니다. 그냥 하이웨이도 아니고 수퍼하이웨이라고 말입니다. 이와는 조금 다른 맥락이지만 신약성서에서도 "좁은 문으로 들어가거라. 멸망으로 이끄는 문은 넓고, 그 길이 널찍하여서 그리로 들어가는 사람이 많다"〈마태복음〉 7장 13절라고 말하고 있습니다. 신학적으로든 생태학적으로든 널찍하고 사람들이 많이 다니는 길이라고 반드시 옳은 길만은 아닙니다.

그런데 카슨은 그 초고속도로 끝에는 문명의 화려한 성城이나 진보와 발전이 일군 으리으리한 궁전이 아니라 죽음의 계곡과 재앙의 낭떠러지가 기다리고 있다고 말합니다. 그동안 인류는 문명의 이름으로, 역사의 진보와 발전의 이름으로 자연을 무참히 짓밟고 파괴해왔기 때문입니다. 그 대가는 다름 아닌 인류의 절멸입니다. 아니, 인류의 절멸만이 아니라 더 나아가 지구에 살고 있는 모든 생명체의 절멸입니다.

앞선 인용문에서 "다른 쪽 길은 – '사람들이 적게 다닌 길' 말이다 – 궁극적인 목적지에 도달할 수 있는 마지막이자 유일한 기회라고 할 수 있다"라는 마지막 구절을 찬찬히 살펴보기 바랍니다. 카슨은 인류가 바로 이 길을 선택했어야 옳았다고 말하고 있습니다. 바로 이 길에 인류의 희망과 미래가 있기 때문이라는 것입니다. 이 길은 방금 앞에서 말한 다른 길과는 달라서 걷기에도 쉽지 않고 놀라운 속도로 빨리 나아갈 수 있는 평탄한 길도 아닙니다. 말하자면 아스팔트가 깔린 초고속도로가 아니라 돌멩이가 뒹굴고 흙탕물이 튀기는 비포장도로입니다. 한마디로 불편하기 그지없는 길이지요.

그런데 문제는 인류가 이 갈림길 중에서 어느 한쪽 길밖에는 선택할 수 없다는 데 있습니다. 삶이 일회적인 것처럼 인생행로의 선택도 단 한 번밖에는 주어지지 않습니다. 프로스트는 〈가지 않은 길〉의 마지막 연을 이렇게 끝맺습니다.

훗날에 먼 훗날에 나는 어디에선가
한숨을 쉬며 이렇게 말할 것입니다.
숲 속에 두 갈래의 길이 나 있었다고,
나는 사람들이 적게 다닌 길을 택했노라고
그리고 그것 때문에 모든 것이 달라졌다고.

시적 화자 '나'가 먼 훗날 "한숨을 쉬며" 말하는 것을 보면 자신의 선택에 후회를 하는 것 같습니다. 사람들이 많이 다닌 길을 가지 않고 적게 다닌 길을 택한 것에 대해서 말입니다. 마지막 행 "그리고 그것 때문에 모든 것이 달라졌다고"라는 구절에 이르러서는 정신이 번쩍 듭니다. 순간의 선택이 일생을 좌우한다는 말도 있듯이 시적 화자는 사람들이 잘 다니지 않은 길을 선택한 결과 삶 자체가 사뭇 달라졌다고 말합니다. 그러나 따지고 보면 시적 화자는 다른 길을 택했어도 아마 마찬가지로 후회했을 것입니다.

〈가지 않은 길〉의 시적 화자와 달리 인류는 그야말로 잘못된 길을 선택했습니다. "겉으로 보기에는 걷기 쉽고 놀라운 속도로 나아갈 수 있는 평탄한 초고속도로"를 말입니다. 그 길은 바로 서구 선진국들이 지금까지 걸어온, 아니 숨 가쁘게 달려 온 길이었습니다. 효율성을 극대화하는 지름길이었습니다. "겉으로 보기에는"이라는 구절을 눈여겨보기 바랍니다. 걷기 쉽다는 말에 제한을 두는 표현입니다. 걷거나 달리기 쉽다는 것은 어디까지나 착시 현상에 지나지 않는다는 뜻입니다. 비록 겉으로는 그렇게 보일지 모르지만 실제로는 더 힘들고 험난한 길이라는 뜻입니다.

그렇게 선택한 결과가 과연 어떻습니까? 그 선택 때문에 모든 것이 크게 달라졌습니다. 지구는 이제 돌이킬 수 없을 만큼 망가져버렸습니다. 새봄이 와도 새들이 울지 않는 죽음의 마을이 되었습니다. 여기서 새는 좁게는 생물체, 넓게는 자연을 가리키는 제유입니다. 또 마을은 좁게는 지구, 넓게는 생태계를 가리키는 제유입니다. 프로스트 작품 속의 시적 화자가 선택한 방법에서도, 인류가 선택한 방법에서도 어떠한 선택을 했느냐에 따라 그 결과는 사뭇 달라집니다. 그리고 그 선택의 결과는 좀처럼 돌이킬 수 없습니다.

《침묵의 봄》 인용문의 마지막 문장 "궁극적인 목적지에

도달할 수 있는 마지막이자 유일한 기회라고 할 수 있다"에서 "궁극적인 목적지"란 과연 어디일까요? 두말할 나위 없이 지구에 살고 있는 모든 생명체가 공존할 수 있는 상태를 말합니다. 인간을 포함한 모든 생명체와 피조물이 살아갈 수 있는 건강한 지구를 가리키지요. 카슨의 비유를 빌려 표현하자면 "새봄이 오면 새들이 즐겁게 노래 부르는 지구"를 뜻합니다. 이런 지구를 만드는 것이 인류가 지향해야 할 궁극적인 목표라고 할 수 있습니다. 아무리 문명의 성을 높게 쌓아도, 또 아무리 문화의 궁궐을 으리으리하게 지어도 생명체가 살 수 없는 곳이라면 아무런 쓸모가 없기 마련입니다.

지금까지 인류가 그렇게 해왔듯이 성장과 발전을 멈출 수 없다면 '지속 가능한' 성장과 발전을 추구해야 하지 않을까요? 물론 이 '지속 가능한' 성장과 발전에 대해 회의를 품는 학자들이 적지 않습니다. '지속 가능한' 것과 성장과 발전은 서로 모순되는 개념이라는 것입니다. 두 가지 중 어느 한쪽을 선택할 수 있을 뿐 두 마리 토끼를 좇을 수는 없다는 논리입니다.

그러나 '지속 가능한' 성장이 그렇게 모순되는 개념은 아닙니다. 성장 속도를 조금만 늦추면 지구는 그만큼 유지될 수 있기 때문입니다. 또 지구를 조금이라도 오래 지속시키려면 지금까지 인류가 숨 가쁘게 달려온 속도를 줄여야 합니다. 이렇게 성장과 발전의 속도를 조금 늦추면서 어떻게 지구를 건강하게 되돌릴 수 있는지 지구촌 주민이 함께 머리를 맞대고 지혜를 모아 그 방법을 찾아야 합니다. 이제는 때가 늦었다고 두 손을 놓고 그냥 앉아서 닥쳐올 재앙을 기다리고 있을 수만은 없습니다. 하늘이 무너져도 솟아날 구멍이 있다고 하지 않습니까?

레이철 카슨이 우려했던 문제는 1950년대부터 이미 일본에서 일어났습니다. 아마 '미나마타 병水俣病'에 대해 들어본 적이 있을 것입니다. 수은 중독으로 발생하는 다양한 신경학적 증상과 징후를 특징으로 하는 증후군을 일컫는 용어지만, 이와 비슷한 공해병을 두루 일컫는 경우에도 사용합니다. 1956년 일본 구마모토熊本 현의 미나마타 시에서 메틸수은이 포함된 물고기와 조개 같은 어패류를 먹은 주민들에게서 이 병이 집단적으로 발생해 전 일본을 떠들썩하게 했습니다. 이 병에 걸리면 손발의 감각 장애, 운동 실조, 구심성 시야 협착, 청력 장애 등의 증상이 나타납니다. 그런데 문제가 되었던 메틸수은은 인근의 신니혼新日本 질소비료 회사의 공장에서 바다에 방류한 것으로 밝혀졌습니다. 2001년까지 공식적으로 2,300명에 가까운 환자가 확인되었습니다. 미나마타 시민과 비료 회사 사이의 분쟁은 세계적인 환경운동과 연결되어 그 뒤 오랫동안 사회적 물의를 일으키며 진행되었습니다. 이 사건은 일본에서 환경운동이 일반 대중으로부터 관심을 받는 기폭제 역할을 했습니다.

레이철 카슨은 "우리는 지금 길이 두 갈래로 갈라져 있는 곳에 서 있다"라고 말합니다. '과거'가 아니라 '지금'이라고, 또 '서 있었다'라는 과거 시제가 아니라 '서 있다'라는 현재 시제로 말하고 있습니다. 지금이라도 인류는 과거의 잘못된 선택을 뉘우치고 발걸음을 돌려 "사람들이 적게 다닌 길"로 다시 되돌아가야 합니다. 카슨의 말대로 이제 이 길만이 인류에게 남아 있는 "마지막이자 유일한 기회"입니다. 인류에게 이제 더 이상의 선택은 없습니다.

너무나 많은 것들

인간은 필요 이상으로 많은 물건을 소유하고 있습니다. 인간을 자유롭게 한다는 그 소유가 오히려 인간을 구속하기도 합니다. 법정 스님의 말대로 이제는 '무소유'가 참다운 '소유유'임을 깨달을 때가 되었습니다.

너무나 많은 공장들
너무나 많은 음식
너무나 많은 맥주
너무나 많은 담배

너무나 많은 철학
너무나 많은 사상
그러나 너무나 부족한 공간
너무나 부족한 나무

너무나 많은 경찰
너무나 많은 컴퓨터
너무나 많은 하이파이
너무나 많은 돼지고기

앨런 긴즈버그 〈루르-게비트〉

회색 슬레이트 지붕 아래
너무나 많은 커피
너무나 많은 담배 연기
너무나 많은 순종

너무나 많은 불룩한 배
너무나 많은 양복
너무나 많은 서류
너무나 많은 잡지

너무나 많은 공장
라인 강에는 물고기가 없다
로렐라이는 독살됐다
너무나 많은 민망함

지하철에 탄
너무나 많은 피곤한 노동자들
유령 같은 유대인들은
길모퉁이에서 비명을 지른다

너무나 많은 해묵은 살인
너무나 많은 정신적 고문
너무나 많은 감옥들
너무나 많은 행복한 나치들

너무나 많은 정신 나간 학생들
너무나 부족한 농장
너무나 부족한 사과나무들
너무나 부족한 개암나무

미국의 현대 시인 앨런 긴즈버그의 〈루르-게비트〉라는 작품입니다. 뉴저지 주 뉴악의 유대인 가문에서 태어난 긴즈버그는 사회의식에 일찍 눈을 떴습니다. 10대 때부터 그는 〈뉴욕타임스〉에 제2차 세계대전과 노동자들의 권리를 주제로 한 정치적인 글을 기고했습니다. 고등학교에 다닐 때는 미국의 국민 시인이라고 할 월트 휘트먼에 심취했습니다. 컬럼비아 대학에 다닐 때는 수업료를 벌기 위해 상선에서 일하기도 했습니다. 대학 재학 중 그는 학교 잡지에 글을 발표하면서 문학가의 길을 걸었습니다.

긴즈버그는 〈울부짖음〉이라는 작품으로 비트 세대의 출현을 처음 알린 시인이기도 합니다. 이 작품은 성장과 번영이 영원히 지속될 것 같던 1950년대 미국 사회의 가면을 찢고 나온 반문화의 선언문이었습니다. 위선적이고 기만적인 평화가 흘러넘치는 아이젠하워 시대에 던진 폭탄이요 1960년대 급진주의 시대의 도래를 알리는 첫 나팔소리였습니다. 비트 세대 젊은이들은 고루한 일상을 탈피하여 미국 사회를 풍미하고 있던 물질 만능주의와 소비 중심의 생활방식에서 벗어나려고 몸부림을 쳤습니다. 그리고 그런 운동을 선도한 사람 가운데 한 사람이 바로 긴즈버그입니다.

긴즈버그는 동양 종교, 특히 불교에 깊은 관심을 기울였습니다. 불교의 생활방식에 걸맞게 그는 몸소 중고품 가게에서 옷을 사 입고 뉴욕 시의 빈민가 이스트빌리지의 싸구려 아파트에서 살았습니다. 긴즈버그에게 가장 큰 영향을 끼친 사람은 티베트 불교의 영적 지도자 초감 트룽파였습니다. 또한 긴즈버그는 몇십 년 동안 베트남 전쟁에서 마약퇴치 운동에 이르기까지 여러 분야에 걸쳐 비폭력 정치운동을 전개하기도 했습니다. 이렇듯 긴즈버그는 제국주의 정치와 그 때문에 여러모로 피해를 입는 힘없는 사람들 편에 서 왔습니다.

앞서 인용한 〈루르-게비트〉에서 긴즈버그는 소비 자본주의 사회에서 현대인이 너무나 많은 물건을 소유하려는 욕망, 그리고 그런 욕망에서 비롯되는 다양한 문제점에 대해 비판의 칼을 들이댑니다. 오늘날 우리가 겪고 있는 환경 위기나 생태계 위기도 따지고 보면 인간의 지나친 욕망 때문에 생겨났다고 할 수 있습니다. 현대사회에서 인간은 필요 이상으로 너무나 많은 물건을 소유하고 있습니다. 인간을 자유롭게 한다는 그 소유가 오히려 인간을 구속하는 일이 너무 많습니다. 법정法頂 스님의 말씀처럼 이제는 '무소유'가 참다운 '소유'임을 깨달을 때가 되었습니다.

이 작품에서 긴즈버그가 이 세상에 너무나 많다고 불평을 늘어놓는 것들은 크게 세 가지로 나눌 수 있습니다. 첫 번째는 물질적이거나 물리적인 것이고, 두 번째는 정신적이거나 추상적인 것입니다. 예를 들어 공장, 음식, 맥주, 담배, 돼지고기, 커피, 담배 연기, 양복, 서류, 잡지, 컴퓨터 등은 전자에 속합니다. 철학, 사상, 욕심, 민망함 등은 후자에 속합니다. 피곤한 노동자들, 해묵은 살인 등은 물질적인 것으로도 볼 수 있고, 정신적인 것으로도 볼 수 있습니다. 구체적이고 가시적으로 드러나는 것은 물질적이고 물리적이라고 할 수 있지만, 그 밑바닥에는 정신적인 태도나 철학이 굳게 자리 잡고 있습니다.

〈루르-게비트〉에서 긴즈버그가 너무나 많다고 한탄하는 물질적이고 물리적인 것들은 하나같이 자본주의 사회에서 소비자들을 유혹하는 상품들입니다. 말하자면 "너무나 많은 공장"에서 만들어내는 너무나 많은 상품들입니다. 대형 슈퍼마켓이나 유통업체에 가보면 온갖 상품이 그야말로 홍수처럼 흘러넘칩니다. 이 작품에서 긴즈버그가 언급하고 있는 것들은 어디까지나 몇 가지 구체적인 실례에 지나지 않습니다. 그리고 이 상품들은 자본주의 사회를 굴러가게 하는 윤활유 같은 역할을 합니다. 소비자들이 이런 상품을 구매하지 않는다면 자본주의라는 기관차는 멈춰 설 수밖에 없습니다.

더구나 "너무나 많은 돈 / 너무나 많은 가난"이라는 구절은 시사하는 바가 자못 큽니다. 한쪽에서는 돈이 너무나 많이 흘러넘쳐 문제고, 다른 한쪽에서는 돈이 너무나 없어 문제입니다. 공자는 과유불급過猶不及이라고 했습니다. 너무나 많은 것은 너무 부족한 것과 같다는 뜻이지요. 비록 정도의 차이는 있을망정 '부익부 빈익빈富益富 貧益貧' 현상은 예나 지금이나 크게 다르지 않습니다. 부자들은 부자가 되는 방법을 알거나 적극 실천하는 사람들로 시간이 지나면서 더 많은 부를 축적합니다. 한편 나머지 사람들은 부자가 되는 방법을 잘 모르고 있거나 알고 있어도 실천을 하지 않은 사람들입니다. 물론 가난한 사람 중에는 비록 부자가 되는 방법을 알고 있어도 자본이 없어 부를 축척하지 못하는 사람도 있을 것입니다. 최근에는 부자가 되는 방법을 이론화하고 체계적으로 정립한 '부자학'이라는 새로운 학문이 생겨났고, 그런 책들도 심심치 않게 출간되고 있는 실정입니다.

경쟁 제도를 도입하는 자본주의 사회에서는 그 대상이 무엇이건 간에 경쟁의 우위를 확보한 쪽이 더 좋은 결과를 낼 가능성이 큽니다. 그래서 부자는 더욱 부유해지고 가난한 사람은 계속 가난해질 수밖에 없는지도 모릅니다. 이 '부익부 빈익빈'은 자본주의 사회의 특징을 단적으로 보여주는 현상입니다. 무한 경쟁을 더욱 부추기는 글로벌 시대에 이런 현상은 앞으로 훨씬 첨예하게 나타날 것입니다. 이런 사정은 긴즈버그가 활약하던 20세기 중엽에도 크게 다르지 않았습니다.

최근 신문 기사를 보면 빈익빈 부익부 현상이 더욱 심화되고 있는 것으로 나타났습니다. 부유층 상위 0.7퍼센트가 전 세계 부의 41퍼센트를 차지하고 있습니다. 즉 1퍼센트도 되지 않는 부유층이 전 세계 부의 절반 가까이를 소유하고 있는 셈입니다. 글로벌 금융 위기 이후 부의 편중 현상이 더욱 심화되고 있습니다. 세계적인 투자 은행 크레딧스위스가 2013년에 발표한 '2013년도 세계 자산 보고서'에 따르면 전 세계적으로 100만 달러 이상 자산을 보유한 사람은 줄잡아 3,200만 명으로 그들이 보유한 자산은 총 98조 7,000억 달러에 이르는 것으로 추산했습니다. 그러나 1만 달러 미만의 자산가들은 총 32억 700만 명으로 전 세계 인구의 절반에 가까운 수치였습니다.

부의 편중과 함께 지역에 따른 격차도 심각한 문제로 드러났습니다. 10만 달러 이상 자산가 중에서 북아프리카, 유럽, 아시아–태평양 지역 인구가 89퍼센트를 차지했으며, 그중에서 39퍼센트는 유럽인인 것으로 나타났습니다. 반면 인도는 0.7퍼센트를 차지했으며, 아프리카 역시 비슷한 수준이라고 크레딧스위스는 분석했습니다.

한편 긴즈버그는 "너무나 많은" 것들뿐만 아니라 이번에는 "너무나 부족한" 것들에 대해서도 노래합니다. 예를 들어 공간, 사과나무, 잣나무, 침묵 등은 현대사회에서 "너무나 부족한" 것들입니다. 여기서 '공간'이란 과연 무엇을 가리키는 것일까요? 일차적으로는 공원이나 휴식처 같은 물리적 공간을 뜻하지만 이차적으로는 정신적 공간을 가리킬 수도 있습니다. 대도시의 경우 인구에 비해 공원 같은 휴식 공간이 턱없이 부족합니다. 헨리 데이비드 소로는 언젠가 "여백이 많은 삶"을 살고 싶다고 털어놓은 적이 있습니다. 실제로 그는 비록 짧은 생애를 살았지만 동양의 수묵화처럼 여백이 많은 삶을 살았다고 할 수 있지요. 그러나 현대인들은 여백 없이 화폭을 빼곡히 채운 각박한 삶을 영위하고 있습니다.

더구나 긴즈버그는 사과나무와 잣나무를 비롯한 나무가 너무나 부족하다고 노래하고 있습니다. 여기서 그가 굳이 사과나무와 잣나무를 언급하는 것은 아마 인간에게 유용한 양식을 공급해주는 유실수이기 때문일 것입니다. 특히 잣나무는 네 계절 내내 푸름을 간직하는 상록수이기 때문인지도 모르겠습니다. 초록 빛깔을 자랑하는 잣나무는 "회색 슬레이트 지붕들 아래"라는 구절과는 사뭇 대조가 됩니다. 괴테는 《파우스트》에서 파우스트의 입을 빌려 "모든 이론은 회색이고, 영원한 것은 저 생명나무의 녹색뿐이다"라고 부르짖었습니다. 이성에 호소하는 추상적인 이론은 색깔로 치자면 회색에 속할 것입니다. 한편 감성에 호소하는 구체적이고 극적인 예술과 생명의 색깔은 다름 아닌 녹색일 것입니다. 죽음의 색깔이 회색인 반면 생명을 살리는 환경운동을 상징하는 색깔은 바로 녹색입니다.

긴즈버그는 현대사회에서 침묵도 너무 부족하다고 말합니다. 바로 앞 구절 "너무나 많은 헛소리"를 다시 한번 눈여겨보기 바랍니다. '헛소리'는 '침묵'과 이항대립적 관계를 맺고 있습니다. 서양 사람들은 왜 "웅변은 은이고 침묵은 금"이라고 했을까요? 웅변보다는 침묵이 훨씬 소중하기 때문일 것입니다.

긴즈버그와 관련하여 여기서 잠깐 류시화의 〈만약 앨런 긴즈버그와 함께 세탁을 한다면〉이라는 작품을 살펴볼까요? 긴즈버그가 미국의 생활방식과 소비문화를 날카롭게 비판한다면, 류시화는 이 작품에서 한국의 생활방식과 소비문화를 비판의 대상으로 삼습니다.

> 만약 당신과 함께 지구별 한 골목에서 세탁소를 연다면
> 당신이 미국을 세탁기 안에 집어넣는 동안
> 나는 세탁법이 불분명한 정치인들을 비눗물 속에 담글 것이다.
> 방사능에 창백해진 양떼구름과 함박눈과 아이들의 헝겊 인형을
> 당신이 문질러 빠는 동안
> 나는 입술 튼 강과 기름 무지개 뜬 모래톱을 세척해
> 점박이 물새알과 거북이 알들에게 돌려줄 것이다.

《나의 상처는 돌, 너의 상처는 꽃》이라는 시집에 수록된 이 작품에서 류시화는 지구가 너무나 오염되어 있어 세탁기에 집어넣고 세척해야 할 물건들이 한두 가지가 아니라고 말합니다. 여기서 '당신'은 두말할 나위 없이 앨런 긴즈버그입니다. 세탁소를 같이 운영할 동업자로 그는 다름 아닌 이 미국 시인을 염두에 두고 있습니다. 류시화는 긴즈버그가 아예 미국 전체를 세탁기에 집어넣고 세척한다고 말합니다. 시적 화

자 '나'는 오염된 강과 모래톱을 세척해 점박이 물새알과 거북이 알 같은 주인들에게 다시 돌려주려고 합니다. 그러고 보니 "입술 튼 강"이라는 은유가 보석처럼 빛을 내뿜습니다. 그러나 강은 이제 입술 튼 정도가 아니라 썩어 문드러지다시피 했다고 말하는 쪽이 더 정확할지도 모르겠습니다.

> 지속 불가능해진 지속가능 발전과 파헤쳐진 길들과 공장투성이 시골들을
> 침묵을 방해하는 소음들과 무의미한 날들과 깊이 없이 아름다운 것들을
> 편 가르기 하는 지식인들과 소녀들 납치하는 검은 손들을
> 오래오래 삶을 것이다.

역시 류시화의 〈만약 앨런 긴즈버그와 함께 세탁을 한다면〉의 한 일부입니다. 무엇보다도 "지속 불가능해진 지속가능 발전"이라는 구절이 눈길을 끕니다. 앞에서 이미 밝혔듯이 '지속 가능한 발전'이라는 표현은 어떤 의미에서는 모순어법입니다. 산업을 지속적으로 발전시키든지 자연을 보존하고 환경을 지키든지 이 중에서 어느 하나를 택하는 양자택일이 있을 뿐 이 두 가지를 모두 얻을 수는 없기 때문이지요. 그래서 류시화는 "지속 불가능해진 지속가능 발전"이라고 말장난을 하고 있는 것입니다. 지속 가능한 발전이나 성장은

불가능한 일이라는 뜻입니다. 시적 화자는 성장과 발전의 이름으로 오염되고 파괴된 자연을 묵은 때가 빠지도록 오랫동안 삶아 세탁할 것이라고 말합니다. 그러면서 "멸종 위기에 놓인 붉은머리오목눈이 세발가락도요 흰목물떼새 / 통사리 꾸구리 얼룩새코미꾸리를 가로챈 / 때에 쩌든 욕망과 무지와 곰팡이 핀 권력들을 / 세탁소 뒷마당 산수유나무 아래 파묻을 것이다"라고 노래합니다.

또한 "침묵을 방해하는 소음들과 무의미한 날들과 깊이 없이 아름다운 것들을"이라는 구절도 좀 더 찬찬히 살펴보십시오. 이 구절에서도 어딘지 모르게 긴즈버그의 〈루르-게비트〉가 떠오릅니다. "침묵을 방해하는 소음들"은 긴즈버그의 "너무나 부족한 침묵"과 맞닿아 있습니다. 두 시인 모두 웅변보다는 침묵이 더 소중하다는 사실을 힘주어 말하고 있습니다. 또한 "무의미한 날들과 깊이 없이 아름다운 것들"은 "너무나 많은 헛소리"와 일맥상통하는 대목입니다.

마지막 구절 "편 가르기 하는 지식인들과 소녀들 납치하는 검은 손들"은 어찌 보면 류시화가 비판하고 있는 문명과 소비사회에서 조금 벗어난 것 같습니다. 그러나 좀 더 곰곰이 생각해 보면 이 구절 또한 전반적인 주제와 그렇게 동떨어져 있지 않다는 사실을 알 수 있습니다. 이해관계나 이데올로기에 따라 편을 가르는 지식인들, 그리고 나이 어린 소녀들을 납치해 성性의 도구로 삼는 '검은 손들'은 소비 자본주의의 토양에서 자라나는 독버섯입니다. 특히 아동 성매매는 향락 문화가 낳은 결과입니다.

긴즈버그의 말대로 현대인들이 너무나 많은 것들을 소유하고 사용한다면 그것은 곧 그만큼 쓰레기가 많아진다는 것을 뜻합니다. 경제성장과 발전에 비례하여 어마어마한 양의 쓰레기가 배출되고 있습니다. 한 사회에서 쓰레기의 양이 많으면 많을수록 문명의 순도가 그만큼 높아진다고 주장하는 학자들도 있습니다. 그러나 산업 쓰레기와 생활 쓰레기가 엄청나게 쌓여가면서 인류의 삶을 위협하는 시한폭탄이 되어버린 지 이미 오래입니다. 퓰리처상을 수상한 에드워드 흄즈는 《쓰레기학》2012이라는 책을 써서 전 세계에 걸쳐 큰 관심을 모았습니다.

쓰레기를 이론적으로 다룬 이 책은 한국에서는 《102톤의 물음》이라는 제목으로 출간되었습니다. 이 책에서 흄즈는 미국의 거대 수출품이자 유산이라고 할 쓰레기와 관련한 진실을 낱낱이 보여줍니다. 세계 인구의 5퍼센트밖에 되지 않는 미국의 쓰레기 배출량은 전 세계의 25퍼센트를 차지합니다. 3억 명이 조금 넘는 미국 인구를 감안한다면 정말 엄청난 양이 아닐 수 없습니다. 미국인 한 사람이 평생 평균 102톤의 쓰레기를 만들어냅니다. 한국에서 출간된 책은 바로 이 수치를 제목으로 삼은 것이지요.

모두 3부로 구성된 이 책에서 흄즈는 다큐멘터리 형식으로 쓰레기에 대한 사례와 현실을 낱낱이 보여줍니다. 제1부 '우리가 만든 그 괴물'에서는 쓰레기의 실태와 쓰레기 처리의 역사를 살핍니다. 소비주의, 플라스틱과 일회용품 시대 등 쓰레기에 대한 모든 것을 다루고 있습니다. 제2부 '쓰레기를 쫓는 사람들'에서는 쓰레기의 실태를 밝히는 사람들을 통해 쓰레기의 이상야릇한 일생과 인간의 잘못된 인식, 매립, 재활용 등의 문제점을 적나라하게 보여줍니다. 제3부 '정상으로의 회귀'에서는 앞에서 보여준 암울한 현실에 희망을 주는 사람과 도시를 소개합니다. 성공 사례로 덴마크 코펜하겐의 쓰레기 재활용 시설 등을 소개합니다. 이 책은 쓰레기로 몸살을 앓고 있는 현대인들에게 많은 것을 시사합니다.

쓰레기는 비단 지구의 문제만은 아닙니다. 아직 미개발 공간인 우주도 쓰레기로 몸살을 앓고 있습니다. 지금 우주 공간에는 수만 개의 우주 쓰레기가 떠다니면서 지구의 안전을 위협하고 있습니다. 자칫 먼 미래의 이야기로 들릴지 모르지만 무한한 우주 공간에 떠다니면서 지구 궤도를 덮고 있는 이 쓰레기는 앞으로 이 지구에 큰 골칫거리가 될 것입니다. 비록 크기는 10센티미터 정도밖에 되지 않지만 총알보다 10배나 빠른 속도로 움직이는 까닭에 35톤 트럭이 시속 190킬로미터로 달리는 운동 에너지를 갖고 있습니다. 이런 우주 쓰레기 파편이 연쇄 충돌로 지구 궤도 전체를 뒤덮을 수도 있습니다.

미국의 항공우주국NASA의 도널드 J. 케슬러가 처음으로 제안했다고 하여 이런 현상을 흔히 '케슬러 신드롬' 또는 '케슬러 효과'라고 일컫습니다. 그런데 이런 경고를 무시하다가는 인류가 자칫 큰 재앙을 맞이할지도 모릅니다.

우리에게 세상은 너무 고달파

현대인들이 버린 것은 비단 마음만이 아닙니다. 파우스트처럼 영혼마저 팔아버렸습니다. 현대인들은 전통적인 신과 대자연은 말할 것도 없고 심지어는 우리 자신을 이롭게 하는 삶의 방식과도 점점 더 멀어져가고 있습니다.

윌리엄 워즈워스 〈우리에게 세상은 너무 고달파〉

우리에게 세상은 너무 고달파
전에도 앞으로도 벌고 쓰는 일에
있는 힘을 헛되이 다 써버린다.
우리에게 주어진 자연도 거의 보지 못하고
마음마저 버렸으니 이 보잘것없는 흥정이여!
달빛에 젖가슴 드러낸 바다
또는 두고두고 울부짖다가
시들어버린 꽃처럼 잠잠해지는 바람
이 모든 것과 이제 우리는 남남이 되었구나.
마음이 전혀 움직여지지가 않는구나 — 신이여!
차라리 사라진 옛 믿음으로 자라는 이교도가 되었으면
하여 이 아름다운 초원에 서서
경치를 바라보고 위안이 되었으면,
바다에서 솟아나는 프로테우스를 볼 수 있고
트리톤의 고동 나팔 소리를 들을 수 있었으면.

19세기 영국 낭만주의를 대표하는 시인 가운데 한 사람인 윌리엄 워즈워스의 〈우리에게 세상은 너무 고달파〉라는 작품입니다. 영국 낭만주의 시인이 대부분 요절한 반면, 그는 여든 살까지 장수한 시인으로도 유명합니다. 일흔세 살 때는 계관 시인이 되었습니다. 잉글랜드 북서부 호반 지역 코커머스에서 태어난 워즈워스는 부모가 일찍 사망하는 바람에 외롭게 소년 시절을 보냈습니다. 그러나 그에게는 아름다운 자연이 있어 적잖이 마음에 위안이 되었습니다. 아름다운 자연에 둘러싸여 보낸 어린 시절은 뒷날 그가 자연 친화적인 낭만주의 시를 쓰는 데 지대한 영향을 미쳤습니다.

한때 프랑스 혁명에 도취되어 파리에 머문 적이 있지만 워즈워스는 귀국해 새뮤얼 콜리지와 교류하면서 영국에 낭만주의의 토대를 다졌습니다. 1798년에 두 시인은 공동으로 시집 《서정 가요집》을 출간하여 영국 낭만주의의 전통을 수립했지요. 누이동생 도러시와 함께 독일을 여행하고 귀국한 뒤 워즈워스는 호수가 아름다운 지방에 살았던 시인 로버트 사우디의 집 근처에 안주했습니다. 그리하여 워즈워스, 사우디, 콜리지 이 세 명의 시인을 한데 묶어 흔히 '호반 시인Lake Poets'이라고 부릅니다. 그러나 이 시기에 워즈워스가 쓴 작품의 주제는 죽음과 이별, 인내와 슬픔에 관한 것이 대부분이었습니다. 그의 시집으로는 《서정 가요집》 외에도 《루시의 노래》와 《서곡》 등이 있습니다.

앞서 인용한 작품에서 워즈워스는 "우리에게 세상은 너무 고달파"라고 한탄하면서 이 시를 시작합니다. 그가 말하는 '세상'이란 과연 어떤 세상을 가리키는 것일까요? 19세기 전반기, 좀 더 구체적으로 말하면 영국에서 산업혁명이 막바지에 접어들던 19세 초엽입니다. 이 작품을 제대로 이해하려면 영국 산업혁명을 알아야 합니다. 잘 알려진 것처럼 '산업혁명'이라는 용어는 영국의 역사가 아널드 토인비가 처음 사용한 용어이지요.

산업혁명 하면 유럽의 여러 나라에서 거의 동시에 일어난 것으로 생각하지만 실제 사실과는 조금 다릅니다. 산업혁명은 어디까지나 영국이 주축이 되어 일어났습니다. 유립 대륙에서조차 그 영향은 1850년까지도 겨우 몇몇 지역에 국한되어 있었습니다. 산업혁명의 거센 파도가 유럽 대륙에 밀어닥친 것은 1875년 이후였습니다. 유럽 외 지역에서의 산업화는 대서양 너머의 미국을 제외하면 훨씬 뒤늦게 일어났지요. 1895년경 독일에서조차 전체 인구의 3분의 1가량이 아직도 농사를 짓고 있었습니다. 동유럽과 남유럽의 대부분 지역은 여전히 산업과는 무관한 지역으로 남아 있었습니다.

영국에서는 유럽의 다른 국가들보다 이른 시기에 다양한 혁명을 거쳐 봉건 제도가 해체되고 정치적으로 성숙하고 안정되면서 전보다 훨씬 자유로운 농민층이 나타났습니다. 농민들을 주축으로 농촌에서는 모직물 공업이 많이 발달하게 되었고, 이를 중심으로 근대 산업이 발전하기 시작했습니다. 또한 영국에서는 풍부한 지하자원과 노동력을 보유하고 있었을 뿐만 아니라 식민지 지배 등을 통해 자본도 많이 확보하고 있던 상태였습니다. 18세기에 들어와 영국 안팎에서 면직물 수요가 급증하자 제임스 와트가 증기 기관을 개발하여 대량 생산을 시작했지요. 학자들은 이를 산업혁명의 출발점으로 봅니다. 산업혁명 중에는 온갖 기계가 발명되었고, 이때부터 기계는 생산을 지탱하는 중요한 역할을 하게 되었습니다.

산업혁명은 경제 구조에도 획기적인 변화를 가져왔을 뿐만 아니라 동시에 정치 구조도 크게 바꾸어 놓았습니다. 귀족과 지주 지배 체제가 무너지는 반면, 신흥 부르주아 계급이 점차 부상하게 되었습니다. 이런 중산층의 활약은 영국에서 노동자 계급의 성년 남성들이 한데 모여 선거권을 요구하면서 마침내 선거법을 개정하기에 이르렀습니다. 이런 일련의 개혁 과정에서 점차 자유주의적인 경제 체제로 이행하게 되었지요.

공업화로 농촌 인구의 대부분은 도시로 이주하게 되었으며, 이로 말미암아 도시 인구가 폭발적으로 증가했습니다. 갑자기 인구가 늘어난 데다 석탄 연기로 공기가 나빠져서 도시는 불결하고 비위생적인 공간으로 변했습니다. 산업혁명 초기부터 대두되었던 노동자에 대한 인권 유린 문제도 점차 심화되었습니다. 공장주들은 노동자들에게 장시간 노동을 강요하면서 제대로 휴식할 시간도 주지 않았습니다. 또한 어린이 노동이라는 비상식적인 일이 벌어지기도 했습니다. 이 무렵 자본가들은 '구빈원'이라고 부르던 고아원에서 고아들을 감언이설로 꾀어 데려와 일을 시켰습니다.

산업혁명기에 발생한 사회문제 중 노동자들의 건강 문제도 빼놓을 수 없습니다. 노동자의 평균 수명은 지주 계급보다 훨씬 짧았는데 그것은 바로 비위생적인 환경과 그에 따른 전염병 때문이었습니다. 이런 노동자들의 비참한 삶은 자본주의에 맞서는 사회주의 운동의 물결이 일어나는 데에도 견인차 역할을 했습니다. 그래서 카를 마르크스와 프리드리히 엥겔스는 이상적 사회주의에 맞서 과학적 사회주의의 기치를 내세웠습니다.

이제 앞서 인용한 〈우리에게 세상은 너무 고달파〉를 다시 한번 살펴보기 바랍니다. 워즈워스가 왜 "아침부터 밤늦도록 / 벌고 쓰는 일에 있는 힘을 헛되이 써 버린다"라고 한탄하는지 그 이유를 알 것 같습니다. 개인은 산업혁명이라는 거대한 기계의 톱니바퀴가 되어 이른 아침부터 늦은 밤까지 물건을 만들어내는 일에 온 정신을 쏟습니다. 앞에서 이미 언급한 헨리 데이비드 소로는 자연과 결혼했다고 말하면서 "자연은 나의 신부新婦"라고 말했습니다. 산업혁명 시대의 노동자들은 소로와는 반대로 아마 기계와 결혼하여 기계를

"나의 신부"라고 불렀을 법합니다. 또 이렇게 애써 번 돈을 이번에는 소비하는 데도 "있는 힘을" 다해 쓰게 됩니다. 여기서 '헛되이'라는 부사에 주목하기 바랍니다. 이렇게 정신없이 물건을 만들어내고 그렇게 번 돈을 소비하는 일이 하나같이 헛된 일이라고 힘주어 말하는 것입니다.

그다음에 나오는 "우리에게 주어진 자연도 보지 못하고 마음마저 버렸으니 이 보잘것없는 흥정이여!"라는 구절을 눈여겨보기 바랍니다. 이 무렵 사람들은 하루하루를 정신없이 보내다 보니 자연의 모습도 제대로 보지 못하는 단계에 이르렀습니다. 가령 "달빛에 젖가슴 드러낸 바다"도 보지 못하고, 또 "두고두고 울부짖다가 / 시들어버린 꽃처럼 잠잠해지는 바람"도 보지 못 합니다. 한마디로 시적 화자는 "이 모든 것과 이제 우리는 남남이 되었구나"라고 한탄합니다. '이제'라는 부사를 보면 그 이전에는 자연 친화적인 삶을 살았다는 것을 알 수 있습니다. "이 아름다운 초원에 서서 경치를 바라보고 위안이 되었으면"이라는 구절에서 엿볼 수 있듯이 불과 얼마 전까지만 해도 사람들은 자연에서 적잖이 위로를 받았습니다.

워즈워스의 또 다른 작품 가운데 〈무지개〉라는 시가 있습니다. 그는 하늘에 걸린 무지개를 바라보면서 이렇게 무한한 아름다움과 경이로움을 느낍니다.

하늘의 무지개를 볼 때마다
내 가슴 설레느니
나 어린 시절에 그러했고
다 자란 지금에도 마찬가지.
늙어서도 그렇지 못하다면
차라리 죽는 편이 나으리!
어린이는 어른의 아버지.
바라노니 나의 하루하루가
자연의 경건함에 매어지고자.

두말할 나위 없이 무지개는 자연의 상징입니다. 이 작품에서 워즈워스는 자연을 마음껏 감상하지 못한다면 차라리 죽는 편이 더 낫다고 노래합니다. 그러면서 하루하루의 삶이 '자연의 경건함'에 단단히 매어지기를 간절히 바랍니다. 워즈워스가 자연에서 받는 위로와 경건함은 〈수선화〉라는 작품에서도 엿볼 수 있습니다. 이 작품의 마지막 연에서 그는 "헛된 생각에 깊이 잠기어 / 내 침상 위에 외로이 누웠을 때 / 고독의 축복인 마음의 눈에 / 문득 번뜩이는 수선화 / 그때 내 가슴은 즐거움에 넘치고 / 마음은 황금 수선화와 함께 춤추었어라"라고 노래합니다.

그러나 산업혁명 시대에 인간은 자연과의 교감을 모두 잃어버린 채 남남처럼 살아가게 되었습니다. 자연에서 위안을 받기는커녕 한낱 기계의 노예로 전락해버린 것이지요. 워즈워스는 이런 생활을 거래에 빗대어 “보잘것없는 흥정”이라고 말합니다. ‘흥정’이라는 낱말에서부터 벌써 이해득실을 따지는 산업사회의 냄새가 물씬 풍기지 않습니까? 게다가 그 흥정마저도 ‘보잘것없다’라고 비판합니다.

그래서 시적 화자는 “차라리 사라진 옛 믿음으로 자라는 / 이교도가 되었으면”이라고 간절하게 말합니다. 이 무렵 맘몬에 밀려 기독교가 전보다 힘을 잃기는 했지만 여전히 영국을 비롯한 유럽에서 막강한 힘을 발휘하고 있었습니다. 그런데도 워즈워스는 기독교가 뿌리를 내리기 이전의 고대 그리스 시대나 로마 시대를 그리워하고 있는 것입니다. “바다에서 솟아나는 프로테우스를 볼 수 있고 / 트리톤의 조가비 소리를 들을 수 있었으면”이라는 구절은 이 점을 더욱 뒷받침합니다.

19세기 초엽 워즈워스는 이렇게 인간이 얼마 안 되는 창조 에너지를 공장에서 물건을 만들어 돈을 벌고 그 물건을 사는 데 다 써버린다고 무척 안타깝게 생각합니다. 산업혁명과 더불어 수공업에서 기계 공업으로 바뀌면서 전보다 일손을 많이 덜게 되었지만 사람들은 참으로 고달프게 살아가고 있다고 한탄합니다. 아름다운 대자연을 바라보아도 로봇처럼 마음이 전혀 움직여지지 않습니다. 오죽하면 “신이여!”라고 초월적 존재자에게 간절하게 호소를 하겠습니까?

그렇다면 자본주의의 마지막 단계라고 할 다국적 자본주의 시대, 소비 자본주의가 극에 달한 지금은 어떻습니까? 정보를 돈을 주고 사고판다는 정보화 시대, 자본이 국경 없이 마음대로 넘다든다는 세계화 시대에 워즈워스의 한탄은 차라리 엄살에 가깝습니다. 워즈워스의 작품에서 시적 화자는 "마음마저 버렸으니 이 보잘것없는 흥정이여!"라고 노래했지만, 21세기에 살아가는 현대인들이 버린 것은 비단 마음만이 아닙니다. 파우스트처럼 영혼마저 팔아버렸습니다. 현대인들이 하는 흥정도 '보잘것없는' 것을 훨씬 뛰어넘어 가히 '밑지는' 정도라고 할 수 있습니다. 산업사회가 도래한 지 겨우 200년 남짓밖에는 지나지 않았지만 현대인들은 전통적인 신과 대자연은 말할 것도 없고 심지어는 우리 자신을 이롭게 하는 삶의 방식과도 점점 더 멀어져가고 있습니다.

워즈워스는 대자연을 가리키며 "우리는 남남이 되었구나"라고 노래했지만 현대인들은 자연과 그저 '남남'이 된 정도를 넘어 자연을 적처럼 간주해왔습니다. 문명이라는 허울 좋은 이름으로 자연을 무참히 짓밟고 파괴한 결과 이제 인간은 삶의 터전을 잃어가는 지경에 이르렀습니다. 현대인들은 이제 마음 놓고 물 한 모금 마시고 공기 한숨 들이마실 수 없게 되었습니다. 대자연마저 오염된 지금, 21세기 현대인들은 19세기 초엽 산업혁명 시대에 살던 영국인들보다 훨씬 더 '고달픈' 삶을 살게 된 것입니다.

들소는 지금 어디 있는가

우리 땅을 사겠다는 그대들의 제의를 고려해 보겠습니다. 그러나 그 제의를 받아들일 경우 한 가지 조건이 있습니다. 즉 이 땅의 짐승들을 형제처럼 대해야 한다는 것입니다. 나는 미개인이라서 달리 생각할 길이 없습니다.

그는 어디로 가버렸을까?
그 커다란 털북숭이 짐승.
야만스러운 짐승!
우리를 부양해주는 짐승—
추울 때엔 나를 따뜻하게 해주고
배고플 때엔 나한테 고기를 먹여주고
내 신발과 옷을 만들어주고
내 윗도리를 위해서 가죽을 주더니
내 천막을 위해선 살갗을 내주더니
우리 집 가구家具를 위해선 뼈를 주더니
내 건강을 위해선 그 사골四骨을 주더니
내 숟가락과 컵을 위해선 그 뿔을 주더니
너 지금 어디로 가버렸는가?
너의 위장胃腸 아직 나한테 있다.
그 생生가죽.

찰스 프래타 〈들소〉

나는 찾아 헤맨다. 평야에서.

그곳에 없다.

나는 그를 찾는다. 목장에서, 계곡에서, 물에서…….

그는 지금 어디에도 없구나.

나는 그 없이 어떻게 살아가야 할지 도대체 모르겠구나.

오랫동안 북아메리카 대륙에 살아온 인디언 찰스 프래타의 〈들소〉라는 작품입니다. 앞에서도 지적했습니다만 '인디언'이라는 표현은 '정치적으로 적합한' 용어가 아닙니다. 정치적으로 적합한 용어로는 '원주민 미국인'이라고 해야 합니다. 말이 씨가 된다고 이제는 이름 하나, 용어 하나에도 신경을 써야 할 때가 되었습니다. 남들을 낮추어 부르다 보면 어느덧 그들을 무시하거나 업신여기는 경향이 생기기 때문입니다. 어찌 되었든 프래타는 메스칼레로 아파치 족의 원주민이자 미국의 시인입니다. 아파치 족은 존 포드 감독이 만든 〈아파치 요새〉라는 영화로도 잘 알려진 원주민 미국인입니다. 존 웨인과 헨리 폰다가 배역을 맡은 서부 개척 영화로 아직도 뭇 사람의 뇌리에 남아 있지요.

그런데 아파치 족에는 여러 갈래가 있습니다. 프래타가 피를 물려받은 메스칼레로 아파치 족은 주로 뉴멕시코 주 같은 중남부 지방에 살았습니다. 다른 아파치 족과 마찬가지로 메스칼레로 족의 조직은 중앙집권적인 성격이 약했습니다. 그래서 그들은 치리카후아 아파치 족과 달리 개척자들과 전쟁을 벌이는 일이 많지 않았습니다. 그들은 주로 평원에서 살며 들소 같은 짐승들과 가까이 지냈고, 백인 개척자들을 위해 척후병 노릇을 하기도 했지요.

앞서 인용한 〈들소〉에서 찰스 프래타는 백인들의 문명이 북아메리카 대륙에 들어와 자리 잡으면서 점차 사라져버린 자연을 노래하고 있습니다. 윌리엄 워즈워스에게 무지개나 수선화가 자연을 상징한다면 프래타에게는 들소가 바로 자연의 상징이었지요. 한글로 '들소'라고 옮겼습니다만 원문에는 '바이슨bison'으로 되어 있습니다. 사람들은 이 짐승을 흔히 '버펄로buffalo'와 혼동하기 일쑤입니다. 여기서 잠깐 이 두 짐승의 차이를 짚고 넘어가는 것이 좋을 듯합니다. 버펄로와는 달리 바이슨은 어깨에 큼직한 혹이 있고 머리통이 무척 큽니다. 전자는 뿔이 날카롭지 않고 길지만 후자는 뿔이 매우 날카롭고 작습니다. 털을 보아도 바이슨은 풍성하지만 버펄로는 털이 가볍습니다. 앞서 인용한 작품에서 프래타가 "그 커다란 털북숭이 짐승"이라고 노래하는 것은 바로 그 때문이지요. 바이슨에게는 수염이 있지만 버펄로에게는 수염이 없습니다. 바이슨은 흔히 들소로 부르고, 버펄로는 물소로 부릅니다. 물소건 들소건 서로 비슷하게 생긴 이 두 짐승은 모두 북아메리카 대륙에서 한때 자유롭게 살았지만 백인이 서부를 개척하면서 원주민 미국인들과 마찬가지로 멸종되다시피 했습니다.

들소는 19세기 초엽까지만 해도 애팔래치아 산맥에서 로키 산맥에 이르는 광활한 북아메리카 지역, 특히 서부 평원에 6,000만여 마리가 살고 있었습니다. 원주민 미국인들은 그들을 잡아 고기는 먹고 가죽으로는 옷을 해입었습니다. 그러나 이렇게 해도 들소의 수에는 별다른 영향을 끼치지 못했습니다. 그러나 백인들이 들어오면서 한편으로는 서부 개척에 방해가 된다는 이유로, 다른 한편으로는 단순히 취미 삼아 사냥을 하면서 들소의 수가 계속 줄어들더니 아예 멸종 위기에 놓였습니다. 앞에서 이미 언급한 두와미시-수쿠아미시 족 세알트 추장도 백인들이 들소와 물소를 얼마나 무참하게 살해했는지 말한 적이 있습니다. 땅을 팔라는 프랭클린 피어스 대통령을 편지를 받고 추장은 한 연설에서 이렇게 말했습니다.

> 우리 땅을 사겠다는 그대들의 제의를 고려해 보겠습니다. 그러나 그 제의를 받아들일 경우 한 가지 조건이 있습니다. 즉 이 땅의 짐승들을 형제처럼 대해야 한다는 것입니다. 나는 미개인이라서 달리 생각할 길이 없습니다. 나는 초원에서 썩어가고 있는 수많은 물소를 본 일이 있는데 모두 달리는 기차에서 백인들이 총으로 쏘고는 그대로 내버려둔 것들이었습니다. 연기를 뿜어대는 철마가 우리가 오직 생존을 위해서 죽이는 물소보다 어째서 더 소중한지 모르는 것도 우리가 미개인이기 때문인지 모르겠습니다.

백인들이 드넓은 대륙에 자유롭게 뛰놀던 물소와 들소를 무자비하게 학살한 나머지 19세기 말엽에는 들소의 수가 1,000여 마리로까지 격감했습니다. 그러다가 그나마 미국 정부의 특별 보호조치로 명맥을 가까스로 유지해 지금은 겨우 3만여 마리 정도가 생존하고 있습니다. 그래서 〈들소〉의 첫머리에서 프래타가 "그는 어디로 가 버렸을까?"라고 물음을 던지는 것입니다. 지금 물소는 캐나다와 국경을 마주하고 있는 뉴욕 주 북쪽 끄트머리 '버펄로'라는 지명을 얻은 땅에서 겨우 그 명맥을 유지하고 있습니다. 들소도 마찬가지여서 캔자스 주나 사우스다코타 주 같은 중서부 몇몇 주에 '바이슨'이라는 소도시 이름으로 그나마 존재를 알리고 있습니다.

첫 행 "그는 어디로 가 버렸을까?"에서 프래타는 밑도 끝도 없이 '그는'이라는 삼인칭 대명사로 이야기를 시작합니다. 문법적으로 보더라도 대명사란 앞에 먼저 명사가 나오고 그 명사를 되풀이하지 않으려고 대신 사용하는 품사입니다. 그런데도 이런 문법적 관습을 깨뜨리고 프래타는 갑자기 "그는 어디로 가 버렸을까?"라고 묻는 것입니다. 여기서 '그'란 다름 아닌 들소를 말합니다. 그만큼 들소의 존재가 소중하고 궁금하기 때문에 미처 '들소'라는 말을 할 겨를도 없이 그냥 '그'라고 표현했던 것이지요. 얼마나 답답하면 다짜고짜로 그렇게 표현했겠습니까?

바로 그다음에 나오는 "그 커다란 털북숭이 짐승 / 야만스러운 짐승!"에서 '털북숭이 짐승'이라는 구절은 그렇다 쳐도 '야만스러운'이라는 형용사가 혹 마음에 걸릴지 모르겠습니다. 그러나 이 형용사는 들소를 혐오하는 표현이라기보다는 글자 그대로 문명을 등지고 대자연 속에서 자유롭게 사는 동물을 일컫는 것으로 보아야 할 것 같습니다. 인간에게 이 말을 사용하면 실례가 될지 모르지만 들짐승에게는 오히려 칭찬이 됩니다. 야만野蠻에서 '야'는 들판을 뜻하고, 오랑캐라는 뜻의 '만'은 중화 문화권에서 자국보다 문화가 뒤떨어진 거란족, 여진족, 몽골족 따위를 가리키는 말이었습니다. 그러므로 인간이 들소를 야만스럽다고 말하는 것은 지극히 당연한 노릇입니다.

그 "야만스러운 짐승!"이라는 구절보다는 "우리를 부양해주는 짐승"이라는 구절을 주목하기 바랍니다. 들소는 원주민 미국인들의 의식주를 책임지는 중요한 존재였습니다. 프래타의 말대로 날씨가 추울 때면 푹신한 털로 따뜻하게 해주고, 배가 고플 때면 고기로 허기를 채워주었으니 말입니다. 원주민 미국인들은 들소의 가죽으로 신발과 옷을 만들고, 원뿔 모양의 티피 천막을 만들었습니다. 어디 그뿐입니까? 들소의 뼈는 영양분 가득한 사골국 재료가 되었고, 남은 뼈는 가구와 식기와 화살촉을 만드는 데에도 요긴하게 쓰였습니다. 한마디로 들소에서 그 무엇 하나 원주민 미국인들에게 필요하지 않은 것이 없었지요. "호랑이는 죽어서 가죽을 남긴다"라는 속담이 있지만 들소는 죽어서 가죽은 말할 것도 없고 자신의 모든 것을 남겼습니다.

그러나 프래타가 들소가 사라진 것을 그토록 안타깝게 생각하는 것은 비단 의식주를 해결해주었기 때문만은 아닙니다. 들소는 원주민 미국인들에게 정신적 반려자와 다름없었습니다. 그들에게 힘을 주고 용기를 불어넣어주는 존재였기 때문입니다. 앞서 인용한 〈들소〉의 마지막 구절을 보면 원주민 미국들에게 들소가 얼마나 소중했는지 미루어 짐작할 수 있습니다. 프래타는 "너 지금 어디로 가버렸는가?"라고 물으며 "나는 그를 찾아 헤맨다. 평야에서 / 거기 없다 / 나는 찾는다. 목장에서, 계곡에서, 물에서……"라고 노래합니다. 어느 곳에서도 들소를 찾지 못한 시적 화자 '나'는 "그는 지금 어디에도 없구나 / 나는 그 없이 어떻게 살아가야 할지 도대체 모르겠구나"라고 절망하며 한숨을 내쉽니다.

미국의 백인 중에도 북아메리카 대륙에서 들소가 사라지는 것을 안타깝게 여긴 사람들이 더러 있었습니다. 다른 백인들이 진보와 발전의 종교에 심취해 있을 때 그들은 야생동물과 황야 같은 자연을 소중하게 생각했습니다. 이미 앞에서 여러 번 언급한 헨리 데이비드 소로와 미국의 생태학자 알도 레오폴드가 대표적입니다. 그중에서도 레오폴드는 《샌드 카운티 연감》1949에서 "마지막 들소가 위스콘신을 떠났을 때 이를 슬퍼한 사람은 거의 없었다"라고 말한 적이 있습니다. 위스콘신 주라면 미국 중북부에 위치한 주로 들소 같은 야생동물이 많이 서식하던 곳이었습니다. 그런데 백인들이 들어와 이 땅을 개척하면서 그런 짐승들이 조금씩 자취를 감추기 시작하더니 20세기 중엽에 이르러서는 완전히 사라지고 말았습니다.

소에 대해 이렇게 깊은 애정을 노래한 작품은 비단 프래타추장과 레오폴드만이 아닙니다. 고려 시대의 정치가이자 문장가인 백운白雲 이규보李奎報도 소에 대해 남다른 관심과 애정을 보인 사람으로 손꼽힙니다. 소에 대한 이규보의 애정은 〈소를 때리지 말아라莫笞牛行〉라는 한문시에서도 잘 드러납니다. 이 작품에서 그는 소를 함부로 때리는 소먹이 소년을 꾸짖으며 짐승을 소중하게 다룰 것을 간곡히 타이릅니다.

소가 네게 무슨 짐이 된다고 도리어 소에게 화를 내느냐.
무거운 짐을 지고서 만리萬里 길을 가기도 하니
너 대신 두 어깨가 피곤하단다.
혀를 헐떡이며 큰 밭을 갈아주어
너의 입과 배를 모두 즐기게 해주었네.
이토록 너를 정성껏 섬겨주었는데
너는 게다가 타고 다니기까지 하더구나.

이규보가 노래하는 소는 집에서 키우는 소입니다. 살아서는 짐을 실어주고 밭갈이를 해주는 등 온갖 노동을 마다하지 않습니다. "너의 입과 배를 모두 즐기게 해주었네"라는 구절에서도 엿볼 수 있듯이 소는 사람들이 농사를 지어 생계를 유지하던 수단이었습니다. 또 "무거운 짐을 지고서 만리 길을 가기도 하니"라는 구절에서도 엿볼 수 있듯이 짐을 실어 나르는 유일한 수단이었던 소는 오늘날의 트럭과 같은 아주 중요한 역할을 했습니다.

게다가 마땅한 교통 수단이 없던 무렵 사람들은 소를 타고 다니기도 했습니다. 이규보가 "너는 게다가 타고 다니기까지 하더구나"라고 노래하는 까닭입니다. 물론 여기서 '너'는 소를 함부로 부리는 소년을 말합니다. 인간을 위해 이렇게 열심히 '섬겨' 주는데도 사람들은 잠시 쉬려는 소를 채찍으로 때리기 일쑤입니다. 소는 매를 맞고도 아무런 항의도 하지 못하고 묵묵히 일을 할 뿐이지요. 그래서 우리들은 미련한 사람을 두고 "소같이 미련하다"라고 말하는지도 모르겠습니다. 그러나 소는 미련한 것이 아니라 우직다고 말하는 쪽이 더 옳을 듯합니다.

또 소가 죽어서는 어떻습니까? 살아서는 평생 일을 하며 인간을 돕고 죽어서는 살과 가죽과 뼈와 내장 등 어느 것 하나 버릴 것 없이 모두 인간에게 주고 갑니다. 또한 배설물은 소중한 거름으로 사용하고, 가죽은 값비싼 의류나 소파 같은 제품으로 다시 태어나기도 합니다. 뿔은 공예품으로, 털은 충전제로, 발톱은 아교로, 뼈는 식용과 공업용으로, 내장은 소중한 의약품으로 활용하기도 합니다. 시뻘건 선지는 해장국과 순대가 되기도 합니다. 그야말로 털끝 하나 버리는 것이 없는 셈입니다. 이규보와 찰스 프래타는 서로 다른 시대를 살았지만 사람들이 소를 학대하는 현실을 한마음으로 안타깝게 여겼던 것입니다.

나무여 나무여

무엇보다도 눈길을 끄는 것은 킬머가 구사하고 있는 의인법과 인간적 이미지입니다. 생물이건 무생물이건 그들이 인간처럼 생각하고 의식하고 욕구를 느낀다면 그들을 어찌 함부로 대할 수 있겠습니까?

조이스 킬머 〈나무〉

이 세상에 나무처럼
아름다운 시가 어디 있을까.
단물 흐르는 대지의 젖가슴에
마른 입술을 내리누르고 서 있는 나무.
온종일 신神을 우러러보며
잎이 무성한 팔을 들어 기도하는 나무.
한여름에는 머리 위에
개똥지빠귀의 둥지를 틀고 있을 나무.
가슴에는 눈雪을 품고 있는 나무.
비와 더불어 다정하게 살아가는 나무.
나 같은 바보들은 시는 쓰지만
신 아니면 나무를 만들지 못한다.

20세기 초엽 미국에서 저널리스트, 문학비평가, 강연가, 시인 등 다방면에서 활약한 조이스 킬머의 〈나무〉1913라는 작품입니다. 1886년 뉴저지 주 가톨릭 가정에서 태어난 그는 러트거스 대학과 컬럼비아 대학에서 공부했습니다. 1917년 4월 미국이 제1차 세계대전에 참가하기로 결정하자 킬머는 육군에 입대하여 하사관으로 프랑스에서 근무했습니다. 전투 중 서른두 살의 나이로 요절했으면서도 그가 쓴 작품은 무척 많습니다. 킬머는 1913년 8월 시 전문지에 이 작품을 처음 발표한 뒤 그 이듬해 출간한 두 번째 시집 《나무와 기타 시》에 이 작품을 수록했습니다. 작품을 발표한 직후에는 비평가들이나 학자들에게서 주목받지 못했지만 미국 전역의 일반 독자들로부터는 엄청난 인기를 끌었습니다. 이 무렵 킬머는 비록 '가톨릭 교회'라는 단서가 붙어 있기는 했지만 '계관 시인'이라는 찬사를 받았습니다. 그러나 그는 지금 〈나무〉라는 이 작품 한 편으로 겨우 시인으로서의 명성을 유지하고 있습니다. 킬머 하면 곧 〈나무〉라는 작품이, 〈나무〉 하면 킬머가 자연스럽게 떠오를 만큼 이제 이 시는 그의 대표적인 작품이 되었습니다.

〈나무〉는 너무 단순하고 때로는 지나치게 감상적인 데다 스타일이 전통적이라고 하여 처음 발표되었을 때나 100년 가까운 세월이 지난 지금에나 비판을 받기도 합니다. 진지한 문학 작품이라기보다는 통속적인 노래 가사에 가깝다는 것이지요. 그래서 그런지 그의 모교인 컬럼비아 대학교 문학반에서는 해마다 킬머를 기념하여 '조이스 킬머 기념 엉터리 시' 대회를 열기도 합니다. 1920년대에서 1950년대에 걸쳐 〈나무〉에 곡을 붙인 노래나 연주 음악이 인기를 끌기도 했습니다. 식목일 기념식에서는 약방의 감초처럼 으레 이 시를 낭독하기도 합니다. 또한 미국 곳곳에서는 킬머의 이름을 딴 숲을 비롯하여 공원, 광장, 학교, 도서관, 거리 등이 생겨나기도 했습니다. 가령 그의 고향 뉴저지 주 뉴브런즈윅에서는 그가 태어난 거리를 '조이스 킬머 광장'으로 개명하기도 했지요. 미국 남부 노스캐롤라이나 주에서는 그를 기념하여 그레어엄 군에 있는 숲을 '조이스 킬머 기념 숲'이라고 불렀습니다.

그러나 환경 위기 시대를 맞아 〈나무〉는 뭇 사람의 입에 자주 오르내리면서 새롭게 평가받기 시작했습니다. 킬머는 나무를 "아름다운 시"에 빗대는가 하면, 초월적 존재인 신이 아니고서는 나무를 창조하지 못한다고 밝힙니다. 그러면서 나무를 창조하는 것은 인간이 시를 쓰는 것과는 또 다른 창조행위라고 말하기도 합니다. 한국에서 처음 서양 시가 번역될 무렵, 이 작품은 비교적 초기에 번역되었다는 점에서도 무척 흥미롭습니다. 미국에서 유학 중인 한국 학생들이 1925년 창간한 잡지 〈우라키〉The Rocky의 음차어 제1호에 '바울'이라는 필명을 사용한 번역자가 〈나무〉를 번역하여 처음으로 한국 독자들에게 소개했습니다. '바울'이나 '보울寶鬱'은 일제 식민주의에서 벗어난 직후 미 군정청 시절 교육정책에 깊이 관여한 교육 관료 오천석吳天錫의 필명이었습니다. 그는 영어로 이름을 사용할 때는 'Paul'을 사용했고, 한글로 필명을 사용할 때면 '바울'이나 '보울'을 사용했습니다. 두말할 나위 없이 이 한국어 필명은 영어 '폴'을 한국어나 한자어로 표기할 때 사용하는 이름입니다.

킬머는 〈나무〉에서 나무를 한 편의 시에 빗대고 있습니다. 그렇다면 나무는 시와 어떤 관계가 있을까요? 얼핏 보면 이 둘 사이에는 이렇다 할 관계가 없는 것 같습니다. 결론 부분에서 차이를 두기는 하지만 킬머는 '놀라운 창조'의 산물이라는 데서 공통점을 찾습니다. 신약성서에는 "모든 것이 그로 말미암아 창조되었으니, 그가 없이 창조된 것은 하나도 없다"〈요한복음〉 1장 3절라고 적혀 있습니다. 그러나 예로부터 시인도 흔히 창조주로 간주되어 왔습니다. 무無에서 유有를 창조한다는 점에서 그러하다는 것입니다. 시인을 뜻하는 영어 '포우이트Poet'는 그리스어 '포에테스Poetes'에서 갈라져 나왔습니다. 그런데 '포에테스'란 곧 창조주나 물건을 만들어내는 장인을 뜻합니다.

마지막 구절에서 킬머는 "나 같은 바보들은 시는 쓰지만 / 신 아니면 나무를 만들지 못한다"라고 노래합니다. 시인인 자신을 바보로 낮추어 부르는 것이 무척 흥미롭습니다. 그가 이렇게 자신을 낮추어 부르는 것은 아마 창조주 하나님을 더욱 더 높이기 위해서일 것입니다. 우리말 어법에도 자신을 낮춤으로써 상대방을 높이는 주체 겸양법이 있지 않습니까? 킬머의 말대로 시인은 시를 쓸 수 있을 뿐 나무 같은 자연을 만들어내지는 못합니다. 나무는 오직 창조주 하나님만이 만들 수 있을 따름이지요. 한낱 식물에 지나지 않는 나무로 간주하기 쉽지만 나무는 창조주 하나님이 만들어낸 피조물이라는 것입니다.

〈나무〉에서 무엇보다도 눈길을 끄는 것은 킬머가 구사하고 있는 의인법과 인간적 이미지입니다. 한국어로 번역하는 과정에서 어쩔 수 없이 놓치고 말았지만 시인은 나무를 여성으로 의인화합니다. 가령 원문에는 "잎이 무성한 (그녀의) 팔을 들어"나 "한여름에는 (그녀의) 머리 위에"로 수록되어 있습니다. 가령 명사에 성性을 부여하는 언어의 경우 프랑스어에서는 '아르브르Arbre'를 남성형으로, 독일어에서도 '바움Baum'을 남성형으로 취급합니다. 이와 달리 영어에서는 문법성文法性이라는 것이 없지만 킬머는 나무를 묘사하면서 이처럼 여성으로 간주합니다. 더구나 킬머는 나무가 대지의 젖가슴에 입술을 내리누르고 있고, 온종일 서서 신을 우러러보고 있으며, 잎이 무성한 팔을 들어 기도하고 있다고 묘사합니다. 이밖에도 킬머는 나무가 사람처럼 입·팔·머리·가슴 등 인간의 신체 기관을 지니고 있는 것으로 묘사합니다.

자칫 대수롭지 않게 넘길 수도 있지만 킬머가 작품에서 의인법이나 인간과 관련한 이미지를 구사한다는 것은 특히 동물도 아닌 식물에게 인간의 속성을 부여한다는 것은 여간 놀랍지 않습니다. 의인화를 한발 밀고 나가면 자연계의 모든 사물에 생명이 있고 그 사물에 각각 부여된 정령 신앙과 만나게 되지요. 그런데 예로부터 정령 신앙이 발달한 문화권치고 자연 친화적이지 않은 문화가 없었습니다. 생물이건 무생물이건 인간처럼 생각하고 의식하고 욕구를 느낀다고 믿는다면 그들을 어떻게 함부로 대할 수 있겠습니까?

흥미롭게도 킬머의 〈나무〉는 한국 시인이나 작가들의 상상력에도 적잖이 영향을 끼쳤습니다. 예를 들어 김현승金顯承은 킬머의 작품과 제목도 똑같은 〈나무〉라는 작품에서 "하나님이 지으신 자연 가운데 / 우리 사람에게 가장 가까운 것은 / 나무이다"라고 노래합니다. 또한 이 시의 마지막 연에서 "가을이 되어 내가 팔을 벌려 / 나의 지난날을 기도로 뉘우치면 / 나무들도 저들의 빈 손과 팔을 벌려 / 치운 바람만 찬 서리를 받는다, 받는다"라고 읊습니다. 〈나무와 먼 길〉이라는 또 다른 작품에서도 김현승은 "사랑이 얼마나 중한 줄은 알지만 / 나무, 나는 아직 아름다운 그이를 모른다 / 하늘 살결에 닿아 너와 같이 머리 고운 여인을 모른다"라고 노래하기도 하지요. 그러면서 "내가 시를 쓰는 오월이 오면 / 나무, 나는 너의 곁에서 잠잠하마" 하고 말하기도 합니다. 이 두 작품을 쓰면서 김현승은 킬머의 〈나무〉를 염두에 둔 듯합니다.

영문학자요 수필가인 이양하李敭河는 일찍이 〈나무〉라는 수필에서 나무를 "훌륭한 견인주의자요, 고독의 철인이요, 안분지족의 현인"이라고 예찬합니다. "하늘을 우러러 항상 감사하고 찬송하고 묵도하는 것으로 일삼는다. 그러기에 나무는 언제나 하늘을 향하며, 손을 쳐들고 있다"라는 구절은 "온종일 신을 우러러보며 / 잎이 무성한 팔을 들어 기도하는 나무"라는 킬머의 시구를 떠올리게 충분합니다. 최근 들어 소설가 이윤기李潤基는 이 시에서 힌트를 얻어 《나무가 기도하는 집》1999이라는 녹색 소설을 써서 관심을 모았습니다. 이 작품의 주인공 이민우에게 나무는 땅속에 뿌리를 박고 서 있는 식물 이상의 깊은 의미가 있습니다. 주인공의 이런 태도에 대해 작가는 "그는 나무를 식물로 보지 않는다. 조금 더 정밀하게 말하자면 그는 동물과 식물이 어떻게 다르게 정의되는지 알지 못한다. 그에게 동물과 식물의 임계점 같은 것, 동물과 식물을 가르는 경계는 존재하지 않는다. 그에게 나무는 여느 사람들이 아는 나무가 아니다"라고 말합니다.

자신을 '별아저씨'나 '바람남편'으로 표현한 정현종鄭玄宗도 나무를 예찬하는 데는 조이스 킬머 못지않습니다. 정현종의 〈숲에서〉라는 작품은 여러모로 킬머의 〈나무〉와 비슷합니다.

만물 중에 제일 잘 생긴

나무야

내 뇌수도 심장도 인제

초록이다

거기 큰핏줄과 실핏줄들은

새소리의 샘이며

날개의 보금자리!

(지저귀는 실핏줄이여 날으는 큰핏줄이여)

〈숲에서〉라는 작품의 일부입니다. 첫 행 "만물 중에 제일 잘 생긴 / 나무야"라는 구절은 킬머의 "이 세상에 나무처럼 / 아름다운 시가 어디 있을까"라는 첫 행을 떠올리기에 충분합니다. '잘 생긴' 것과 '아름다운' 것은 서로 통하는 데가 있습니다. 한자어 아름다울 '美' 자는 양羊이 탐스럽게 살이 쪄 크고大 보기 좋은 모습이나, 양을 잡아 머리 위에 치켜들고 있는 당당한 사람大의 모습을 본떠 만들었다고 합니다. 그러나 정현종은 양보다는 나무의 모습에서 아름다움을 찾습니다.

나무의 외모에 흠뻑 빠진 시적 화자 '나'는 나무와 한 몸이 됩니다. 그리하여 '나'의 뇌수나 심장처럼 신체의 가장 중요한 기관이 하나같이 나무를 닮아 초록색을 띠고 있다고 말합니다. 그런데 시적 화자가 "내 뇌수도 심장도 인제 나무이다"라고 말하지 않고 "내 뇌수도 심장도 인제 초록이다"라고 말한다는 사실에 주목해야 합니다. '초록'은 나무를 가리키는 환유법이지만 '나무'라고 말하는 것에 비해 시각적 이미지가 훨씬 뚜렷이 드러납니다. "나는 하늘이다"라고 말하는 대신 "나는 푸르다"라고 말하는 것과 같은 수사적 방법입니다.

정현종은 "거기 큰핏줄과 실핏줄들은 / 새소리의 샘이며 / 날개의 보금자리!"라는 구절에서 은유법을 구사합니다. 인간 신체 안에서 영양분을 실어 나르는 혈관을 '새소리의 샘'으로 묘사한 부분은 감탄스럽기까지 합니다. 샘물이 솟아 우물이 되듯이 새소리도 혈관을 타고 온몸에 퍼져 나가기 때문일 것입니다. 또 시인은 혈관을 '날개의 보금자리'에 빗대기도 합니다. 여기서 날개는 새를 가리키는 환유법, 좀 더 정확히 말해서 부분으로써 전체를 가리키는 환유법이나 제유법입니다. 혈관을 '새소리의 샘'에 빗대는 것도 놀랍지만 새들의 '보금자리'에 빗대는 것은 더더욱 놀랍습니다. 마지막 행에 이르러 시인은 한껏 들뜬 듯 "지저귀는 실핏줄이여 날으는 큰핏줄이여" 하고 영탄조로 노래합니다. 실핏줄이 새처럼 지저귀고 큰핏줄이 새처럼 공중에 날아다닌다는 표현이 나무의 푸르름처럼 무척 흥미롭습니다.

사랑의 품속에서

살아서 숨 쉬건 그렇지 않건 모든 피조물에는 '거룩한 신비'가 깃들어 있습니다. 도스토옙스키는 "지옥이란 바로 사랑할 수 없는 고통을 말한다"라고 했습니다. 피조물을 사랑하지 않는 이의 삶은 곧 지옥에서 사는 것과 같습니다.

발타자르 그라시안《세상을 보는 지혜》

모든 생명은 사랑의 품속에서 살아간다. 만약 이 세상에서 사랑의 맹세가 사라진다면 어떤 가정도 어떤 도시도 지탱하지 못할 것이며, 들판의 곡식도 자라지 못할 것이다. 인간의 적대감과 불화가 어떤 결과를 초래하는지 생각해 본다면 사랑과 화합의 힘이 얼마나 큰지 충분히 이해할 수 있을 것이다. 그러므로 사랑하는 사람을 위해 고통을 함께 나눌 수 있는 기회가 찾아온다면 그것은 가장 커다란 축복이라고 할 수 있을 것이다.

어려운 환경에 놓여 있을 때 마음은 희망과 불안, 빛과 어둠, 성공과 좌절 사이를 초조하게 방황하게 된다. 언제나 성실하게 일하는 사람이나 탁월한 재능을 갖춘 사람이라도 자신의 과거를 돌아보면서 한숨짓는 때가 있기 마련이다. 그것은 좋은 기회를 안타깝게도 놓쳐버렸기 때문이다. 기회는 마치 북풍의 신神 보레아스Boreas와도 같아서 일단 지나가면 두 번 다시 돌아오지 않는다.

17세기 스페인이 낳은 최고의 작가이자 철학자인 발타자르 그라시안의 글입니다. 아라곤 벨몬테에서 태어난 그는 어린 시절부터 종교적인 환경 속에서 성장했습니다. 열다섯 때 발렌시아의 사라고사 대학에서 철학을 공부하면서 인간과 세계에 대해 남다른 통찰력을 얻게 되었습니다. 열여덟 살 때는 예수회 교단의 일원으로 활동을 하는 영예를 얻었고, 풍부한 학식과 지혜를 바탕으로 강의를 하여 수사원에서 일약 지도 신부의 위치에 올라섰습니다.

더구나 그라시안은 군 목사로서도 탁월한 재능을 보여 군인들 사이에서는 '승리의 대부'라는 칭호를 받았습니다. 또한 스페인 국왕의 고문 자격으로 마드리드 궁정에서 철학 강의와 설교를 하기도 했지요. 예수회 교단 상부의 허락 없이 저서를 출판했다는 죄목으로 고난과 핍박을 받고 금서가 되기도 했지만 그가 사망한 뒤에 재평가를 받아 로마의 위대한 철학자 세네카와 견줄 정도의 명성을 얻게 되었습니다. 《영웅》《세상을 보는 지혜》《완벽한 신사》 같은 저서와 《비평가》라는 장편소설을 남겼습니다.

이들 저서에서 그라시안은 삶의 지혜와 양심 그리고 미덕에 대한 내용을 절제된 언어로 표현하고 있습니다. 그의 사상은 프리드리히 니체나 아르투르 쇼펜하우어에게 깊은 영향을 끼쳤으며, 타락과 위선의 시대에 진정한 삶이 과연 어떠한 것인지를 제시해 주었습니다. 니체와 쇼펜하우어는 그라시안을 '유럽 최고의 지혜의 대가'로 높이 평가했지요.

앞서 인용한 글은 그라시안의 책 중에서도 가장 유명한 《세상을 보는 지혜》1647에서 뽑은 대목입니다. 원래 제목은 '오라클, 신중함의 기술 교본'입니다. 여기서 '오라클Oracle' 이라는 말은 신탁을 가리키지만 지혜의 샘이나 지혜의 원천을 뜻하기도 합니다. 영어로는 수차례 번역되었는데 그때마다 번역자들은 저마다 제목을 달리 붙였습니다. 어떤 번역자는 '세속적 지혜의 기술'이라는 제목을 붙였는가 하면, 다른 번역자는 '위기의 시간을 위한 실제적인 지혜'라는 제목을 붙였으며, 또 다른 번역자는 '성공의 과학과 신중함의 기술' 이라는 제목을 붙였습니다. 제목이 다양한 만큼 이 책에는 300여 편의 경구가 해설과 함께 실려 있습니다. 또한 그라시안의 다양한 수사법을 읽노라면 마치 풍성하고 화려한 수사학의 향연에 초대받은 느낌이 듭니다.

앞서 인용한 글은 그라시안이 사랑을 예찬하는 대목입니다. 굳이 동서양을 가르지 않고 지금까지 사랑에 대해서는 많은 사람이 그야말로 입에 침에 마르도록 칭송해 왔습니다. 예를 들어 고대 그리스 시대의 철학자 아리스토텔레스는 일찍이 "누군가를 사랑한다는 것은 자신을 그 사람과 동일하게 생각하는 것이다"라고 말했습니다. 로마 시대의 시인 베르길리우스는 "사랑은 모든 것을 정복한다"라고 말했으며, 이 문장은 르네상스 시대의 화가 카라바조가 그림으로 형상화해서 더더욱 유명해졌지요. 프랑스의 소설가 빅토르 위고는 "인생에서 최고의 행복은 사랑받고 있다는 사실을 확신하는 것이다"라는 말을 남겼습니다. 그런가 하면 《어린 왕자》1943의 작가 앙투안 생텍쥐페리는 "사랑이란 서로 마주보는 것이 아니라 둘이서 똑같은 방향을 바라보는 것이다"라고 말했습니다. 사랑에 관한 찬사는 이처럼 손에 꼽을 수 없을 정도입니다.

그런데 그라시안의 사랑 예찬은 다른 이들과는 조금 다른 데가 있습니다. 그가 말하는 사랑은 생명 사상과 깊이 맞닿아 있습니다. "모든 생명은 사랑의 품속에서 살아간다"라고 말합니다. 그러면서 그는 "만약 이 세상에서 사랑의 맹세가 사라진다면 어떤 가정도 어떤 도시도 지탱하지 못할 것이며, 들판의 곡식도 자라지 못할 것이다"라고 말합니다. 가정이 사랑에 의해 지탱된다는 것은 마치 소금이 짜다거나 설탕이 달다고 말하는 것처럼 지극히 당연해 보입니다. 그라시안은 "금속은 소리로 그 재질을 알 수 있지만 사랑은 대화를 통해서 서로의 존재를 확인해야 한다"라고 말한 적이 있습니다. 가정 구성원 사이에서 사랑의 나무는 대화라는 자양분으로 자랍니다.

그러나 그라시안이 "어떤 도시도 사랑 없이는 제대로 자라지 못한다"라고 말하는 것은 여간 놀랍지 않습니다. 언뜻 보면 도시가 사랑과 도대체 무슨 관계가 있나 하고 조금 의아해집니다. 자못 비인간적이라고 할 현대의 도시를 염두에 두면 더더욱 그런 생각이 듭니다. 도시가 비인간적이라는 사실을 뒤집어 생각해보면 인간적인 도시를 건설하려면 사랑이 뒷받침되어야 한다는 말이 됩니다. 오늘날의 정보사회는 수백만 명이 넘는 인구가 집중해 거주하는 거대한 몸집의 도시, 즉 메트로폴리스를 형성했습니다. 도시 개념을 잘 모르는 정책 입안자들이나 개발업자들은 이렇게 방대한 도시를 마치 경제성장, 문화 발전, 주거 환경의 혁신적 결과로 착각하기 일쑤입니다. 도시의 중심은 닭장 같은 아파트 단지가 아니라 교육과 문화를 토대로 한 사회적 공간이 되어야 합니다. 그러나 부동산 거래가 도시 정책의 핵심이다 보니 이런 문제를 도외시한 채 거대한 건물만 늘어가고 있는 실정입니다. 흔히 '인터내셔널 스타일'로 일컫는 모더니즘 건축양식은 이런 도시 건설을 한껏 부채질했습니다. 최근 포스트모더니즘에 이르러 건축은 주위 환경이나 거주민과 유기적인 관계를 모색하고 있지만 그 결과는 아직 눈에 띄게 드러나지 않습니다.

그라시안은 이번에는 사랑이 없이는 들판의 곡식도 제대로 자라지 못할 것이라고 말합니다. 농부는 그저 들판에 씨를 뿌리고 거름을 주는 것만으로는 알찬 곡식을 거둘 수는 없습니다. 가을철이 되어 풍성하게 수확하기 위해서는 온 정성을 쏟아야 합니다. 미국 소재 대학의 어느 실험실에서 한 식물학자가 흥미 있는 실험을 했습니다. 어떤 식물에게는 하루에 세 시간씩 시끄러운 음악을 들려주었습니다. 그랬더니 한 달 만에 옥수수는 줄기가 휘어졌고, 석 달 만에 호박잎에는 깊이 주름이 생겼으며 꽃잎은 색깔을 잃은 채 시들어버렸습니다. 한편 하루에 세 시간씩 클래식 음악과 찬송가를 들려준 식물들은 싱싱하게 자랐습니다.

한편 미국의 식물 육종학자인 댄 칼슨은 식물전용 음악을 만들어내 화제가 된 적이 있습니다. 그는 음악이 식물 생장을 촉진한다는 사실을 알고 8년을 연구한 끝에 1983년 '소닉블룸'이라는 음악과 엽면葉面 살포 비료를 개발했습니다. 한편 한국에서는 이완주李完周가 농촌진흥청에 근무하면서 식물 생육을 촉진시키고 병해충을 억제해주는 친환경 '그린음악' 농법을 창안하기도 했습니다. 그는 소닉 블룸을 입수해 3년간 연구한 끝에 우리 정서에 맞고 효과적인 그린 음악을 개발하기에 이르렀습니다. 이렇듯 몇몇 식물학자들은 식물이 인간이 생각하는 것보다 훨씬 예민한 감정을 지닌 생명체라고 결론짓습니다.

더구나 그라시안은 "가장 귀중한 사랑의 가치는 희생과 헌신이다"라고 말합니다. 식물에게 인간의 희생과 헌신은 거름이나 화학비료 이상의 가치가 있을 것입니다. 그는 도시와 들판에 자라는 곡식에 대해 말하고 있지만 그 범위를 좀 더 넓혀 보면 땅도 마찬가지입니다. 땅도 사랑 없이는 제대로 기능을 발휘할 수 없습니다. 곡식이나 채소 같은 식물처럼 땅도 살아 숨 쉬기 때문입니다.

그라시안이 말하는 사랑은 19세기 러시아 작가 표도르 도스토옙스키의 작품에서도 엿볼 수 있습니다. 《카라마조프의 형제들》1880라는 작품에서 그는 한 작중 인물의 입을 빌려 이렇게 말합니다.

> 하나님의 피조물을 작은 모래알 하나까지도 모두 사랑하라. 모든 나뭇잎과 하나님의 빛줄기를 사랑하라. 동물을 사랑하고, 식물을 사랑하고, 모든 것을 사랑하라. 만약 모든 것을 사랑한다면 너희는 사물에서 거룩한 신비를 깨닫게 될 것이다.

도스토옙스키가 하나님의 피조물을 모두 사랑하라는 말이 여간 예사롭지 않습니다. 식물과 동물을 사랑하는 것에 그치지 않고 작은 모래알 하나에 이르기까지 사랑하라고 말합니다. 그런데 그가 이렇게 모든 피조물을 사랑하라고 말하는 데는 그럴 만한 까닭이 있습니다. 살아서 숨 쉬건 그렇지 않건 모든 피조물에는 '거룩한 신비'가 깃들어 있기 때문입니다. 도스토옙스키는 또 다른 글에서 "지옥이란 바로 사랑할 수 없는 고통을 말한다"라고 밝히기도 합니다. 즉 피조물을 사랑하지 않는 이의 삶은 곧 지옥에서 사는 것과 같고, 만물을 사랑하고 관심을 기울이는 것은 곧 천국에 사는 것과 같다는 것입니다.

애국심에서 애지심으로

켈라르는 오늘날 인류가 겪고 있는 환경 위기나 생태계 위기를 해결하는 데 사랑이 가장 뛰어난 도구라고 생각합니다. 그중에서도 하나밖에 없는 땅과 지구를 사랑해야 한다고 부르짖습니다.

하비에르 페레스 데 케야르의 말

오늘날의 환경 위기나 생태계 위기를 극복하는 데에도 사랑은 가장 좋은 해결책이 될 것 같다. 병에 걸리고 피로에 지친 이 지구의 고통을 덜어주기 위해서 무엇보다 필요한 것은 한 나라를 사랑하는 애국심 못지않게 강한 애지심愛地心, 즉 지구를 사랑하는 마음이다.

1990년대 초엽 페루의 외교관 하비에르 페레스 데 케야르의 말입니다. 리마에서 태어난 그는 대학을 졸업한 뒤 일찍부터 외교관으로 일했습니다. 1982년에서 1991년까지 제5대 유엔 사무총장을 지낸 후 페루 대통령에 출마했지만 일본계 페루인 알베르토 후지모리에게 패했습니다. 후지모리가 부패 혐의로 축출되고 난 격동기 동안 케야르는 수상을 지내면서 사태를 수습했습니다.

앞에서 "모든 생명은 사랑의 품속에서 살아간다"라는 발타자르 그라시안의 말을 인용했습니다만 케야르는 그라시안의 주장을 한발 더 나아갑니다. 그는 그라시안처럼 오늘날 인류가 겪고 있는 환경 위기나 생태계 위기를 해결하는 데 사랑이 가장 뛰어난 도구라고 생각하면서도 하나밖에 없는 땅과 지구를 사랑해야 한다고 덧붙였습니다.

여기서 케야르는 사전에 등재되어 있지도 않은 '애지심'이라는 낱말을 사용합니다. 자신의 나라를 사랑하는 마음이 애국심이고 자신의 고향을 사랑하는 마음이 애향심이라면 자신의 땅이나 지구를 사랑하는 마음은 마땅히 애지심이 될 것입니다. 우선 순서로 보자면 나라나 고향을 사랑하는 것보다도 자신이 살고 있는 땅과 지구를 사랑하는 것이 먼저일지도 모릅니다. 특히 환경 위기나 생태계 위기 시대에 이르러 이런 애지심은 더더욱 소중합니다. 이런 위기의 심각성을 생각하면 이 낱말이 사전에 정식 입적될 날도 그리 머지않은 듯합니다.

앞의 인용문에서 케야르가 지구가 병에 걸려 있고 피로에 지쳐 있다고 말하는 구절을 눈여겨보기 바랍니다. 그런데 문제는 지구가 앓고 있는 병이 아스피린 몇 알로 자리를 툭툭 털고 일어날 만큼 가볍지 않다는 데 있습니다. 병치고는 아주 심각한 병, 굳이 이름을 말하자면 암, 그것도 말기 암에 걸려 있습니다. 더 늦기 전에 어서 항암제를 투여받고 방사선 치료를 받아야 할 단계에 이르렀습니다.

이렇게 말하면 환경 위기나 생태계 위기를 지나치게 과장한다거나 위기를 조장하는 행동이라고 나무라는 사람들도 있습니다. 어떤 면에서는 섣불리 지구 종말론을 부르짖는 사이비 종교인 같다고 지적하기도 합니다. 그러나 안일하게 손을 놓고 있다가 하나밖에 없는 이 지구를 되살릴 시기를 놓칠까 걱정이 되는 것도 사실입니다.

앞의 인용문에서 이번에는 "한 나라를 사랑하는 애국심 못지않게 강한 애지심"이라는 구절을 살펴볼까요? 환경문제를 해결하는 데 큰 걸림돌이 되는 것은 좁게는 지역 이기주의, 넓게는 국가 이기주의입니다. '님비NIMBY' 현상이라는 용어를 아마 들어본 적이 있을 것입니다. 영어 "Not In My Back Yard"의 머리글자를 따서 만든 용어입니다. 직역하면 "우리 집 뒷마당에는 안 돼!"로 옮길 수 있겠습니다. 공공의 이익에는 부합하지만 자신이 속한 지역에는 이롭지 않은 일을 반대하는 이기적인 행동을 일컫는 말이지요. 이를테면 자신이 거주하는 지역에 쓰레기 소각장, 장애인 시설, 노숙자 시설, 공항, 화장터, 교도소 등 특정 시설의 설립을 반대하는 현상을 말합니다. 님비 현상은 흔히 주민과 중앙 정부, 지방 자치단체나 그 주민과 중앙 정부의 구도로 대립합니다. 님비 현상에 반대되는 용어로는 '핌피PIMFY' 현상이 있습니다. 영어 "Please In My Front Yard"의 머리글자로 자신의 지역에 이로운 시설을 서로 앞다투어 유치하려는 현상입니다. 핌피 현상도 님비 현상 못지않은 지역 이기주의의 대표적인 예입니다.

님비 현상은 최근 인천 경제자유구역에서 단적으로 엿볼 수 있습니다. 경제청이 송도 바이오 단지에 쓰레기 소각장을 신설하려 하자 송도 주민들이 거세게 반발하고 나선 것입니다. 송도 주민들은 이미 송도에 전국 최대 규모의 남부 소각장이 설치되어 있고 향후 이곳에 250톤의 증설 계획이 세워져 있어 새로 소각장을 건설할 필요가 없다고 말합니다. 또한 폐기물 처리 시설 설치 촉진 및 주변 지역 지원 등에 관한 법률의 "폐기물 처리 시설을 설치하거나 그 설치비용에 해당하는 금약을 해당 지역을 관할하는 특별자치 도지사, 시장, 군수, 구청장에게 내야 한다"라는 조항에 따르면 30만 제곱미터의 택지 지구는 소각장을 설치하거나 설치비용에 대한 분담금을 내면 소각장을 설치할 필요가 없다는 이유를 들어 반대하기도 합니다.

님비나 핌피 현상은 미국처럼 여러 인종이 뒤섞여 사는 다문화 사회에서 더욱 첨예하게 드러나기 마련입니다. 미국에서는 폐기물 처리장이나 쓰레기 소각장 같은 혐오 시설을 부유한 백인들이 거주하는 지역에는 좀처럼 설치하지 않고 주로 가난한 백인들 그리고 원주민 미국인이나 흑인이나 라틴계의 소수 인종이 거주하는 지역에 설치합니다. 이 점과 관련하여 미국에서 '레인보우 연합'을 창시한 흑인 운동가요 목사인 제시 잭슨은 "환경론자들은 이제 환경 위기에서 인종과 계급의 결정적인 요인을 무시할 수 없다"라고 지적합니다. 그러면서 "유독성 폐기물은 비벌리 힐이나 체비 체이스 같은 고급 주거지역에서 처리하지 않는다. 그것은 아칸소주와 루이지애나 주 그리고 사우스캐롤라이나 주 같은 가난한 지역에 한밤중에 갖다버린다"라고 말합니다.

잭슨 목사의 말대로 일리노이 주 시카고의 남부 지역을 비롯해 펜실베이니아 주의 체스터, 루이지애나 주의 뉴올리언스, 노스캐롤라이나 주 워런 군 등에 설치한 화학 폐기물 매립지나 쓰레기 소각장 같은 공해 시설 건설은 이런 경우의 좋은 예입니다. 사회학에서는 이런 현상을 '환경 인종차별'이라고 부릅니다.

이런 환경 인종차별은 비단 힘없는 소수 인종에게만 국한되는 문제는 아닙니다. 한 국가나 사회에서 다수를 차지하는 지배 인종도 이런 차별을 받을 수도 있습니다. 가령 미국에 사는 가난한 백인들이 바로 그러하지요. 가난한 주민들에게는 정부나 기업에서 주는 보조금이나 보상금이 달콤함 유혹이 되기도 합니다. 빈곤하다 보니 먼 미래를 내다보기보다는 눈앞의 이익에 급급할 수밖에 없습니다.

그러나 엄밀히 따지고 보면 환경 인종차별은 비단 혐오 시설 건설에만 국한된 문제는 아닙니다. 좀 더 근본적으로는 환경 정책을 수립하는 초기 단계부터 특정 인종이 배제되는 것 역시 환경 인종차별로 볼 수 있습니다. 사회 구성원 중 힘 있는 사람들은 자신들에게 유리하도록 환경정책을 수립하고 시행에 옮길 수 있기 때문입니다. 미국에서 이런 환경 인종차별의 역사는 19세기 중엽으로 거슬러 올라갑니다. 1830년에 앤드류 잭슨 대통령은 이른바 '인디언 이주 법안'을 통과시킵니다. 그래서 1850년까지 미시시피 강 동쪽에 살던 모든 원주민 미국인들은 서부로 강제 이주를 해야 했습니다. 그것도 너무 멀고 척박해서 백인 개척자들도 관심을 두지 않았던 곳으로 유배를 가다시피 했지요. 그중에서도 가장 악명 높은 강제 이주는 체로키 부족의 '눈물의 여정'입니다. 인디언 이주 과정은 글자 그대로 원주민들에게 피눈물을 흘리게 하는 일이었습니다.

그 뒤에도 원주민 미국인들은 환경문제에서 여러모로 차별을 받아왔습니다. 가령 제2차 세계대전 중에는 위험한 군사 시설을 인디언 거주 지역에 건설했습니다. 좀 더 최근에도 미국 정부나 다국적 기업은 핵폐기물 같은 오염물질을 인디언 거주 지역에 매립합니다. 이렇게 원주민 미국인들은 19세기 중엽부터 현재에 이르기까지 환경 차별을 받고 있습니다. 피해를 입게 될 주민들의 의견은 철저하게 배제된 채 오직 백인 정책 입안자들 몇몇이 환경문제를 독단적으로 결정할 뿐입니다.

환경 인종차별은 한 국가의 차원을 넘어 국제적 차원으로도 확대됩니다. 선진국과 저개발 국가 사이에서도 쉽게 찾아볼 수 있습니다. 앞에서 잠깐 언급했듯이 1960년대에 들어 어느 정도 경제성장을 이룩한 선진 공업국에서는 주민들 사이에서 공해에 대한 인식이 점차 높아지면서 공해 반대운동이 확산되기 시작했습니다. 공해 산업이 자국 안에서 발붙일 수 없게 되자 비교적 규제가 허술한 제3세계 개발도상국가로 옮겨갔습니다. 후진국에서는 공장 입지 문제를 쉽게 해결할 수 있기 때문입니다. 또 규제가 비교적 까다롭지 않아 공해 방지 시설 투자에 대한 비용을 절감할 수 있어 선진국의 다국적 기업들은 일석삼조의 효과를 얻었습니다. 이렇듯 대부분의 개발도상국가들은 경제성장이 최대의 목표이기 때문에 선진국 자본이라는 미끼에 쉽게 넘어가고 말았습니다.

다국적 기업은 환경을 보호할 수 있는 정교한 기술을 갖고 있으면서도 이윤을 극대화하기 위해 환경 분야의 기술은 쉽게 이전해주지 않습니다. 이처럼 선진국과 후진국 사이에는 빈부 격차의 확대라는 문제를 떠나 선진국의 공해를 후진국으로 수출한다는 새로운 문제가 야기되었습니다. 이제 후진국은 선진국의 새로운 식민지가 되어버린 셈입니다. 정치 식민지, 경제 식민지, 문화 식민지에다 그도 모자라 이제는 공해 식민지가 되어버린 것이지요.

예를 들어 1964년 에콰도르에 텍사코 사를 설립한 미국의 대기업 셰브론이 1992년 텍사코 사를 철수할 때까지 수쿰비오스 주와 오레야나 주에서 무려 7,100만 리터의 원유 폐기물을 유출하고 6,400만 리터의 원유를 방류했으며, 아마존 강 유역의 200만 에이커의 토양을 오염시켰습니다. 이 지역 면적은 여의도 크기에 맞먹습니다.

이렇게 아마존 강 유역 환경오염으로 직접 피해를 입은 주민만 무려 3만 명에 이르는 것으로 알려졌습니다. 석유 회사가 들어서기 전까지만 해도 이 지역의 원주민들은 아마존 강에서 식수를 마련하고 고기를 잡아왔지만 유독성 폐기물 때문에 생계를 크게 위협받거나 각종 질병을 앓기도 하였습니다. 더구나 몇 년째 방치된 폐기물 때문에 원주민의 발암 비율이 높아지거나 온갖 피부 질환에 시달리고 있으며, 임산부들은 기형아를 출산하였습니다. 1993년 에콰도르 원주민은 텍사코 사를 인수한 셰브론에 피해 보상을 요구하는 소송을 제기했지만 미 법원은 이 사건을 10년 뒤에야 에콰도르 법원으로 돌려보냈습니다. 2011년 에콰도르 법원은 셰브론에게 아마존 환경오염 유발 혐의로 배상금 96억 달러를 지급하고 공식적으로 사과하라고 판결했습니다. 셰브론이 이를 거부하자 다음 해 에콰도르 법원은 첫 배상금의 두 배를 배상하라는 판결을 내리기도 했지요. 그러자 셰브론은 어처구니없이 에콰도르 정부를 상대로 맞고소한 상태에 있습니다.

한편 인도 보팔에서 일어난 가스 폭발 사고를 기억하십니까? 1984년 12월에 화학약품 제조회사인 미국의 다국적 기업 유니언 카바이드의 현지 화학공장에서 일어난 사고 말입니다. 이 사고는 농약의 원료로 사용되는 42톤의 아이소사이안화메틸MIC이라는 유독 가스가 누출되면서 시작되었습니다. 사고가 발생된 지 두 시간 동안 저장 탱크로부터 유독 가스 8만 파운드, 즉 36톤가량이 노출되었습니다. 그런데도 아직까지 공장을 관리하던 유니언카바이드사의 책임 문제나 소송은 해결되지 않고 있습니다. 설상가상으로 사고를 낸 이 회사는 지금 다우케미컬이 인수하여 소송 문제는 더욱더 난관에 빠지고 말았습니다.

이번에는 중국 광둥성廣東省에 위치한 귀유贵屿라는 마을을 한 예로 들어 보기로 하지요. 이곳은 불과 몇십 년 전까지만 해도 평화롭기 그지없는 전형적인 전원 마을이었습니다. 그런데 얼마 전부터 미국을 비롯한 고도의 기술을 지닌 선진국들이 이곳에 온갖 전자 쓰레기를 갖다버리기 시작했습니다.

물론 중국에서는 저렴한 비용을 받고 이런 쓰레기를 처리해 주는 것이지요. 흔히 'e-쓰레기'로 일컫는 이 쓰레기는 소각하면 유독물질이 발생하기 때문에 선진국들이 처리하기를 꺼려하는 공해물질 중 하나입니다. 지금 귀유는 마을 전체가 컴퓨터 쓰레기로 뒤덮여 있다시피 합니다. 불과 몇 년 동안에 버려진 컴퓨터와 전자제품을 차곡차곡 쌓으면 자유의 여신상 높이의 두 배 정도가 된다고 하니 얼마나 엄청나겠습니까?

현재 미국에서 배출된 'e-쓰레기'는 지금 '재활용'이라는 그럴듯한 환경 친화적 가면을 뒤집어쓰고 아시아, 그중에서도 특히 중국과 아프리카 등지로 향하고 있습니다. 이런 'e-쓰레기'에서 배출되는 산화연, 수은, 납, 카드뮴 등의 독성 물질이 아무런 여과 없이 산과 강에 버려지기 때문에 마을 주변의 지하수는 심각하게 오염되고 있습니다. 특히 부서진 채 방치된 컴퓨터 모니터의 유리 조각은 납과 수은을 많이 포함하고 있어 주변의 강물과 지하수는 말할 것도 없고 그곳에서 자라는 쌀과 생선까지 오염시키고 있습니다. 쓰레기가 들어오고 나서부터 귀유 마을 사람들은 무려 30킬로미터 넘게 떨어진 곳에서 트럭으로 생활수를 실어다 사용하게 되었습니다.

그래서 국제사회에서는 이런 유해 폐기물의 심각성을 인식하여 지난 1989년 바젤협약을 맺어 'e-쓰레기'의 국제 이동을 금지해 왔습니다. 그러나 'e-쓰레기'의 최대 방출국인 미국은 자국 기업들의 로비와 반대에 부딪혀 협약의 비준을 유보한 채 엄청난 양의 'e-쓰레기'를 제3세계로 수출하고 있는 실정입니다. 이렇게 임시 방편으로 장소만 옮길 뿐 쓰레기를 근본적으로 처리하는 해결책에는 아직 관심이 없는 듯합니다. 미국 같은 선진국이 솔선수범하여 해결책을 내놓지 않는 한, 환경문제를 해결할 길은 아직도 멀고도 험난합니다.

최근 들어 '환경 정의' 또는 '환경 평등' 문제가 중요한 의제로 떠오른 것은 바로 이런 이유 때문입니다. 환경 정의나 평등을 부르짖는 사람들은 환경적 혜택과 부담이 사회의 모든 구성원에게 공평하게 배분되어야 한다고 지적합니다. '환경 정의 그룹'에 따르면 환경 정의란 "인종, 소득, 문화 또는 사회 계급과는 관계없이 환경적 위험과 건강 위험으로부터 모든 사람들이 평등하게 보호받는 것"을 말합니다. 환경문제는 생물학의 한 분과 학문인 생태학은 말할 것도 없고 사회학뿐만 아니라 이제는 윤리학과도 손을 잡아야 하는 단계에 이르렀습니다.

생명의 원을 다시 닫아야

자연의 모든 생명체는 한순간도 쉬지 않고 생성과 소멸의 물질대사를 되풀이하며 삶을 유지해 나갑니다. 한 개체나 종이 소멸한다 해도 다시 새로운 세대의 시작으로 이어짐으로써 생명의 고리를 계속 이어나갑니다.

배리 카머너《원은 닫혀야 한다》

멸종으로부터 생명을 구한 것은 진화 과정에서 원시 생물의 폐기물을 신선한 유기물질로 다시 전환시키는 새로운 생명 형태의 발명이었다. 최초로 광합성을 한 생물들은 약탈적인 직선적 생명의 노정을 지구 최초의 거대한 순환으로 변형시켰다. 원을 닫음으로써 그것들은 어떤 생물도 홀로 이룰 수 없는 것, 즉 생존을 얻어냈던 것이다. 인간은 생물학적 필요 때문이 아니라 그가 자연을 '정복'하려고 고안한 사회 조직, 즉 자연을 지배하는 것들, 그리고 이해관계가 서로 엇갈리는 부富의 획득 수단에 이끌려 생명의 원을 끊어버렸다. 그 마지막 결과가 바로 환경 위기, 즉 생존의 위기다. 인간이 다시 한번 살아남기 위해서는 그 원을 닫아야 한다. 우리는 자연으로부터 우리가 빌려온 부를 회복시켜 주는 방법을 자연한테서 배워야 한다.

미국의 생물학자요 생태론자인 배리 카머너의 《원은 닫혀야 한다》1971에서 뽑은 한 대목입니다. 러시아에 살다가 미국으로 이주한 유대인 집안에서 태어난 그는 일찍이 고등학교 때부터 생물학에 관심이 많아 컬럼비아 대학교에서 동물학을 전공한 뒤 하버드 대학교에서 생물학으로 박사학위를 받았습니다. 제2차 세계대전 중 해군에서 복무한 카머너는 제대 후 〈사이언스 일러스트레이트〉 잡지의 편집자로 일하면서 과학을 일반 대중에게 널리 알리는 데도 크게 이바지했습니다. 그 뒤 카머너는 미주리 주 세인트루이스 소재 워싱턴 대학교에서 교수로 후학을 양성하다가 그곳에서 은퇴했습니다. 《침묵의 봄》을 출간한 레이철 카슨과 더불어 그는 현대 환경운동에 초석을 다진 학자 중의 한 사람으로 꼽힙니다. 카머너 자신도 늘 말해왔듯이 그는 '생태사회주의자'라고 할 수 있습니다. 그러니까 사회주의의 세례를 받은 생태주의자라는 말이지요. 그는 현대 환경운동의 창립자요 반전운동가였으며 자본주의를 날카롭게 비판한 사람이었습니다.

흥미롭게도 카머너는 1980년 시민당 후보로 미국 대통령 선거에 출마한 적이 있었습니다. 자신이 그동안 목이 아프도록 주창해온 생태주의 이상을 현실 정치에서 한껏 펼쳐보려는 생각이었지요. 물론 그의 시도는 물거품이 되고 말았습니다. 미국 사회에는 카머너 같은 사람을 대통령으로 선출할 준비가 아직 되어 있지 않았던 것입니다. 어찌 되었든 환경

문제를 사회적, 정치적 이슈로 끌어올리기까지는 그의 노력이 큰 몫을 하였습니다.

《원은 닫혀야 한다》는 환경파괴를 불러온 경제적, 사회적 요인을 분석한 이 분야의 선구적인 책입니다. 대부분의 학자들이 오염에 대해 개인의 행동이나 과잉인구 탓으로 돌리고 있을 때 카머너는 자본주의와 이윤의 역할에 주목했습니다. 카머너는 환원주의還元主義에 맞서 전체론全體論을 부르짖습니다. 전체론이란 생물, 화학, 사회, 경제, 정신, 언어 같은 기관이 그 구성요소들을 통해서는 설명될 수 없다고 주장하는 이론입니다. 다시 말해서 각각의 부분이 기관 전체의 동작을 결정하는 것이 아니라 오히려 기관 전체가 부분의 동작을 결정한다는 생각입니다.

앞의 인용문에서 가장 중요한 것은 다름 아닌 '원'과 '닫는다'라는 두 낱말입니다. "원을 닫음으로써 그것들은 어떤 생물도 홀로 이룰 수 없는 것, 즉 생존을 얻어냈던 것이다", "인간은 (……) 생명의 원을 끊어버렸다", "인간이 다시 한번 살아남기 위해서는 그 원을 닫아야 한다"라는 문장을 다시 한번 찬찬히 눈여겨보기 바랍니다. 생태학이나 생태주의에서 자주 사용하는 이미지나 상징 중의 하나가 바로 둥그런 원입니다. 원은 일직선적 또는 선형적 시간관에 맞서는 순환론적 시간관을 뜻합니다.

더구나 원은 시간관뿐만 아니라 생태계에서의 물질순환과

도 깊이 관련되어 있습니다. 카머너가 "최초로 광합성을 한 생물들은 약탈적인 직선적 생명의 노정을 지구 최초의 거대한 순환으로 변형시켰다"라고 말하는 까닭이 바로 여기에 있습니다. 두말할 나위 없이 원은 생명의 고리를 상징합니다. 앞의 인용문에서 그가 "인간은 (……) 생명의 원을 끊어버렸다"라고 말할 때의 바로 그 '생명의 원'이 생명의 고리를 뜻합니다. 이 표현은 '생명의 순환'으로 옮겨도 좋을 듯합니다.

자연의 모든 생명체는 한순간도 쉬지 않고 생성과 소멸의 물질대사를 되풀이하며 삶을 유지해 나갑니다. 한 개체나 종이 소멸한다 해도 그것은 다시 새로운 세대의 시작으로 이어짐으로써 계속 생명의 고리를 이어나갑니다. 자연은 이런 순환적 질서를 떠나서는 생각할 수 없습니다. 그러므로 자연의 한 부분에 지나지 않는 인간은 이 거대한 유기체의 구성원으로 다른 개체나 종과 서로 의존하며 살아갈 수밖에 없습니다.

1994년 월트 디즈니 애니메이션 팀이 제작한 영화 〈라이온킹〉을 기억하십니까? 동물들이 사는 아프리카의 한 왕국을 배경으로 사자 심바가 왕이 되기까지의 험난한 여정을 묘사한 작품입니다. 월트 디즈니에서 만든 서른두 번째 애니메이션으로 '애니메이션의 상징'이라는 찬사를 받은 명작입니다. 흥행 수익의 기준에서 보더라도 애니메이션 영화 중 가장 높은 흥행 기록을 세우기도 했지요. 많은 비평가들이 지적하듯이 이 영화가 흥행에 성공한 데는 음악도 한몫을 했습니다. 그중에서도 엘튼 존이 작곡하고 직접 부른 〈생명의 고리〉라는 노래를 아마 기억할 것입니다. 이 노래는 프라이드랜드 왕국에서 무파사의 친구이자 예언자인 라피키가 부르며 후렴구는 다음과 같습니다.

그것은 생명의 고리
그리고 절망과 희망 속에서도
믿음과 사랑 속에서도
우리 모두를 움직이는 힘.
이 고리에
생명의 고리에
펼쳐진 길에서
우리가 있을 곳을 찾을 때까지.

위 노래에서 라피키는 '생명의 고리'를 두고 "절망과 희망 속에서도 / 믿음과 사랑 속에서도 / 우리 모두를 움직이는 힘"이라고 말합니다. 그의 말대로 이 생명의 고리야말로 생태계의 집을 떠받들고 있는 기둥이자 원동력입니다. 만약 이 고리가 없다면 생태계는 파괴될 수밖에 없습니다.

라피키는 단순히 노래를 부르는 것이 아닙니다. 그는 심바에게 생태계의 소중한 진리를 일깨워줍니다. 무파사의 자리를 탐내는 삼촌 스카의 계략으로 아버지 무파사가 죽고, 심바는 가까스로 도망쳐 새로운 친구들인 티몬, 품바와 함께 평범한 삶을 보냅니다. 그러던 중 어린 시절을 함께 지낸 암사자 날라를 만나면서 심바는 왕위를 되찾기로 결심합니다. 이때 라피키가 찾아와 심바를 연못으로 데려가 죽은 아버지의 모습을 보여줍니다. 연못 안의 그림자를 들여다보는 심바는 자신의 아버지가 아니라고 대답합니다. 라피키가 물에 손가락을 대자 물결이 일며 심바의 그림자는 아버지의 그림자로 바뀌지요. 무파사의 유령은 아들에게 "넌 네가 누군지 잊고 있었어. 그러니 나를 잊은 게지. 심바야, 네 자신을 들여다보아라. 너는 지금의 너 이상의 존재란다. 생명의 고리에서 네 자리를 차지해야 한다"라고 말합니다.

생태시를 많이 남긴 정현종은 〈들판이 적막하다〉라는 작품에서 이런 생명의 고리를 '생명의 황금 고리'라고 부릅니다. 그 고리가 마치 황금처럼 무척 소중하다는 뜻이겠지요.

가을 햇볕에 공기에
익은 벼는
눈부신 것 천지인데,
그런데
아, 들판이 적막하다……
메뚜기가 없다!

오 이 불길한 고요……

생명의 황금 고리가 끊어졌느니……

정현종은 황금빛 곡식이 고개를 숙인 가을 들판에 나가도 지천으로 뛰놀던 메뚜기를 볼 수 없게 되었다고 한탄합니다. 그도 그럴 것이 맹독성 농약을 사용한 나머지 메뚜기를 비롯한 곤충들이 멸종되다시피 했습니다. 벼를 먹고 사는 메뚜기가 없어지면 개구리가 타격을 받고, 개구리가 타격을 받으면 뱀이 타격을 받습니다. 뱀이 타격을 받고 없어지면 뱀을 먹고 사는 매가 영향을 받지요. 이렇게 생물과 생물 사이의 먹고 먹히는 관계가 마치 사슬처럼 긴밀하게 연결되어 있습니다. 그러므로 그중 어느 하나가 없어지면 나머지도 영향을 받을 수밖에 없습니다.

카머너는 인류가 생명의 원을 열리게 하거나 끊어지게 한 나머지 마침내 인류 역사에서 그 유례를 찾아볼 수 없는 심각한 환경 위기와 생존의 위기를 겪게 되었다고 지적합니다. 인류가 살아남기 위해서는 이렇게 열린 원을 다시 닫거나, 끊어진 생명의 고리를 다시 이어야 한다고 말합니다. 그런데 열린 원을 닫고 깨뜨려진 생명의 고리를 다시 잇는 방법은 오직 자연한테서 배워야 한다고 말합니다.

얼마 전 필리핀을 초토화시킨 태풍 '하이옌'을 기억할 것입니다. 필리핀 중부 지방을 강타하며 무려 1만여 명의 사망자를 낸 슈퍼태풍 하이옌은 2003년 9월 한반도 남부 지방을 휩쓸고 지나간 '매미'보다 무려 세 배가 더 강력했습니다. 하이옌은 1969년 미국 미시시피 주를 휩쓴 초대형 허리케인 '카밀'의 시속 304킬로미터를 넘어서서 역대 최고의 초대형급 태풍으로 기록되었습니다. 그렇다면 이런 수퍼태풍이 도대체 왜 발생할까요? 지금은 그 발생원인에 기상학자들의 관심이 쏠리고 있습니다. 전문가들은 이번 초대형 태풍이 바닷물의 열용량 때문에 발생한 것으로 보고 있습니다. 열용량이란 어떤 물질의 온도를 1도 올리는 데 필요한 열량으로 이 값이 크면 클수록 에너지를 많이 축적하고 있다는 것을 뜻합니다.

태풍은 바닷물 근처 공기가 상승과 하강을 되풀이하는 과정에서 발생합니다. 뜨거운 바닷물에 의해 표층에 있던 공기가 데워져 위로 올라갔다가 차가운 공기를 만나 온도가 떨어지며 다시 하강합니다. 이 같은 표층 공기의 순환이 반복되면서 태풍이 발생되며 바닷물 온도가 뜨거울수록 공기의 순환이 빨라져 태풍 강도는 그만큼 강해집니다. 전문가들은 하이옌이 발생할 당시 필리핀 인근 온도가 29도까지 올라가는 등 바닷물의 열용량이 커져 있었던 사실을 근거로 바닷물 표면의 공기순환이 아주 빠르게 일어나 강한 태풍이 만들어진 것으로 보고 있습니다.

올여름 대형 태풍이 발생하지 않아 지구의 해수 온도가 불균형해진 것도 또 다른 원인으로 손꼽힙니다. 보통 적도지방과 극지방은 온도 차이에 따라 7월에서 9월 사이 태풍이 발생해 해수를 섞어주면 에너지 불균형이 해소됩니다. 그런데 그해에는 큰 태풍이 발생하지 않아 적도지방 바닷물에 에너지가 지나치게 축적되면서 초대형 태풍이 발생했다는 것이지요.

그러나 좀 더 근본 원인을 찾는다면 카머너가 말하는 생명의 원이 닫히고 생명의 고리가 끊어졌기 때문입니다. 생명의 고리를 단순히 먹이사슬이나 물질순환의 관점에서만 보는 것은 좁은 생각입니다. 공기나 기류의 순환도 그 못지않게 중요한 순환입니다. 생태계란 생물권을 말할 것도 없고 더 나아가 대기권大氣圈과 지권地圈, 수권水圈 등을 포함하는 아주 폭넓은 개념입니다. 활짝 열려 있는 생명의 원을 하루속히 다시 닫고 끊어진 고리를 잇지 않으면 인류의 재앙은 불을 보듯 뻔한 노릇입니다. 이런 태풍이, 아니 이보다 몇 배 더 강한 태풍이 언제 다시 몰아닥칠지 모릅니다.

카머너는 생태학을 본래의 그리스어 어원에 걸맞게 '지구의 가정학'이라고 불렀습니다. 환경이란 생물이 자신을 위해 지상에 만든 집이나 가정이기 때문입니다. 카머너는 생태권에서 발견한 일반적인 공식을 토대로 '생태학의 법칙'을 만들었습니다.

생태학의 제1법칙

모든 것은 다른 모든 것과 서로 연결되어 있다.

이 세상에 나 홀로 존재하는 것은 없다.

생태학의 제2법칙

모든 것은 어디로든지 가게 되어 있다.

자리를 옮길 뿐 아주 사라지는 것은 아니다.

생태학의 제3법칙

자연이 가장 잘 알고 있다.

인공적인 것을 보태면 보탤수록 자연은 망가진다.

생태학의 제4법칙

이 세상에 공짜 점심 같은 것은 없다.

대가를 치르지 않고 얻을 수 있는 것은 없다.

배리 카머너의 《원은 닫혀야 한다》는 1970년대 초에 나온 탓에 그 후에 나타난 전 지구적 차원의 환경문제를 다룰 수 없었다는 한계가 있습니다. 그러나 앞에서 언급한 생태학의 법칙에서도 볼 수 있듯이 그의 환경 이론이나 생태학 이론은 세월의 풍화작용을 견뎌낸 채 아직도 오월 훈풍처럼 싱그럽습니다. 그렇기에 이 저서는 아직도 생태학이나 생태주의 분야에서 아주 중요한 책으로 평가받습니다. 호메로스의 《오디세이아》나 《일리아스》가 서력 기원전에 일어난 이야기임에도 현대인들에게 주는 메시지와 그 의의가 분명한 것과 같은 이치입니다. 인류가 지금 겪고 있는 위기를 극복하고 이 지구 상에서 계속 살아남기 위해서는 무엇보다도 카머너가 말하는 생태학의 네 가지 원칙을 잘 따르고 지켜야 할 것입니다.

환경 위기 극복의 열쇠는 미국

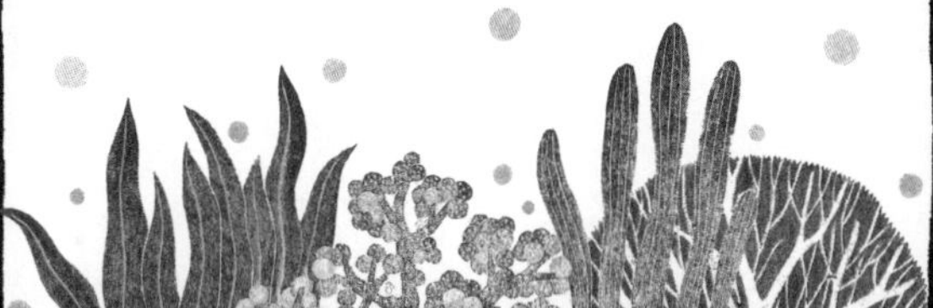

우리는 그 어느 때에도 볼 수 없었던 환경 위기와 생태계 위기를 겪고 있습니다. 지난 몇십 년 사이 이미 임계점을 넘어버린 것은 아닌지 걱정이 앞섭니다. 곳곳에서 일어나는 기상 이변과 환경 재앙이 그 사실을 뒷받침합니다.

환경 위기의 해결이 지구 전체에 걸쳐 필연적으로 일어나야 하지만 그것이 성공하기 위한 열쇠는 미국이 쥐고 있다는 것도 사실이라고 나는 믿는다. 그 한 가지 이유는 미국이 세계 자원의 엄청난 부분을 지배하고 낭비하기 때문이다. 이미 지적한 이유로 미국이 환경의 회복이라는 계획에 참가한다면 회수 불가능한 자원과 동력을 지금보다 훨씬 적게 사용하고서도 현재 미국이 필요로 하는 식량, 의복, 주택, 그리고 다른 기본적 필수품을 충족시킬 수 있을 것이다.

환경의 위기에서 살아남기 위해 미국이 생태학적으로는 건전하고 사회적으로는 절약하는 생산 경제를 수립한다면 지금 미국이 소비하는 막대한 양의 자원이 줄어들어 세계의 다른 지역에서 사용할 수 있는 자원의 양에 큰 영향을 끼칠 것이다. 마찬가지로 미국이 이 방법을 택하지 못할 경우 개발도상국가들이 안정된 인구와 양립할 수 있는 생활 수준을 달성하는 데 필요한 충분한 몫의 세계 자원을 얻는다는 것은

배리 카머너《원은 닫혀야 한다》

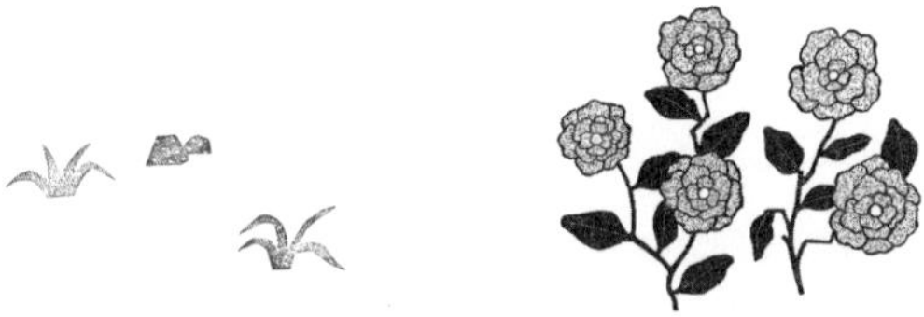

기대할 수 없다.

끝으로 미국이 나머지 세계와 평화로운 우호관계 형성을 외면한다면 자신의 생태학적 회복을 위한 생산 자원뿐만 아니라 이것을 실천하기 위한 세계의 협동도 기대할 수 없을 것이다. 그렇다면 환경의 위기가 주는 교훈은 분명하다. 우리가 살아남기 위해서는 생태학적 고려가 경제적 고려나 정치적 고려에 우선되어야 한다. 그리고 우리가 생태학적 지혜의 길을 따른다면 우리는 세계를 위협하는 지혜가 아니라 환경과의 조화와 그 안에 살고 있는 사람들 사이의 평화라는, 세계 공통의 갈망을 담은 더 큰 지혜를 받아들여야 한다. 생태권 자체와 마찬가지로 세계의 여러 민족은 분리되어 있으면서도 공동 운명체라는 필연성을 통해 서로 연결되어 있다. 그렇기에 세계 전체가 환경 위기에서 살아남든지, 아니면 세계 전체가 함께 멸망할 것이다.

배리 카머너의 《원은 닫혀야 한다》의 마지막 부분에서 뽑은 대목입니다. 그의 환경 이론을 좀 더 쉽게 이해하려면 그와 비슷한 시기에 환경운동을 펼친 미국의 두 학자, 즉 레이철 카슨과 폴 얼리히를 살펴보는 것이 좋을 듯합니다. 앞에서 여러 차례 밝혔듯, 카슨의 《침묵의 봄》은 환경운동의 복음서와 같은 책으로 과학자들뿐만 아니라 일반 대중으로부터도 유례없이 커다란 반향을 불러일으켰습니다. 이 책의 영향으로 미국 정부에서는 환경을 보호하기 위한 크고 작은 규제를 실시하기 시작했습니다. 가령 야생 보호법을 제정해서 무절제한 개발로부터 자연을 보호하는 정책을 폈는가 하면 수질, 자동차 배기가스, 대기 등에 관한 수많은 규제 법안을 통과시켰습니다. 그런가 하면 미 의회에서는 환경문제를 이유로 초음속 여객기를 위한 재원 지출을 거부하여 초음속 여객기 운행을 불가능하게 만들기도 했습니다.

한편 이 무렵 생물학자 폴 얼리히는 《인구 폭탄》1968이라는 책을 펴내 일반 대중에게 환경문제를 제고시켰습니다. 그는 사회문제의 원인을 무엇보다도 폭발적으로 증가하는 인구 증가에서 찾았습니다. 다시 말해서 그는 맬서스주의의 이론을 환경문제의 관점에서 다시 검토했습니다. 그러나 이에 대해서 배리 카머너는 얼리히의 맬서스주의를 비판하면서 환경오염이 인구 증가뿐만이 아니라 기업의 에너지의 과다 사용과 오염물질 유발 등 다양한 요인에서 비롯한다는 점을 지적했습니다.

카머너는 환경 위기나 생태계 위기를 극복하기 위해서는 미국이 먼저 앞장서야 한다고 목소리를 높이고 있습니다. 다시 말해서 미국이 열쇠를 쥐고 있다는 것입니다. 그런데 카머너가 이렇게 주장하는 것도 무리가 아닙니다. 실제로 미국은 전 세계 에너지 과소비의 주범이라고 해도 과언이 아닙니다. 미국 인구는 전 세계 인구의 5퍼센트에도 미치지 않지만 전 세계 석유의 4분의 1을 소비합니다. 석유를 많이 소비한다는 것은 곧 이산화탄소를 많이 배출한다는 것이지요.

미국은 에너지 자립이 가능하면서도 여전히 다른 나라에서 생산하는 에너지를 수입해 사용하고 있습니다. 미국 영토에 매장되어 있는 천연자원은 비상식량처럼 최후를 위해 고이 간직해두고 있는 것이지요. 그러면서도 미국은 여전히 과소비하는 생활습관과 경제 발전 양식의 틀 안에 갇혀 있습니다. 그렇기에 미국이 '에너지 먹는 하마'라는 평을 듣고 있는 것입니다.

중국이 최근 식료품과 공산품 등 대부분 품목에서 미국을 제치고 세계 제일의 소비 대국으로 떠올랐지만, 석유 소비에서만큼은 미국을 따라잡지 못합니다. 미국이 하루 2,000만 배럴을 쓰는 데 비해 중국은 700만 배럴에 그치고 있지요. 자동차 보유수는 2억 2,600만 대와 2,400만 대로 미국이 중국보다 열 배나 넘습니다.

카머너가 미국이 얼마나 에너지를 소비하느냐에 따라 다른 국가들이 사용할 수 있는 에너지의 양에 영향을 끼친다고 말하는 것도 그다지 무리가 아닙니다. 미국이 에너지를 절약해야 나머지 국가들이 그나마 아쉬운 대로 에너지 자원을 공급받을 수 있습니다. 세계의 여러 나라의 에너지 수급이 미국의 손아귀에 달려 있다니 미국이 세계 무대에서 큰소리를 내는 것도 어느 정도 이해가 됩니다. 옛날에는 모든 길이 로마로 통한다고 했지만 미국이 세계 무대에서 만형 구실을 하고 있는 지금 모든 길은 미국으로 통하는 것 같습니다.

석탄이나 석유 같은 화석 연료가 점차 고갈되면서 에너지를 줄이자고 목청을 높이지만 그것을 제대로 실천하는 사례는 드문 것이 현실입니다. 그만큼 누구나 에너지 사용에 길들여져 있다는 증거입니다. 여기서 잠깐 《불편한 진실》2006이라는 책을 써서 주목받은 미국의 전 부통령 앨 고어 이야기를 해야겠습니다. 지구 온난화를 경고한 이 책은 출간 직후 다큐멘터리 영화로도 제작되어 아카데미상까지 받았습니다. 고어 부통령은 이 영화에서 해설자로 등장하기도 합니다. 영화가 끝날 무렵 그는 '탄소 중립적' 생활을 하자고 거듭 강조합니다. 좀 더 구체적으로 말해서 백열등보다는 형광등을 쓰고, 빨래는 건조기 대신 햇볕에 말리며, 자동차는 하이브리드카를 타자고 말이지요. 그런데 얼마 뒤 고어는 스스로 '불편한 진실'에 맞닥뜨릴 수밖에 없었습니다. 보수 단체인 테네시 정책연구센터가 내시빌에 있는 그의 저택에서 엄청난 양의 전기를 쓴다고 폭로했습니다. 월 평균 전기료로 1,460달러, 그러니까 우리 돈으로 줄잡아 160만 원을 사용한다는 것입니다. 고어는 건평 280평에 방이 무려 20개, 화장실이 8개인 궁궐 같은 호화로운 저택에서 살고 있습니다. “에너지를 적게 쓰는 것이 곧 지구를 살리는 길”이라고 제아무리 목청을 높여도 이렇게 실생활에서 제대로 실천하지 못한다면 한낱 공염불에 지나지 않습니다. 고어를 비판하는 사람들은 그의 행동을 두고 ‘불편한 거짓말’이라고 몰아세웠습니다. 따지고 보면 이런 이중적 행동은 비단 고어 한 사람에게만 그치는 것이 아닌 것 같습니다. 우리들 자신의 부끄러운 자화상이 아닐까요?

다행스럽게도 미국을 비롯한 선진국들의 최근 에너지 소비량이 20년 만에 처음으로 0.1퍼센트 감소했습니다. 독일은 1.7퍼센트, 프랑스는 0.2퍼센트 등 주요 선진국도 전년보다 에너지 소비를 크게 줄인 것으로 나타났습니다. 그러나 지구 한쪽에서 에너지 사용이 줄어들면 지구 다른 쪽에서는 에너지 사용이 늘어납니다. 중국에서는 무려 9.5퍼센트, 인도에서는 3.3퍼센트 등 아시아와 신흥 공업국의 에너지 소비는 크게 늘어났습니다. 우리나라도 3.7퍼센트 증가해 세계 평균치인 2.7퍼센트를 웃돈 것으로 나타났습니다.

앞의 인용문에서 카머너는 회수가 불가능한 자원과 동력

에 대해 언급하고 있습니다만 그런 사정은 회수가 가능한 자원과 동력에 대해서도 마찬가지입니다. 미국에서는 재활용 수거가 제대로 이루어지고 있지 않습니다. 쓰레기를 분리수거하지 않는 등 한국과 비교해 재활용 비율이 턱없이 낮습니다. 신문지 같은 종이와 유리병과 플라스틱 정도를 겨우 분리수거하는 정도입니다. 한국에서 하던 습관대로 재활용 쓰레기를 기껏 따로 모아놓는다 해도 일주일에 한 번씩 찾아오는 쓰레기 수거 청소원들은 일반 쓰레기와 함께 트럭에 쏟아버립니다. 그러니 한국처럼 굳이 애써 쓰레기를 분리해놓을 필요가 없는 것이지요.

앞선 인용문에서 "세계 전체가 환경의 위기에서 살아남든지, 아니면 세계 전체가 함께 멸망할 것이다"라는 마지막 문장을 다시 한번 찬찬히 살펴보기 바랍니다. 환경 위기에서도 '전체 아니면 전부'라는 원칙이 적용됩니다. 다시 말해서 환경이 오염되면 세계 전체가 멸망의 길을 걸을 뿐 이 위기에서 살아남는 나라는 어디에도 없다는 뜻이지요. 카머너의 말대로 이 지구상의 모든 나라가 생태권 자체와 마찬가지로 거미줄처럼 서로 얽혀 있기 때문입니다. 거미줄 한쪽 끄트머리를 살그머니 움직여 보십시오. 거미줄의 나머지 부분도 그 영향을 받을 것입니다.

《위험사회》1986라는 책을 출간하여 전 세계적으로 관심을 모았던 독일의 사회학자 울리히 벡은 환경 위기를 위험사회의 원인 가운데 하나로 꼽습니다. 이 책에서 그는 전통적인 이분법에 따라 현대사회를 '산업사회'와 '위험사회'로 구분 짓습니다. 그에 따르면 전자는 재화의 배분을 중심 원리로 하는 사회인 반면, 후자는 위험과 해악을 배분 원리로 하는 사회입니다. 그런데 이 두 가지는 서로 다른 방식으로 배분합니다. 한마디로 벡은 "빈곤은 위계적이지만 스모그는 민주적이다"라고 잘라 말합니다. 벡의 말대로 공해는 사회적 지위나 신분을 가리지 않고 누구에게나 공평하게 영향을 끼칩니다. 제1세계 주민이나 제3세계 주민, 가난한 사람들이나 부자들, 노약자들이나 어린이들, 남성이나 여성을 가리지 않습니다. 이 지구에 살고 있는 사람들이라면 누구에게나 똑같이 영향을 받습니다. 가령 미국의 청정 휴양지에 살고 있는 재벌들이나 남부 아프리카의 칼라하리 사막에 살고 있는 부시먼 족이나 궁극적으로는 똑같이 공해의 피해를 입게 됩니다. 그러고 보니 이 세상에는 스모그 같은 공해만큼 참으로 민주적이고 공평한 것도 없는 듯합니다.

항해 도중 여객선이 난파하면 그 배에 타고 있는 사람들이 모두 희생되는 것과 같다고나 할까요? 이 책 곳곳에서 지구를 20세기 초엽 거대한 북대서양 빙산에 부딪혀 침몰한 비운의 타이타닉호에 빗댔습니다만, 환경 재앙으로 이 지구호가 침몰하면 배에 타고 있는 모든 승객이 희생될 수밖에 없습니다. 배가 순조롭게 항해할 때는 일등석에 타고 있는 승객이 삼등석 승객보다 좀 더 편하게 여행할 수 있을지 모릅니다. 그러나 그런 안락함도 잠시뿐 폭풍우가 몰아쳐 배가 깊은 바다로 가라앉으면 배에 타고 있는 승객은 모두 똑같은 운명을 맞게 됩니다. 환경 위험도 이와 마찬가지지요.

물론 단기적으로 보면 환경오염의 피해자는 힘없는 서민들과 제3세계 국가의 주민들일 수밖에 없습니다. 최근 연구 조사에 따르면 서울 시내 저소득층 주거 지역의 아황산가스 오염도가 고소득 지역보다 많게는 네 배가량 높다는 조사 결과가 나왔습니다. 고소득자들은 일반적으로 공기 좋은 곳에서 살고 있다는 뜻입니다. 그것도 모자라서 공기 청정기를 가동시키고 비싼 돈을 들여 오염되지 않은 생수를 사먹습니다. 백화점에서는 수입 생수가 불티나게 팔립니다. 오죽하면 북극이나 남극의 얼음을 사다 부유층에 팔려 했던 사업자들까지 등장했겠습니까? 그러나 저소득층 주민들은 싫든 좋든 수돗물을 마실 수밖에 없습니다. 영양 면에서도 뒤져 있어 결과적으로 공해의 피해를 쉽게 받는 셈입니다. 또 병이 나도 제때 병원에 가지 못해서 치료비, 노동 시간 감소 등으로 경제적 부담을 안는 등 이중 삼중으로 피해를 입게 됩니다.

부자 나라는 가난한 국가에 오염 산업 시설을 옮기고 산업 폐기물을 수출할 수도 있습니다. 그러니 부는 상류층과 부유한 국가에 축적되는 반면, 위험은 하류층과 가난한 국가에 축적된다고 할 수 있겠지요. 예를 들어 카슨의 《침묵의 봄》

에 힘입어 미국 정부는 1972년 DDT의 사용을 금지했고, 1974년에는 디엘드린을, 그리고 1975년에는 클로르데인과 헵타클로르 같은 분해가 잘 되지 않는 유기 염소계 농약의 사용을 금지했습니다. 그러나 농약 규제가 심해질 것을 약삭빠르게 미리 눈치챈 미국의 살충제 제조 회사들은 농약의 사용에 대한 규제가 그리 심하지 않은 제3세계 국가 같은 개발도상국에서 새로운 판로를 재빠르게 개척했지요. 이에 따라 살충제에 따른 환경파괴는 선진국에서 개발도상국으로 이전되었고 환경문제 역시 새로운 차원으로 접어들었습니다.

그러나 좀 더 엄밀히 따져보면 이런 방법은 일시적인 해결책에 지나지 않고 여전히 한계가 있습니다. 계급의 높다란 장벽은 우리가 마시는 공기 앞에서 무너지고 말며, 후진국에 배출시키거나 후진국으로 수출한 오염물질은 값싼 과일이나 커피나 카카오에 축척되어 이를 수입하는 선진국으로 되돌아옵니다. 앞에서 언급한 배리 카머너의 생태학의 제2법칙을 기억할 것입니다. "모든 것은 어디로든지 가게 되어 있다. 즉 자리를 옮길 뿐 아주 사라지는 것은 아니다"라는 그 법칙 말입니다. 함부로 배출한 공해물질이 집 안으로 다시 돌아오듯이 남의 나라에 떠맡긴 공해물질도 자국으로 다시 돌아오기 마련이지요. 그러고 보면 이 세상에 공해만큼 공평한 것도 없습니다. 제아무리 공기 좋은 고급 별장지대에 살아도 결국에는 공해의 피해에서 벗어날 수 없는 노릇입니다.

우리가 중국에 대해 관심을 기울여야 하는 까닭이 바로 여기에 있습니다. '세계의 굴뚝'으로 악명 높은 중국은 그동안 사회주의의 잠에서 갓 깨어나 경제성장만 생각하느라 공해 문제를 돌볼 겨를이 없었습니다. 그러나 10여 년 동안 경제성장에만 집중한 대가가 무엇입니까? 이제 베이징이나 상하이 같은 대도시는 마음 놓고 공기를 들이마실 수 없을 정도입니다. 최근 중국의 스모그 속에 포함된 초미세먼지의 영향으로 겨우 여덟 살 난 어린이가 폐암에 걸렸다는 진단이 나와 세계를 깜짝 놀라게 했습니다. 현지 언론은 안휘성安徽省 출신의 이 여자아이가 화동 지역의 최연소 폐암 환자로 기록되었다고 전했습니다. 중국의 스모그는 사망률을 높이고 만성질환과 호흡기, 심장계통 질병을 악화시킬 뿐만 아니라 생식 능력과 면역체계에도 악영향을 주는 것으로 알려졌습니다. 또 사막화 현상은 어떻습니까? 하루가 다르게 심해져 이제는 베이징까지 위협하고 있는 상황입니다. 부정적으로 보는 사람들은 베이징이 머지않은 장래에 유령도시가 될 것이라고 내다봅니다. 사람이 살기에 부적합한 도시가 되면 사람들은 하나둘씩 그곳을 빠져나가고 마침내 베이징은 텅 비게 될 것이라고 말입니다. 벌써부터 부유한 사람들은 일본의 삿포로나 한국의 제주도로 주거지를 옮기고 있습니다.

그러나 사돈 남 말 한다고 중국을 비판할 때가 아닙니다. 비록 정도의 차이는 있을망정 한국도 중국과 크게 다르지 않습니다. 세계가 부러워하는 눈부신 경제성장으로 보릿고개를 면하게 되었지만 그 대가가 무엇입니까? 그 보릿고개를 넘게 해준 '한강의 기적'을 스스로 대견하다고 생각하고 있는 동안 우리는 환경 위기와 생태계 위기를 피부로 실감하게 되었습니다. 지난 몇십 년 사이 한국의 환경문제 역시 임계점을 넘어선 것은 아닌지 걱정이 앞섭니다. 한반도 곳곳에서 일어나는 기상 이변과 그에 따른 환경 재앙은 그 사실을 뒷받침합니다.

카머너는 가이아 이론을 주창한 제임스 러브록처럼 환경문제에서 비관적인 태도를 취합니다. 가이아 가설을 처음 주장할 때만 해도 러브록은 낙관적이었습니다. 지구는 자정 능력이 있어서 공해 문제를 크게 걱정할 필요가 없다고 했습니다. 그러나 최근 들어 러브록은 지구가 자정 능력의 임계점을 벗어났다고 지적합니다. 이렇게 환경문제를 비관적으로 본다는 점에서는 카머너도 러브록과 크게 다르지 않습니다. 《원은 닫혀야 한다》에서 카머너는 지구 멸망의 시기를 언급하며 "내 판단으로는 문명 지역의 경우 앞으로 20년에서 50년 사이로 잡는 것이 합당할 것이다"라고 말합니다. 이 책이 출간된 것이 1971년이라는 점을 감안하면 가장 멀리 50년으로 잡아도 2021년입니다. 카머너의 주장은 2050년경 화석 연료가 모두 고갈되고 열대우림이 모두 파괴될 것이라는 견해보다 훨씬 더 비극적입니다. 카머너의 주장이 사실로 판명된다면 하나밖에 없는 지구는 그 수명이 앞으로 겨우 몇 년밖에는 남지 않았습니다. 갓 태어난 갓난아이들이나 지금 막 자라고 있는 어린 새싹을 생각하면 정신이 그만 아찔해집니다.

세 부류의 인간

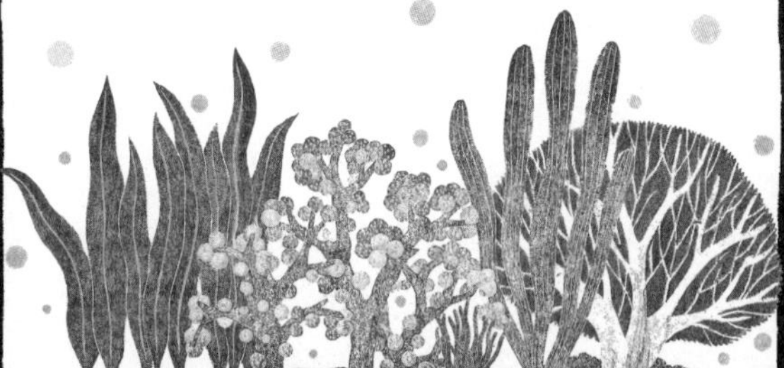

자연을 사랑하는 사람이라면 피조물을 정신적인 것으로 인식하려고 애쓸 필요가 없습니다. 생태주의에서는 물질과 정신, 육체와 영혼을 이분법적으로 구분 짓는 것조차 어리석은 일일뿐더러 바람직하지 않은 일이기 때문입니다.

니코스 카잔차키스 《그리스인 조르바》

나는 이 세상에 세 부류의 인간이 있다고 생각합니다. 첫 번째 부류는 소위 먹고 마시고 사랑하고 돈 벌고 명성을 얻는 것을 자기 삶의 목표라고 생각하는 사람이지요. 또 한 부류는 자기 삶을 사는 게 아니라 인류의 삶이라는 것에 관심이 있어서 그것을 목표로 삼는 사람들입니다. 이 사람들은 결국 인간이란 하나라고 생각하고 인간을 가르치려 하고, 사랑과 선행을 독려하지요. 그리고 마지막 부류는 전 우주의 삶을 목표로 삼는 사람들입니다. 사람이나 짐승이나 나무나 별이나 모두 한목숨인데, 단지 아주 지독한 싸움에 휘말려 들었을 뿐이라고 생각하는 사람들입니다. 글쎄, 그게 무슨 싸움일까요? (……) 물질을 정신으로 바꾸는 싸움이지요.

그리스의 작가 니코스 카잔차키스의 《그리스인 조르바》1943에서 뽑은 한 대목입니다. 1883년 오스만 제국 치하 크레타 섬의 이라클리온에서 태어난 그는 현대 그리스 문학을 대표하는 작가입니다. 동양과 서양 사이에 위치한 그리스의 지형적 특성을 갖고 있으며 터키 지배 아래에서 기독교인의 박해를 겪으며 어린 시절을 보낸 카잔차키스는 이런 경험을 바탕으로 민족주의 성향이 짙은 작품을 썼습니다. 아테네 대학에 법학을 전공한 뒤 그는 파리 대학에서 철학을 공부하면서 앙리 베르그송과 프리드리히 니체의 사상을 강하게 물려받았습니다.

이밖에도 카잔차키스는 호메로스에서 붓다에 이르기까지 동서양의 사상을 두루 호흡했습니다. 그는 동양과 서양 사이에 위치한 그리스가 서양의 합리성과 동양의 감성을 조화롭게 화해시킴으로 역사적 과업을 쌓아왔다는 사실을 깊이 깨닫게 되었지요. 카잔차키스는 언젠가 "그리스인이여, 언제 유럽의 젖줄에서 떨어져 나올 것인가?"라고 말한 적이 있습니다. 《그리스인 조르바》와 《십자가에 못 박힌 그리스도》1948라는 소설로 세계적인 명성을 얻은 그는 《최후의 유혹》1955과 《성 프란체스코》1956 등의 소설을 출간했습니다. 카잔차키스는 시, 희곡, 에세이, 여행기, 자서전, 서간집, 회고록, 번역 등 손대지 않은 문학 장르가 없을 만큼 여러 장르에서 두각을 나타냈습니다. '20세기 문학의 구도자'로 흔히 일컫는 카잔차키스는 1951년과 1956년 두 차례에 걸쳐 노벨 문학상 후보로 지명될 만큼 문학적 천재성을 인정받았습니다.

카잔차키스는 1919년에는 공공복지부 장관, 1945년에는 정무 장관으로 정치에 몸담기도 했습니다. 그러나 한때는 그리스 정교회와 로마 가톨릭 교회로부터 신성 모독의 이유로 파문을 당하기도 했습니다. 이렇게 교회로부터 반反기독교도로 매도되면서 탄압받았지만 그는 평생 자유와 하나님을 사랑한 그리스도인이었습니다. 카잔차키스의 무덤에는 그가 살아 있을 때 미리 써놓은 "나는 아무것도 바라지 않는다. 나는 아무것도 두려워하지 않는다. 나는 자유다"라는 글귀가 적혀 있습니다. 묘비명에서도 엿볼 수 있듯이 그의 삶은 그 자체로 자유이며 또 자유를 쟁취하기 위한 여정이었습니다.

앞서 인용한 《그리스인 조르바》는 대조적인 성격을 지닌 두 주인공을 다룹니다. 크레타 섬에서 갈탄 광산을 개발하려는 소설의 화자 '나'와 그가 고용하는 알렉시스 조르바입니다. 전자가 서양의 이성과 합리성을 대변하는 아폴로적 인간이라면 후자는 동양의 감성을 대변하는 디오니소스적 인간입니다. 전자가 먹물냄새 짙게 풍기는 창백한 지성인이라면, 후자는 흙냄새를 물씬 풍기는 동물적 인간입니다. 그런데 화자 '나'는 조르바와 함께 생활하면서 그의 삶의 방식에 조금씩 이끌립니다. '조르바주의'라는 신조어를 탄생시킬 만큼 조르바는 화자뿐만 아니라 뭇 독자들에게도 아주 강렬한 인상을 심어줍니다.

앞 장에 수록한 인용문은 《그리스인 조르바》의 한 장면에서 조르바가 주인인 화자 '나'에게 하는 말입니다. 인간을 세 부류로 나누는 것은 어느 분야에서나 흔히 볼 수 있는 현상입니다. 가령 기독교에서는 선을 악으로 갚는 사람, 선은 선으로 악은 악으로 갚는 사람, 그리고 악을 선으로 갚는 사람으로 구분 짓습니다. 한편 불교에서는 삼법인三法印이라고 하여 제행무상, 제법무아, 열반적정으로 구분합니다. 이를 줄여서 무상인, 무아인, 열반인이라고도 일컫는데, 이를 세속적으로 좁히면 이 세상에는 비용을 지불한 뒤 배우는 사람, 비용을 지불하고도 배우지 못하는 사람, 비용 지불 전에 배우는 사람으로 나눕니다. 영국의 철학자 버트런드 러셀은 인간을 원죄형 인간, 자아도취형 인간, 과대망상형 인간의 세 유형으로 나눈 적이 있습니다.

러셀에 앞서 덴마크의 유신론적 실존주의자 쇠렌 키르케고르는 인간의 삶을 미적 단계, 윤리적 단계, 종교적 단계의 세 가지로 나누기도 했습니다. 미적 단계에서 인간은 감각적 쾌락을 느끼며 살다가 권태와 절망 속에서 두 번째 단계인 윤리적 단계로 넘어갑니다. 이 단계에서 인간은 보편적 윤리와 보편적 가치에 따라 살지만 아무리 착하게 살더라도 언젠가는 죽게 된다는 불안감에 빠지게 됩니다. 이런 불안을 통해 인간은 세 번째 단계인 종교적 단계로 이동합니다. 스스로의 결심에 따라 신을 믿고 따를 때 인간으로서의 무력감과 절망에서 벗어나 비로소 희망 속에 살아갈 수 있다는 것입니다.

그런데 조르바는 인간이 누구를 위해 사느냐의 기준에 따라 자신만을 위해 사는 사람, 인류를 위해 사는 사람, 그리고 우주를 위해 사는 사람의 세 부류로 나눕니다. 첫 번째 부류의 인간은 오직 자신을 위해 "먹고 마시고 사랑하고 돈 벌고 명성을 얻는 것"을 삶의 최대 목표로 삼습니다. 오늘날 현대인들은 대부분 이 첫 번째 유형에 속할 것 같습니다. 이런 인간형은 비단 이익사회를 살아가는 현대인들에게만 국한된 것은 아니지요. 예로부터 대부분의 인간들은 이런 삶을 살아왔습니다.

지금으로부터 2,500년 전 중국 춘추전국 시대에 살았던 양자楊子가 떠오릅니다. 그는 "자신의 정강이 털을 뽑아 천하가 이로울지라도 그렇게 하지 않겠다"라고 말했을 정도로 철저하게 이기주의적인 인간이었습니다.

조르바가 말하는 두 번째 부류의 인간은 자기 삶보다는 인류 전체의 삶에 관심을 둡니다. 가령 알베르트 슈바이처가 그러하고, 테레사 수녀가 그러했습니다. '흑인의 아버지'나 '원시림의 성자'로 불리는 슈바이처는 모든 인류에게 행복을 나누어주기 위해 일생을 아프리카 오지에 바쳤습니다. 알바니아계의 로마 가톨릭 수녀 테레사는 '사랑의 선교회'를 설립해 45년 가까이 사회적 약자, 즉 빈민과 병자, 고아, 그리고 죽어가는 이들을 위해 헌신했지요. 이 두 사람 모두 인류 평화에 이바지한 공적을 인정받아 노벨 평화상을 받았습니다.

양자와 비슷한 시대에 살았던 묵자墨子는 겸애兼愛, 즉 모든 사람에 대한 무차별적인 사랑을 주장했습니다. 그러나 유가儒家를 주창했던 맹자孟子는 "유가는 온데간데없고 양자와 묵자가 천하의 사상계를 쥐락펴락하고 있다"라고 한탄했습니다. 맹자에게는 자기중심적인 양자나 인류에 대한 보편적인 사랑을 논하는 묵자나 크게 다르지 않았습니다. 그래서 맹자는 "묵자는 임금도 아버지도 없는 짐승과 같고, 양자는 자신의 털 한 올을 뽑아 천하가 이로울지라도 하지 않는 사람"이라고 비난했습니다. 묵자의 태도는 부모형제의 혈연관계를 윤리의 기본으로 삼았던 유가의 관점에서 보면 자칫 부정적으로 보일지 모르지만, 사람을 차별하지 말고 널리 사랑하라는 겸애설은 아주 소중한 주장이었습니다.

카잔차키스가 조르바의 입을 빌려 그가 가장 소중하게 생각하는 인간은 다름 아닌 세 번째 인간이라고 말합니다. 이 유형의 인간에 대해 조르바는 화자 '나'에게 "전 우주의 삶을 목표로 삼는 사람", 좀 더 구체적으로 말해서 "사람이나 짐승이나 나무나 별이나 모두 한목숨인데, 단지 아주 지독한 싸움에 휘말려 들었을 뿐이라고 생각하는 사람"이라고 못박아 말합니다. 이 세 번째 유형의 인간은 자기 자신만을 위해 사는 사람도 아니고, 그렇다고 오직 남을 위해 사는 사람도 아닙니다. 이 두 유형의 인간은 얼핏 보면 극과 극에 놓여 있는 것 같습니다. 그러나 좀 더 꼼꼼히 따져 보면 겉으로 보이는 것처럼 서로 그렇게 다르지 않습니다. 자신이건 남이건 하나같이 오직 인간을 위할 따름입니다.

그러나 세 번째 유형의 인간은 단순히 인간의 차원에 머물지 않고 그 울타리를 허물어버리고 인간이 아닌 다른 피조물로 사랑을 확장합니다. 짐승 같은 동물은 말할 것도 없고 나무 같은 식물, 심지어 하늘에 떠 있는 별까지 소중하게 생각합니다. 한마디로 우주 전체를 함께 아우르는 사랑이지요.

여기서 한 가지 중요한 것은 조르바가 단순히 인간이 아닌 피조물만을 사랑한다고 말하지 않는다는 점입니다. 서구 문학사에서 조르바만큼 현세의 삶의 만끽하는 인물도 찾아보기 어렵습니다. "나는 행복이 얼마나 단순하고 소박한 것인지 다시 한번 느꼈다. 포도주 한 잔, 군밤 한 톨, 보잘것없는 조그마한 화롯불 하나, 그리고 바다 소리 말이다"라고 밝힙니다. 그리고 조르바는 전 우주에서 인간을 제외시키지 않습니다. "사람이나 짐승이나 나무나 별이나 모두 한목숨인데"라고 말입니다. 여기서 '한목숨'이란 목숨이 하나라는 뜻보다는 똑같은 목숨이라는 의미입니다. 이렇게 인간을 포함하여 생물과 무생물 전체가 우주의 구성원이라는 말이지요. 조르바는 또 다른 장면에서 이렇게 말합니다.

> 이것이 바로 진정한 행복이다. 야심을 갖지 않는 것, 만약 야심이 있다면 말馬처럼 열심히 일하는 것. 인간과 멀리 떨어져 살면서 그들을 필요로 하지 않으면서도 그들을 사랑하는 것. 하늘에는 별을, 왼쪽 편에는 대지를, 오른쪽 편에는 바다를 갖고 있는 것. 그래서 마음속으로 삶에 기적이 일어났다고, 삶이 동화처럼 되었다고 갑자기 깨닫는 것.

조르바야말로 자신의 삶을 만끽하고 동료 인간을 사랑하며 우주를 사랑하는 사람입니다. 이 소설을 원작으로 만든 영화 〈그리스인 조르바〉를 본 사람은 아마 이 영화의 마지막 장면을 기억할 것입니다. 푸른 파도가 넘실거리는 그리스 바다를 배경으로 조르바가 화자 '나'에게 춤을 가르쳐주는 장면 말입니다. 광산 일이 물거품으로 돌아갔지만 삶에 절망하지 않고 바닷가에서 춤을 추는 그의 모습은 한없이 행복해 보입니다. 카잔차키스는 이 소설에서 "하나님은 순간마다 모습을 바꾼다. 온갖 모습으로 변장하는 그를 알아보는 사람은 축복받은 사람이다"라고 말합니다. 그렇다면 카잔차키스와 조르바에게는 그가 사랑한 많은 여성도, 하늘에 총총 떠 있는 별도, 해와 달도, 푸른 파도가 넘실거리는 바다도, 실패로 돌아간 광산도 하나같이 소중한 자연일 뿐입니다.

또한 조르바는 세 번째 유형의 인간에 대해 "단지 아주 지독한 싸움에 휘말려 들었을 뿐이라고 생각하는 사람들"이라는 표현을 씁니다. 그는 이에 대해 "그게 무슨 싸움일까요?"라고 자문한 뒤 "물질을 정신으로 바꾸는 싸움"이라고 덧붙입니다. 그가 말하는 "물질을 정신으로 바꾸는 싸움"이 과연 무엇을 가리키는지 잘 알 수 없지만 추측하건대 인간이 다른 피조물에 인간의 속성을 부여하려는 시도를 말하는 것 같습니다. 비록 인간이 아닌 피조물까지 애정과 사랑을 확대하더라도 피조물의 존재 이유까지 그대로 인정해주기란 여간 어렵지 않습니다. 진정으로 자연을 사랑하는 사람이라면 피조물을 정신적인 것으로 바꾸려고 애쓸 필요가 없을 것입니다. 생태주의에서는 물질과 정신, 육체와 영혼을 이분법적으로 구분 짓는 것조차 어리석은 일일뿐더러 바람직하지 않은 일이기 때문입니다.

산처럼 생각하라

레오폴드는 모든 자연을 생물 공동체라는 넓은 개념으로 보아야 한다고 지적합니다. 그러면서 인간 또한 생명 공동체의 일부에 지나지 않기 때문에 다른 공동체 구성원과 크게 다를 것이 없다고 밝힙니다.

야생생물이 없이도 살 수 있는 사람들이 있고, 그렇지 못한 사람들이 있다. 이 에세이들은 야생 피조물 없이는 살 수 없는 한 사람의 기쁨과 딜레마를 기록한 책이다.
바람과 석양과 마찬가지로 야생생물도 문명이 진보하여 그것들이 사라지기 전까지는 당연한 것으로 간주되었다. 이제 우리는 여전히 높은 '생활 수준'이 자연 속에서 자유롭게 살고 있는 동물들을 희생시킬 만한 가치가 있는지 없는지에 대한 질문과 맞닥뜨려 있다. 소수의 우리들에게는 기러기떼를 바라보는 기회가 텔레비전을 보는 것보다 더 소중하고, 할미꽃 한 송이를 발견하는 기회가 언론의 자유 못지않게 양도할 수 없는 권리다.
기계의 발달로 우리가 풍성한 아침식사를 즐길 수 있고 그 동물들이 어디에서 와서 어떻게 사는지 그 드라마를 과학이 밝혀내기 전까지는 야생동물에게 이렇다 할 인간적 가치가 없었다. 그러므로 갈등 전체는 궁극적으로 정도의 문제로 압축

된다. 우리 같은 소수 사람들은 문명의 발전과 진보에서 일종의 수익 체감의 법칙을 발견한다. 그러나 우리와 입장이 다른 사람들은 그런 법칙을 발견하지 못한다.

미국의 산림학자요 생태주의자이며 환경론자인 알도 레오폴드의 《샌드 카운티 연감》의 서문에서 뽑은 한 대목입니다. 1887년 아이오와 주 벌링턴에 정착한 독일 이민자 가정에서 태어난 그는 어린 시절부터 숲에서 지내기를 좋아했고, 아버지로부터 사냥과 목공예 등을 배우며 자랐습니다. 이렇듯 시골에서 자연과 친숙하게 어린 시절을 보낸 레오폴드는 예일 대학교에 진학하여 임업을 전공한 뒤 산림 공무원으로 일하다가 마침내 위스콘신 대학교 교수가 되었습니다.

레오폴드는 《샌드 카운티 연감》이라는 책 한 권으로 그 명성을 얻고 있습니다. 생전에는 출간되지 않고 사망한 직후에야 비로소 그의 아들이 편집해 출간된 이 책은 흔히 '환경운동의 성서'로 높이 평가받고 있습니다. 레오폴드가 농장을 경영하던 위스콘신 주 소크 군 지역의 자연 환경과 그것에 관한 저자의 생태학적 관심을 기록한 책으로 청둥오리 세 마리가 울고 있는 표지 그림이 아주 인상적입니다. 미국에서 자연보호 운동을 촉발한 기념비적인 저서로 평가받는 이 책은 지금까지 13개국 언어로 번역되어 200만 권이 넘게 팔렸습니다. 미국뿐만 아니라 지금은 전 세계에 걸쳐 환경운동에 이정표를 세운 책으로 일컫습니다. 특히 생물 다양성에 무게를 싣는 야생보호 운동과 현대 환경 윤리의 발전에 그가 끼친 영향은 무척 큽니다.

2010년 초 영국의 일간신문 〈가디언〉지는 레오폴드의 《샌드 카운티 연감》이 20세기 유럽과 미국에서 출판된 최고의 환경 서적으로 선정되었다고 발표했습니다. 캠브리지 대학교의 '지속 가능 리더십 프로그램 센터CPSL'가 지속 가능한 성장을 가능케 하는 50권의 책을 선정해 발표하면서 레오폴드의 책을 첫손에 꼽았던 것입니다. 레오폴드의 책에 이어 2위로는 살충제와 제초제 남용이 환경에 미치는 영향을 고발한 레이철 카슨의 《침묵의 봄》이 선정되었습니다. 이밖에 제임스 러브록의 《가이아》가 8위, 아마르티아 센의 《자유로서의 발전》이 28위, 에르난드 데소토의 《자본의 미스터리》가 32위, 재레드 다이아몬드의 《붕괴》가 44위를 차지했습니다. 그런가 하면 경제적 관점에서 환경문제를 고찰한 책들도 순위에 많이 포함되었습니다. 가령 도넬라 메도즈의 《성장의 한계》가 6위에 올랐고, 폴 호켄의 《비즈니스 생태학》이 18위, 조지 소로스의 《글로벌 자본주의의 위기》가 25위, 조지프 스티글리츠의 《세계화와 그 불만》이 37위, 제프리 삭스의 《빈곤의 종말》이 45위에 각각 올라 화제가 되었습니다. 하나같이 환경 위기나 생태계 위기 시대에 꼭 한번 읽어봐야 할 소중한 책들입니다.

레오폴드의 《샌드 카운티 연감》을 좀 더 쉽게 이해하기 위해서는 제목을 찬찬히 살펴볼 필요가 있습니다. 얼핏 보면 위스콘신 주에 '샌드 카운티'라는 군郡이 있는 것으로 생각하기 쉽지만 실제로 그런 이름의 군은 없습니다. 레오폴드가

이 책에서 묘사하는 군은 샌드 카운티가 아니라 소크 카운티의 버래부 지역입니다. '샌드 카운티'란 토양에 모래가 많은 지역을 두루 일컫는 보통 명사입니다. 한국에서는 《모래 군의 열두 달》이라는 제목으로 출간되었습니다만 '모래군'이라는 표현이 조금 걸립니다. 차라리 '모래 땅'이라고 하는 편이 더 옳습니다.

한편 원래 제목에서 저자가 사용한 '연감'이란 글자 그대로 한 해에 한 번 출판하는 정기 간행물을 가리킵니다. 이 책은 제1편 '모래 군의 열두 달', 제2편 '이곳저곳의 스케치', 그리고 제3편 '귀결'의 세 부분으로 나뉘어 있습니다. 그런데 이 책에서 저자는 가장 핵심적이라고 할 제1편의 내용을 1월에서 12월까지 한 달에 한 편씩 모두 열두 편으로 나누어 기술하고 있습니다. 즉 제1편은 레오폴드가 위스콘신에 살면서 생태에 대해 일기처럼 기록한 글이지요. 그는 식물계와 동물계를 공동체의 소중한 구성원처럼 함께 생활하는 모습을 묘사합니다. 또한 이렇게 자연을 관찰하고 기록하면서 사이사이에 인간의 무분별한 자연파괴와 지각 없는 개발 등에 대해서도 개탄합니다. 제2편에서는 레오폴드가 그동안 살아오면서 지역에 따라 겪은 경험을 이야기하듯 담담하게 풀어나갑니다. 각각의 장소마다 다른 내용을 담고 있지만 사라져 가는 것들에 대한 저자의 마음이 잘 드러나 있습니다. 물론 여기에서도 생계를 고려하지 않는 경제학자들에 대한 비판이나 자연의 가치에 관심을 두지 않는 정치인들을 비판하기도 합니다. 특히 인간 중심적 사고의 끝에 인간을 기다리고 있는 종말을 경고하고 있지요.

제3편 '귀결'에는 자연에 대한 레오폴드의 깊은 철학적 명상이 담겨 있습니다. 특히 야외 레크리에이션 등을 통해 무분별하게 파괴되는 생태계를 경고합니다. 또한 생물 공동체 개념을 통해 진화해가는 윤리에 대해 설명하고 이 진화된 윤리를 '토지 윤리'라고 부릅니다. 레오폴드는 모든 자연을 생물 공동체라는 넓은 개념으로 보아야 한다고 지적합니다. 그러면서 인간 또한 생명 공동체의 일부에 지나지 않기 때문에 다른 공동체 구성원과 크게 다를 것이 없다고 밝힙니다. 그러므로 레오폴드는 토지 이용을 인간 중심적인 경제적 문제로만 생각하지 말고 공동체 구성원으로서 윤리적, 심미적으로 무엇이 옳은지 면밀하게 검토해야 한다고 말합니다.

앞의 인용문에서 알도 레오폴드는 인간을 크게 두 부류로 나눕니다. 야생생물이 없이도 살아갈 수 있는 사람들이 한 부류이고, 야생생물 없이는 살아갈 수 없는 사람들이 다른 부류입니다. 레오폴드 자신이 후자에 속함은 두말할 나위가 없습니다. 그러면서 이 책은 "야생 피조물 없이는 살 수 없는 한 사람"으로서 동물들과 교류하면서 느낀 기쁨과 딜레마를 기록한 책이라고 밝힙니다.

레오폴드는 인간이 문명의 이름으로 야생생물들을 무참하

게 살해해온 사실을 무척 애석하게 생각합니다. 그의 말대로 이런 야만적 행위로 우리의 의식주 생활 수준이 높아진 것은 사실입니다. 식탁에도 풍성한 고기가 올라오고, 한겨울이 되면 밍크 코트 같은 보온성이 뛰어난 두툼한 털옷을 입습니다. 그렇다면 인간은 자신들의 생활 수준을 향상시키기 위해 과연 야생동물들을 이렇게 희생시킬 만한 가치가 있습니까? 이 물음에 대한 레오폴드의 대답은 그렇지 않다는 것입니다. 레오폴드는 텔레비전을 시청하는 것보다는 차라리 하늘에 떼를 지어 날아가는 기러기를 바라보는 것이 훨씬 더 소중하다고 이야기합니다. 또한 그는 언론의 자유 못지않게 소중한 것이 들판이나 산속에서 할미꽃 한 송이를 발견하는 일이라고 강조합니다. 최근 들어 동물의 권익을 확대하고 동물을 보호하기 위한 운동이 활발합니다. 식생활을 채식주의로 바꾸고, 환경보호의 일환으로 동물을 보호하기도 하며, 서식지 보호를 위해 개발 사업을 반대하기도 합니다. 이러한 운동은 동물권에 기초를 두고 있습니다. 한마디로 동물에게도 인권에 버금가는 권리를 부여하자는 입장입니다. 인권의 확대 과정에서 나온 부산물이라 할 수 있지요. 놀랍게도 동물보호와 관련한 법률을 처음 제정한 나라는 기원전 1,300여 년 전 아케나톤 치하의 고대 이집트였습니다. 짐승을 사냥하는 것을 비인간적인 일이라고 생각하여 동물보호령을 내렸던 것입니다.

여기서 레오폴드가 "양도할 수 없는 권리"라는 구절을 사용하는 점을 눈여겨보기 바랍니다. 인권이 보편적인 사회적 요구와 현실로 받아들여지기 시작한 것은 르네상스 시대부터 17세기에 이르는 기간이었습니다. 가령 토마스 아퀴나스나를 비롯하여 그로티우스의 저술, 그리고 영국의 마그나 카르타, 권리청원1628, 권리장전1689 같은 문서에서는 "모든 사람은 태어나면서부터 타인에게 양도할 수 없는 고유한 권리를 지니고 있다"라는 천부인권天賦人權 사상을 반영하고 있었습니다. 이런 자연법 사상은 18세기와 19세기에 절대주의와 맞서 싸우면서 더욱 첨예해졌습니다. 미국에서는 독립 선언문과 헌법에서 뚜렷이 엿볼 수 있습니다. 특히 "할미꽃 한 송이를 발견하는 기회가 언론의 자유 못지않게 양도할 수 없는 권리다"라는 구절을 보면 레오폴드는 미국의 독립 선언문을 염두에 두고 있는 듯합니다.

인용문의 마지막 구절에서 레오폴드는 궁극적으로 "갈등 전체는 궁극적으로 정도의 문제로 압축된다"라고 말합니다. 야생동물을 비롯한 자연을 사랑하는 소수의 사람들은 문명의 발전에서 수익 체감의 법칙을 발견하지만 오직 인간중심주의의 덫에 빠져 있는 사람들은 그 법칙을 발견하지 못한다고 밝힙니다. '수익 체감의 법칙'이란 일정 크기의 토지에 노동력을 추가로 투입할 때 수확량의 증가가 노동력의 증가를 따라가지 못하는 현상을 일컫는 경제학 용어입니다. 요즈음에는 이 개념을 제조업 분야에 빗대어 제품을 더 많이 생산하는 데 단위당 비용이 점차 증가하는 현상을 설명하기도 합니다. 여기서 레오폴드가 굳이 이 법칙을 언급하는 것은 야생동물의 남획에 대해 말하기 위해서입니다. 야생동물을 더 많이 잡아도 일정한 수준이 지나면 인간의 생활 수준이 크게 높아지지 않습니다. 그러니 생활 수준을 높인다는 핑계로 무턱대고 야생동물을 희생시켜서는 안 된다는 뜻입니다.

누구나 창조자가 될 수 있는 것을

생태계는 다양한 개체와 종이 거미줄이나 망처럼 서로 연결되어 상호 의존하고 공존하면서 살아가는 체계입니다. 인간에게는 무엇보다도 생물 군집의 완전성과 안정성과 아름다움을 지켜야 할 의무와 책임이 있습니다.

알도 레오폴드《샌드 카운티 연감》

창조 행위란 흔히 신들과 시인들에게 국한되어 있다. 그러나 그들보다 비천한 사람들도 만약 그 방법을 알고 있다면 이런 제약에서 벗어날 수 있다. 예를 들어 소나무 한 그루를 심기 위해 우리는 신이나 시인이 될 필요는 없다. 다만 삽 한 자루만 있으면 된다. 규칙의 이런 신기한 허점 때문에 어떤 시골뜨기도 "나무가 생길지어다. 그러면 나무가 생겨나리라"라고 말할 수 있을 것이다.

알도 레오폴드의 《샌드 카운티 연감》에서 뽑은 한 대목입니다. 〈나무〉라는 시를 쓴 미국 시인 조이스 킬머와 관련하여 앞에서 이미 언급했듯이 창조주와 시인은 서로 닮은 데가 있습니다. 이 인용문에서 알도 레오폴드도 "창조 행위란 흔히 신들과 시인들에게 국한되어 있다"라고 말합니다. 여기서 '흔히'라는 부사를 눈여겨보기 바랍니다. 그런 일이 보통 일어날 뿐이지 절대적으로 일어나는 것은 아니라는 뜻입니다. 레오폴드는 신이나 시인이 아닌 평범한 사람들도 얼마든지 창조성을 발휘할 수 있다고 말합니다. 평범한 사람들도, 아니 레오폴드의 말대로 시골뜨기들도 창조 행위에 참여할 수 있다는 것은 바로 신과 시인만이 창조할 수 있다는 규칙에 '신기한 허점'이 들어 있기 때문입니다.

다만 레오폴드는 평범한 사람들이 신이나 시인처럼 창조하는 방법을 알고 있느냐에 달려 있을 뿐이라고 말합니다. 그러면서 그는 만약 우리가 삽 한 자루를 들고 소나무 한 그루를 심으면 창조주나 시인처럼 될 수 있다고 말합니다. 무에서 유를 만들어내는 것만이 창조가 아니라, 산이나 들판에 소나무 묘목 한 그루를 심는 행위도 얼마든지 창조적 행위가 될 수 있다는 뜻입니다.

이런 창조 행위는 인용문의 마지막 문장에서도 잘 드러납니다. 레오폴드는 "어떤 시골뜨기도 '나무가 생길지어다. 그러면 나무가 생겨나리라'라고 말할 수 있을 것이다"라고 말합니다. 그런데 이 구절은 천지창조와 관련한 구약성서 한 구절을 응용한 것입니다. 〈창세기〉에는 "하나님이 말씀하시기를 '빛이 생겨라' 하시니, 빛이 생겼다"〈창세기〉 1장 3절라고 기록되어 있습니다. 레오폴드는 '빛' 대신에 '나무'라는 말로 바꾸어 놓았습니다.

창조 행위란 언뜻 보면 아주 거창한 것 같지만 이렇게 나무 한 그루를 심는 것도 창조 행위가 된다니 놀랍습니다. 그러나 나무를 심는 것이 겉으로는 간단하고 쉬운 것처럼 보여도 실제로는 그렇게 쉽지 않습니다. 지금까지 살면서 나무 몇 그루를 심었는지 한번 곰곰이 생각해보십시오. 아마 두서너 그루, 아니 심지어 한 그루도 심지 않은 사람들이 있을 것입니다. 예전에는 4월 5일 식목일이 되면 학교 행사로 학생들이 삼삼오오 나무를 심곤 했습니다. 그러나 2005년 6월, '관공서의 공휴일에 관한 규정' 개정문을 공포했고, 그 이듬해부터 식목일은 국민들의 뇌리에서 점점 멀어져 지금은 유명무실한 기념일이 되고 말았습니다.

그런데 여기서 한 가지 유념할 것은 레오폴드가 말하는 소나무는 일차적 의미로는 소나무를 가리키지만 넓게 보면 나무를 비롯한 모든 식물, 더 넓게는 자연을 가리키는 환유법이나 제유법이라는 사실입니다. 레오폴드는 자연을 해치지 않고 생명력을 불어넣어줄 때 누구나 창조자와 같은 위치를 차지할 수 있다고 말합니다. 한마디로 자연을 사랑하는 사람이면 누구나 다 창조자의 반열에 오를 수 있습니다.

레오폴드가 말하는 소나무는 온갖 식물이 자라고 동물이 서식하는 땅을 가리키기도 합니다. 그처럼 땅을 소중하게 생각한 사람도 아마 찾아보기 쉽지 않을 것 같습니다. 그는 "땅이 하나의 공동사회라는 것은 생태학의 기본 개념이다. 그러나 땅을 사랑하고 존중해야 한다는 것은 넓은 의미의 윤리학이다"라고 잘라 말합니다. 그가 이처럼 토지에 도덕적이고 윤리적 지위를 부여하여 '토지 윤리'를 운운한 까닭은 토지를 살아 숨 쉬는 유기체로 간주하기 때문입니다. 또한 레오폴드는 "토지는 단순한 토양이 아니다. 그것은 토양, 식물, 동물의 회로를 거쳐 흐르는 에너지의 원천이다"라고 밝힙니다. 더 나아가 그는 "토지와의 윤리적 관계는 땅에 대한 사랑, 존경, 감탄, 그리고 땅의 가치에 대한 높은 관심 없이는 지속될 수 없다. 여기서 가치라는 것은 경제적 가치보다 더 넓은, 철학적 의미의 가치를 말한다"라고 지적합니다.

여기서 잠깐 한자 흙 '土' 자의 유래를 살펴볼까요? 남성과 여성이 서로 결합하는 모습을 형상화한 글자라고도 하고, 땅에 씨를 뿌리는 모습을 본떠 만든 글자라고도 합니다. 그런가 하면 '一' 자는 땅을 의미하고 그 위의 '十' 자는 땅 위에 자라는 온갖 생물을 가리킨다고 풀이하는 사람도 있습니다. 한편 음양오행설에서는 '一'은 음을 뜻하고 '丨'는 양을 뜻하며 '十'은 완성을 뜻하는 것으로 풀이하기도 합니다. 음양이 미분화된 반음반양半陰半陽의 상태로 주변 상황에 따라 '금金'이 되거나 '화火'가 되는 변화오행에 해당한다는 것입니다. 그 유래를 어떻게 풀이하든 이 '토土' 자는 생명과 풍요로움과 다산과 밀접하게 연관되어 있는 것만은 틀림없습니다. 레오폴드의 말대로 토지는 단순히 토양을 뜻하지만 않습니다.

레오폴드는 생태학적 윤리란 생존경쟁에서 행동의 자유를 제한하는 것이라고 말합니다. "생태학적 상황은 너무 생경한데다 복잡하거나 그것에 대한 반응이 너무 늦게 나타나기 때문에 보통 사람들은 사회 편의가 어디로 지향해야 하는지 제대로 인식할 수 없다. 윤리는 바로 이런 생태학적 상황에 대처하려는 일종의 '공동체적 가이드'이다"라고 말합니다. 철학적으로 윤리란 사회적 행위와 반사회적 행위를 구분 짓는 것이지만 생태학적으로 보면 윤리란 생존경쟁에서 행동의 자유를 제한하는 것으로 봅니다. 다시 말해서 진보된 형태의 공생이 바로 생태적 윤리라는 것입니다.

레오폴드는 토지를 '하나의 공동체'로 봅니다. 다시 말해서 인간이 경제적 자원으로 이용하기 위해 정복한 토지나 소유한 상품이 아니라, 인간이 아닌 다른 동물과 식물, 토양, 물 등과 함께 살아가는 '생명 공동체'로 보아야 한다고 주장했습니다. 이런 토지 윤리는 경제적 이익을 고려하지 않는 생명적 권리로서 모든 생물의 존속을 인정합니다. 야생화와 명금류 등의 멸종에서 볼 수 있듯이 경제적 동기에 기반을 둔 보전 체계는 적잖이 문제가 있다는 것을 알 수 있습니다.

그러면서 알도 레오폴드는 "땅이 문화적 수확을 가져온다는 것은 오래전부터 잘 알려진 사실이지만 최근 들어 쉽게 잊히는 사실"이라고 개탄합니다. 사람들이 땅을 생태계로만 볼 뿐 그것을 사랑하고 존중하는 데까지는 좀처럼 이르지 못한다고 안타깝게 생각합니다. 오늘날의 환경 위기나 생태계 위기를 극복하기 위해서는 생태학적 개념을 읽히는 것만으로는 부족하며 윤리적 태도를 지니고 있어야 한다고 지적합니다. 이보다 한걸음 더 나아가 레오폴드는 땅이 '문화적 수확'을 가져온다고 보는 심미적 개념도 필요하다고 역설합니다.

알도 레오폴드가 《샌드 카운티 연감》에서 말하는 토지 윤리를 생각할 때마다 자연스럽게 떠오르는 구절이 있습니다. "산처럼 생각하라"라는 구절이 바로 그것입니다. 이 책의 2편 '이곳저곳의 스케치'에서 그는 우리 현대인들에게 "산처럼 생각하라"라고 말합니다. 그가 처음 사용한 이 표현은 그 뒤 생태주의자들이나 환경론자들 사이에서 자주 언급되는 경구가 되었습니다. 필립 코너스를 비롯한 많은 저술가들이 이 표현을 즐겨 사용해왔지요.

최근에는 존 시드와 팻 플레밍과 아르네 네스가 함께 편집하여 《산처럼 생각하라》1998라는 책을 출간하기도 했습니다. 이 책에는 심층 생태학이란 용어를 처음 사용한 네스를 비롯한 다섯 필진이 함께 쓴 시적 분위기가 물씬 풍기는 글들이 실려 있습니다. 한편 레오폴드가 현대 환경운동에 끼친 영향을 다룬 다큐멘터리 영화 〈녹색의 불꽃〉도 "산처럼 생각하라"를 기본 개념으로 삼고 있습니다. 한편 리비 로더릭이라는 포크송 가수도 〈산처럼 생각하라〉라는 앨범을 출시하여 관심을 끌었습니다.

"산처럼 생각하라"라는 이 구절은 어떤 현상을 고립적인 개체로 생각하지 말고 유기적으로 서로 깊이 연관되어 있는 것으로 생각하라는 말입니다. 방금 앞에서 밝혔듯이 《샌드 카운티 연감》에서 레오폴드가 말하려는 것은 토지는 모든 살아 있는 것들의 터전이며 문화를 꽃피울 수 있는 터전이라는 것입니다. 생태계는 다양한 개체와 종이 마치 거미줄이나 망처럼 서로 연결되어 상호 의존하고 공존하면서 살아가는 체계입니다. 그리고 인간에게는 무엇보다도 생물 군집의 완전성과 안정성과 아름다움 등을 지켜야 할 의무와 책임이 있다는 것입니다.

당신은 누구입니까

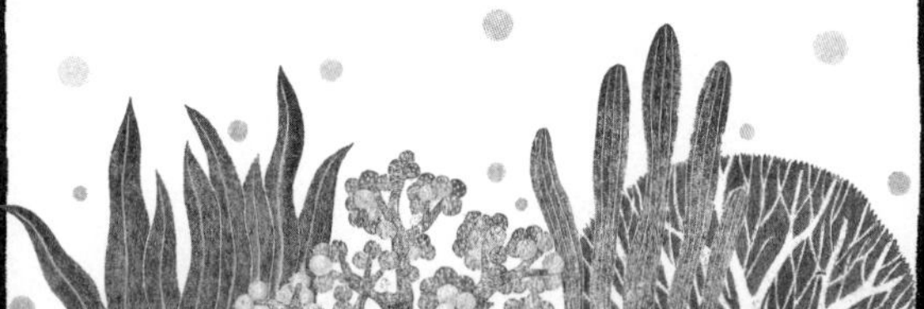

시드와 메이시는 "당신은 우주에 존재하는 모든 것과 상호 존재한다"라고 말합니다. 우주 전체가 '거대한 공생'이라면 인간은 그런 공생에 참여하는 한낱 피조물에 지나지 않을 따름입니다.

당신은 누구입니까? 또 나는 누구입니까? 물과 흙과 공기와 불이 교차하는 순환, 그것이 바로 나고 당신입니다.

물－그것은 피, 림프, 점액, 땀, 눈물, 달의 영향을 받는 내적 대양, 몸 안의 파도 그리고 몸 밖의 파도입니다. 흐르는 액체가 강처럼 끊임없이 흐르는 세포를 떠돌며 창자와 정맥과 모세혈관을 청소하고 영양분을 공급해줍니다. 방대한 수리학적水理學的 순환의 시詩가 되어 당신 사이를, 또 나 사이를 드나드는 수분입니다. 당신이 그런 물이요 나도 그런 물입니다.

흙－그것은 바위와 먼지로 만들어진 물체입니다. 마그마가 행성의 심장부를 관통하여 순환하고 뿌리가 분자를 생물에 빨아들이듯이 흙 또한 달의 인력에서 영향을 받습니다. 우리 몸속을 돌면서 7년에 한 번씩 몸속의 세포를 갈아치웁니다. 티끌에서 왔다가 티끌로 돌아가고 흙에서 왔다가 흙에서 돌아가는 우리는 흙을 섭취하고 받아들이고 내뱉습니다. 당신이 그런 흙이요 나도 그런 흙입니다.

존 시드와 조애너 메이시 〈가이아 명상〉

공기－그것은 기체의 영역, 대기, 행성의 보호막입니다. 숨을 들이마시고 숨을 내뱉습니다. 우리는 이산화탄소를 나무에게 내어주고 나무가 뿜어내는 신선한 산소를 들이마십니다. 산소는 모든 세포에게 입을 맞추어 잠에서 깨어나게 하고, 원자들은 질서정연한 신진대사 속에서 춤을 추면서 서로에게 침투합니다. 우주를 들이마셨다가 내뱉는 공기순환의 춤, 이것이 바로 당신이요 나입니다.

불－그것은 모든 생명체에 에너지를 주는 태양에서 나와 식물을 자라게 하고 물을 하늘로 끌어올렸다가 다시 떨어지게 하여 대지를 풍요롭게 합니다. 당신 몸속에 있는 신진대사의 용광로가 물질과 에너지를 최초로 우주의 시간과 공간에 퍼뜨린 '빅뱅'의 불로 타오르고 있습니다. 번쩍 빛을 발하여 태초의 액체를 만들었던 그 번갯불과 똑같은 불이 지금 유기적 생명의 탄생에 촉매가 되고 있습니다.

당신을 바라보면서 나는 또한 당신을 구성하고 있는 서로 다

른 모든 피조물을 바라봅니다. ―세포 속에 있는 미토콘드리아며, 장腸 박테리아며, 피부 표면에 득실거리며 살고 있는 생명체를 바라봅니다. 당신이라는 그 위대한 공생 말입니다. 헤아릴 수 없이 많은 존재가 믿기지 않을 만큼 서로 동화하고 협력하며 살아가고 있습니다. 당신의 육체가 훨씬 더 큰 공생의 일부인 것처럼 당신도 그렇게 살아가고 있습니다. 나무 사이를 움직일 때 공평하게 서로 주고받는 '기브 앤 테이크'를 의식하십시오. 당신의 순수한 이산화탄소를 나뭇잎에 뿜어내주고 그것이 다시 신선한 산소가 되어 당신에게로 돌아온다는 사실을 느끼십시오. 이런 여정에서 우리는 수없이 사멸하여 옛 형태로 돌아가고 옛 방식과 작별합니다. 그러나 그 무엇 하나 잃어버리는 것은 없습니다. 형태는 사라져도 모든 것은 다시 돌아옵니다.

예로부터의 동반자 정신의 순환에 대해 기억하고 또 기억하십시오. 이런 고통의 시대에 그 순환에 의지하십시오. 당신

존 시드와 조애너 메이시 〈가이아 명상〉

의 본성과 당신이 지금까지 걸어온 여정에 비추어볼 때 당신은 소속감에 대해 잘 알고 있습니다. 이런 공포의 시대에 그 지식에 의지하십시오. 당신에게는 우주에 존재하는 모든 것과 상호 존재하고 있다는 땅에서 얻은 지혜가 있습니다. 이런 위기의 시대에 각자를 일깨울 수 있도록 이제 그 지혜를 용기 있고 힘차게 이용하십시오.

존 시드와 조애너 메이시의 〈가이아 명상〉에서 뽑은 대목입니다. 시드를 비롯하여 팻 플레밍과 아르네 네스가 함께 편집한 《산처럼 생각하라》에 수록되어 있습니다. 오스트레일리아의 환경론자인 시드는 '열대우림 정보센터'를 창설하여 뉴사우스웨일스 열대우림을 보호하는 데 크게 이바지한 사람입니다. 시드는 또한 아르네 네스와 함께 심층 생태학 운동과 '만물위원회'의 공동 창시자로 활약하고 있습니다. 미국의 환경론자이자 불교학자인 조애너 메이시도 시드와 마찬가지로 심층 생태학에 관심이 많습니다.

이 인용문에 붙인 '가이아 명상'이라는 제목이 무엇보다도 눈길을 끕니다. 영국의 생물학자 제임스 러브록과 관련하여 앞에서 이미 언급했듯이 '가이아'란 그리스 신화에 등장하는 대지의 여신으로 흔히 지구를 가리키는 말로 사용합니다. 그러므로 이 제목은 '지구에 관한 명상'이 되겠습니다. 작가 김원일金源一은 《도요새에 관한 명상》1979이라는 생태 소설을 발표하여 국내에서 큰 관심을 받았습니다.

시드와 메이시는 앞의 인용문에서 지금까지 잘 알려진 사원소四元素 이론에 대해 언급하고 있습니다. 이 우주의 모든 물질이 불, 물, 공기, 흙의 네 가지 본질적인 기본 원소로 이루어졌다는 바로 그 유명한 주장 말입니다. 고대 그리스 시대 탈레스부터 현재의 쿼크 이론에 이르기까지 자연 현상을 이해하기 위해 물질의 구성 입자에 대한 논의가 끊임없이 진행되어 왔지요. '서양 학문의 할아버지'로 흔히 일컫는 탈레스는 "이 세상 만물은 무엇으로 이루어져 있는가?"라는 물음을 품고 생각에 생각을 거듭했습니다. 마침내 그는 만물의 근원이나 원소가 물이라고 생각했습니다. 그 뒤 아낙시메네스는 지구를 둘러싸고 있는 공기가 만물의 근본 물질이라고 정의했으며, 헤라클레이토스는 불을 만물을 이루는 기본 단위로 보았습니다.

그러나 몇몇 과학자들은 이런 주장에 만족하지 않았습니다. 원소는 왜 한 가지여야만 하는가? 물, 공기, 불 모두가 원소가 될 수는 없는가? 그밖에 다른 것은 원소가 될 수 없는가? 물질의 단단한 성질은 도대체 어디에서 오는 것일까? 이런 의문을 품고 우주 만물이 물, 공기, 불에 흙이라는 네 가지 원소로 이루어져 있다고 맨 처음 주장한 사람이 바로 고대 그리스의 과학자 엠페도클레스였습니다. 이것이 방금 앞에서 언급한 사원소 이론입니다. 그는 모든 물질이 이 네 가지 원소의 합성물이며, 사물은 이 기본 원소의 비율에 따라 서로 형태를 바꿀 뿐 어떤 사물도 새로 탄생하거나 소멸하지 않는다고 주장했습니다.

그 뒤 플라톤은 창조주 데미우르고스Dēmiurgos가 이 네 가지 원소를 만들고 이를 토대로 모든 물질을 만들었다고 주장했습니다. 흥미롭게도 그는 사원소 말고도 에테르를 제5원소로 언급하기도 했습니다. 플라톤의 제자였던 아리스토텔레스도 스승처럼 사원소 이론을 그대로 인정했습니다. 그러면서 물질의 근원을 설명하기 위해 습함과 건조함, 차가움과 뜨거움의 네 가지 성질을 제안했습니다. 그런데 아리스토텔레스는 각각의 원소에는 그중 두 가지씩의 성질이 있다고 생각했습니다. 물은 차고 습하지만 불은 건조하고 뜨겁습니다. 공기는 습하고 뜨거우며, 흙은 건조하고 차갑습니다. 이 사원소의 네 가지 성질 가운데 하나만 바꿔 주면 다른 원소로 바뀔 수 있다는 것입니다. 그런 주장은 중세에 이르러서는 아랍과 유럽 화학자들 사이에서 연금술의 이론적 근거가 되었습니다. 값싼 금속으로 귀중한 금을 만들려던 꿈은 이루지 못했지만 이 과정에서 여러 새로운 화학약품과 기구가 개발되고 화학물질들의 성질이 밝혀졌지요.

2,000여 년이 지난 18세기에는 성질이 다른 여러 공기 또는 기체가 발견되었습니다. 가령 1766년 영국의 과학자 헨리 캐번디시는 금속과 산酸을 반응시키면 가연성 공기, 즉 수소가 발생하고 이는 공기와 반응해 물이 되며, 그럴 경우 공기의 5분의 1이 없어진다는 사실을 발견했습니다. 이로써 물은 원소가 아닌 화합물이며 공기는 혼합물이라는 것이 밝혀진 셈입니다. 그로부터 몇 년 뒤에는 공기의 성분 중 하나인 산소가 발견되었습니다. 모든 가연성 물질에는 플로지스톤이라는 입자가 있어 연소 과정에서 플로지스톤이 모두 소모되면 연소가 끝난다고 보았습니다. 그러나 프랑스의 과학자

앙투안 라부아지에는 연소란 물질이 산소와 반응하는 것이라는 사실을 보여 플로지스톤설을 반박하였습니다. 이처럼 다양한 주장과 실험과정 속에서 사원소 이론은 틀린 것으로 판명되었으며 19세기 초엽 완전히 폐기되기에 이르렀습니다. 이론을 폐기한 사람은 일정한 온도에서 주어진 기체의 부피와 압력은 반비례한다는 법칙을 발견한 로버트 보일이었습니다. 그는 원소는 기본적인 물질로 쪼갤 수 없는 물질이라고 주장하면서 불은 원소일 필요가 없고 공기는 오직 혼합물에 지나지 않는다고 지적했습니다.

그러나 앞서 인용한 〈가이아 명상〉에서 존 시드와 조애너 메이시는 사원소 이론을 언급하는 것이 아닙니다. 이 두 사람은 인간을 포함한 우주만물의 구성요소 그 자체보다는 구성 요소 사이의 상관관계와 순환 과정에 초점을 맞춥니다. 인간이란 단순히 물과 흙과 공기와 불로 이루어져 있다고 말하는 대신 이런 요소들이 서로 "교차하는 순환"이라고 말합니다. 가령 물만 해도 우리의 몸은 70퍼센트의 물과 21퍼센트의 산소를 필요로 합니다. 물을 마셨을 때 땀과 소변으로 노폐물을 배출하고 수분을 유지시켜 우리 몸의 탈수를 방지합니다. 시드와 메이시의 말대로 물은 신체 안에서 피, 림프, 점액, 땀, 눈물 등으로 순환되는 한편, 신체 밖에서는 호수와 강과 바다 등으로 순환합니다. 시드와 메이시가 물을 두고 "몸 안의 파도 그리고 몸 밖의 파도"라고 말하는 까닭입니다. 한마디로 그들은 물을 "방대한 수리학적 순환의 시"라고 말합니다.

이런 사정은 흙도 마찬가지입니다. 기독교에서는 인간이 "티끌에서 왔다가 티끌로 돌아가고 흙에서 왔다가 흙에서 돌아간다"라고 말합니다. 앞에서 이미 언급했듯이 인류의 조상이라고 할 아담은 흙에서 빚어진 피조물입니다. '아담'이라는 이름도 흙을 뜻하는 '아다마'라는 낱말에서 비롯했습니다. 그러나 시드와 메이시는 이 흙을 신학적 차원에서 생태학적 차원으로 끌어내립니다. 흙을 받아들이고 내뱉는 과정을 되풀이하는 인간은 흙을 떠나서는 살 수 없습니다. 나머지 세 요소도 인간 신체를 구성하는 요소이면서 동시에 인간 신체 밖의 우주와 서로 깊이 연관되어 있습니다.

더구나 시드와 메이시는 인간의 신체를 구성하는 요소가 앞에 언급한 네 요소에 그치지 않고 다른 생명체로 포함되어 있다고 지적합니다. 가령 세포 속에 있는 미토콘드리아가 그 대표적인 예입니다. 사립체絲粒體로 일컫는 미토콘드리아는 몸속의 여러 유기물질에 저장된 에너지를 아데노신삼인산ATP의 형태로 바꿔주기 때문에 흔히 '세포의 발전소'라고 부릅니다. 또 인간의 장腸을 포함한 소화기에는 줄잡아 500여 종류의 박테리아가 살고 있습니다. 그런데 최근 과학자들은 이 미생물들이 세 가지 유형의 네트워크를 이루고 있다는 사실을 밝혀내 관심을 끌었습니다. 그런가 하면 피부 표면에도

40여 종의 온갖 박테리아가 득실거리며 살고 있습니다.

지구의 가장 오랜 주인이라고 할 박테리아는 토양을 비옥하게 하고 물을 정화시켜줍니다. 또 인간에게는 소중한 식품과 비타민을 공급해줍니다. 그 대신 인간은 박테리아에게 살 집을 제공해줍니다. 사람의 몸에는 헤아릴 수 없이 많은 미생물이 살고 있습니다. 우리 몸을 이루는 세포의 수보다 그곳에 사는 박테리아의 수가 훨씬 많을 정도입니다. 과학자들은 창자 속에도 세포 전체의 숫자보다도 많은 10조에서 100조에 이르는 엄청나게 많은 세균이 살고 있는 것으로 추정합니다. 최근 들어 장 내에 특정 세균이 많으면 비만의 요인이 된다거나 여러 대사 증후군과 장내 미생물 사이에 연관성이 있다는 연구들이 나오면서 장내 미생물의 영향과 기능이 그동안 주목받아왔습니다.

영국 태생의 저명한 미국 세균학자 시어도어 로즈베리는 《인간에 의존하는 삶》1969이라는 책을 출간한 바 있습니다. 이 책에서 그는 사람의 몸속과 피부에는 적어도 200여 종의 박테리아가 늘 살고 있다고 밝힙니다. 입과 창자에 각각 80여 종, 피부에 약 40여 종, 특히 세균 밀도가 높은 곳은 치아 표면, 목구멍, 창자이며 무려 100억 마리 정도가 분포한다는 것입니다. 그러나 같은 면적의 피부 표면에는 1,000만 마리가 살고 있는 것으로 밝혀졌습니다. 그러나 기름기가 많은 코 옆과 겨드랑이 등에는 그보다 10배쯤 세균이 많으며, 끊임없이

씻겨 나가는 눈물샘이나 방광 등에는 밀도가 비교적 낮습니다. 사람 피부 표피에 있는 박테리아를 한데 모으면 완두콩 크기만 하고, 몸속의 것을 모두 합치면 300밀리리터나 된다고 합니다.

과학자들은 인간의 몸속에 사는 대부분의 박테리아가 질병을 일으키지 않는다고 지적합니다. 박테리아들은 자신들은 인간의 허락도 없이 터전을 잡고 살면서도 텃세를 부리면서 다른 병원성 세균이 침입하지 못하도록 막아줍니다. 그렇기 때문에 만약 인간이 항생제를 남용하여 이들 토착 미생물을 약화시킨다면 미생물 방어막을 스스로 제거하는 셈이 됩니다. 세균은 어린이들에게 값진 저항력을 길러주기도 하지요. 어릴 때 지나칠 만큼 깔끔하게 자란 아이들보다 흙 속을 뒹굴며 자란 아이들이 천식 등 면역질환에 걸릴 확률이 훨씬 낮다는 보고가 잇따르고 있습니다. 문제는 어떻게 치명적인 감염을 피하면서 적절한 세균 감염을 경험하느냐 하는 것입니다.

앞의 인용문에 언급된 '기브 앤 테이크'와 '공생'과 '상호존재'라는 단어를 눈여겨보기 바랍니다. 상호 교환을 뜻하는 '기브 앤 테이크' 정신은 비단 인간관계뿐만 아니라 생태계 질서에서도 자못 소중합니다. 예를 들어 인간이 이산화탄소를 내뱉으면 나무 같은 녹색 식물은 그것을 받아들여 광합성하는 데 이용합니다. 녹색 식물은 이산화탄소를 신선한 산소로 만들어 다시 인간에게 되돌려줍니다. 이것이 바로 '기브 앤 테이크'입니다.

방금 앞에서 장腸 박테리아에 대해서 언급했습니다만 인간과 일부 박테리아와는 공생관계에 있습니다. 사람의 몸속에 사는 미생물은 질병의 원인이 되기도 하지만 사람의 영양 섭취를 돕거나 면역체계를 키우는 데 도움을 주기도 합니다. 최근 서울대학교 생명과학부의 '생체공생시스템 창의연구단'은 초파리의 장 안에 사는 '아세토박터 포모룸'이라는 세균이 숙주인 초파리의 인슐린 대사 신호 체계에 관여해 초파리의 성장을 돕는 것을 밝혀낸 바 있습니다. 세계적인 과학지 〈사이언스〉에 발표된 이 논문에서 연구팀은 창자 안의 미생물이 생명체의 대사에 끼치는 영향을 밝히기 위한 실마리를 제공했습니다. 지금까지는 장 내 미생물의 분포가 비만이나 당뇨병 같은 대사증후군에 연관되어 있다는 연구들은 있었지만 그동안 장내 세균과 생명체의 공생관계가 이처럼 명확히 밝혀진 적은 일찍이 없었습니다.

박테리아는 비단 인간과 공생관계를 맺는 것은 아닙니다. 다른 식물과도 그런 관계를 맺고 서로 도우며 살아가고 있습니다. 대부분의 식물들은 토양 안에 충분한 양의 질소 성분이 있는 곳에서 건강하게 성장합니다. 그러나 콩과 식물들은 '리조비움'으로 일컫는 토양 박테리아와 공생관계를 유지함으로써 이런 제약에서 벗어날 수 있습니다. 리조비움은 공기

중의 질소 성분을 고정시킬 수 있는 박테리아로 숙주 식물에 유입되면 식물의 뿌리에 작은 혹을 만들고 그 안에서 살아갑니다. 콩과 식물은 박테리아의 생존에 필요한 여러 가지 영양분들을 공급하고, 박테리아는 그에 대한 보답으로 공기 중의 질소 성분을 콩과 식물에게 제공합니다. 앞의 인용문에서 시드와 메이시가 왜 "헤아릴 수 없이 많은 존재가 믿기지 않을 만큼 서로 동화하고 협력하며 살아가고 있습니다"라고 말하는지 그 까닭을 알 수 있는 대목입니다.

이번에는 '상호 공존'이라는 낱말을 주목해 보십시오. 시드와 메이시는 "당신에게는 우주에 존재하는 모든 것과 상호 존재한다"라고 말합니다. 여기서 상호 존재란 영어 'Inter-existence'를 우리말로 옮긴 말입니다. 베트남 출신의 승려 틱낫한釋一行은 이와 비슷한 개념으로 '상호 존재'라는 용어를 사용합니다. 다만 갈라져 나온 뿌리가 조금 다를 뿐 'Existence'나 'Being'이나 뜻은 똑같습니다. 전자는 라틴어에 뿌리를 두고 있고 후자는 앵글로색슨 토착어에 뿌리를 두고 있습니다. 틱낫한도 메이시도 불교에 큰 관심을 둔 것을 보면 불교에서 말하는 연기緣起를 그렇게 번역했다고 볼 수 있습니다. 우주에 존재하는 만물이 거미줄처럼 서로 얽혀 있다는 뜻입니다. 우주 전체가 '거대한 공생' 이라면 인간은 그런 공생에 참여하는 한낱 피조물에 지나지 않을 따름입니다.

황야가 우리의 진정한 집이라면

이제 지구상의 지하자원은 거의 고갈되었지만 다행스럽게 한 가지 소중한 자원이 남아 있습니다. 다름 아닌 여성 자원입니다. 환경 위기를 극복하는 방법은 상당 부분이 여성 자원에 달려 있습니다.

에드워드 애비 〈생태 방어〉

만약 황야가 우리의 진정한 집이라면, 그리고 그 집이 침략과 약탈과 파괴로 위협받는다면—그것은 확실히 사실이다—우리가 개인의 집을 지키듯이 우리는 필요한 모든 수단을 동원하여 황야를 방어할 권리가 있다. 영국 사람들의 집은 성城이다. 미국 사람들의 집은 그들이 좋아하는 숲이요 강이요 낚시질하는 개울이요 좋아하는 산이거나 사막 계곡이요 늪이거나 산림이거나 호수다. 우리한테는 저항할 권리와 의무가 있다. 우리가 사랑하는 것을 지키지 않는다는 것은 치욕스러운 일이다. (……) 생태 방어란 무엇인가? 그것은 맞서 싸우는 것을 뜻한다. 생태 방어는 곧 사보타지를 뜻한다. 그것은 위험하지만 운동 경기와 같고, 허가받지는 않았지만 흥미로우며, 불법이지만 윤리적으로 절대 필요하다.

미국 환경론자 에드워드 애비의 〈생태 방어〉라는 글에서 뽑은 대목입니다. 1927년 펜실베이니아 주 애팔래치아 산맥 동부에 위치한 인디애나에서 태어난 에드워드 애비는 급진적 환경운동의 대부였습니다. 제2차 세계대전 당시 육군에서 복무한 그는 제대 후 예일 대학교에 들어갔지만 숨 막힐 것 같은 학구적 분위기에 질려 2주 만에 학교를 그만두고 말았습니다. 그 뒤 뉴멕시코 대학교에서 영문학과 철학을 전공했습니다.

비록 동부에서 태어났지만 애비는 미국의 남서부 네 개 주, 즉 콜로라도, 애리조나, 유타, 뉴멕시코를 자신의 진정한 고향으로 생각했습니다. 이곳에서 산불 감시원 공원 레인저, 가이드, 학교버스 운전기사, 저널리스트, 교사 등으로 일하면서 아직 문명의 손길이 닿지 않은 벽지 오지들을 탐험했습니다. 이런 경험을 바탕으로 자연의 아름다움을 찬미하고 환경 보존의 시급함을 호소한 미국의 대표적인 생태주의 작가입니다. 생애의 마지막 10년 동안 애리조나 주 투손 부근에 살면서 작가로 활동했으며, 한때 애리조나 대학교에서 교수로 재직하기도 했습니다. 바쁜 나날 속에서도 애비는 픽션과 논픽션을 합쳐 20여 권에 이르는 책을 쓴 미국의 대표적인 저술가 중의 한 사람으로 꼽힙니다.

애비가 집필한 많은 저술 중에서도 소설 《몽키 렌치 갱》1975과 자전적 에세이 《사막의 고독》1968은 가장 유명합니다. 《몽키 렌치 갱》은 미국의 급진적인 환경운동에 불을 댕긴 책이었습니다. 이 책은 제목부터가 섬뜩합니다. '몽키 렌치'라고 하면 그 뜻을 잘 몰라도 '몽키 스패너'라고 하면 아마 금방 알아차릴 것입니다. 이 소설의 제목은 몽키 스패너를 들고 있는 갱단이라는 뜻입니다. 한편 《사막의 고독》은 헨리 데이비드 소로의 《월든》처럼 문명사회를 떠나 원시 자연 속에 살면서 문명과 자연의 의미를 새롭게 반추한 기록물입니다.

에드워드 애비의 저서를 읽다 보면 먹물 먹은 창백한 지식인의 이미지보다는 길거리에서 행동하는 실천가의 이미지가 먼저 떠오릅니다. 조금 전에도 언급했듯이 대학에서 문학과 철학을 전공한 것은 말할 것도 없고 대학원에서 석사학위를 받은 데다 영국의 에든버러 대학교에서는 풀브라이트학자로, 미국의 스탠포드 대학교에서도 연구를 계속하고 말년에는 대학교 교수까지 지냈는데 말입니다. 흔히 애비를 "미국 서남부의 헨리 데이비드 소로"라고 부르지만 잘 맞지 않는 옷처럼 그에게는 어딘지 모르게 어울리지 않습니다. 소로처럼 자연을 끔찍이 사랑한 사실을 빼고 나면 두 사람 사이에는 닮은 점이 그다지 많지 않기 때문입니다.

생태주의와 관련하여 애비의 죽음과 매장도 흥미롭다면 흥미롭습니다. 1989년 애비가 사망하자 친구들은 그가 평소에 즐겨 사용하던 슬리핑백에 담아 애리조나 주 남부의 황무지에 아무런 법적 절차도 없이 매장해버렸습니다. 그의 묘비명에는 그의 이름과 생몰 연대, 그리고 "아무런 할 말이 없음"이라는 단 한 줄이 적혀 있습니다. 이 세상 어느 묘지를 샅샅이 뒤져 봐도 이런 묘비명은 결코 찾아보지 못할 것입니다. 이런 장례 의식에서도 엿볼 수 있는 컬트적 성격 때문에 한때 애비는 사망하지 않았고 다만 황무지 어디인가에 숨어서 살고 있다는 유언비어가 나돌기도 했습니다. 그가 사망한 지 몇십 년이 지난 지금까지도 그의 매장 장소를 둘러싼 추측이 아직 난무하고 있습니다.

애비는 '급진주의 환경운동의 수호성인'이라는 별명에 걸맞게 그는 다른 생태주의자들이나 환경운동가들과는 다른 방식으로 환경운동을 전개했습니다. 그래서 그의 환경운동은 때로는 과격하게 느껴지기도 합니다. '지구 우선!Earth First'이라는 이름을 가진 미국의 급진적 환경 단체가 태어나는 데 산파 역할을 맡은 사람이 바로 애비입니다. 미국의 역사가이자 저술가인 루이스 멈포드는 현대사회의 거대한 계급 조직을 '메가머신'이라고 불렀습니다. 애비는 바로 이런 메가머신에 대해 선전 포고를 했습니다. 메가머신이 그동안 미국 황야를 무참하게 짓밟았기 때문이지요. 거대 자본이 저지르는 무자비한 자연파괴와 환경오염에 대해 애비는 비판의 칼날, 아니 몽키 스패너를 휘두릅니다. 애비는 우리에게 어떠한 대가, 아무리 값비싼 대가를 치르고서라도 자연과 환경을 굳게 지키라고 거듭 강조합니다. 그 방법밖에는 달리

이 문제를 해결할 수 없다고 확신했기 때문입니다.

바로 여기서 애비는 소로와는 조금 다릅니다. 물론 소로도 때로는 과격할 때가 있었지만 그는 어디까지나 시인의 목소리로, 철학자의 명상으로 우리에게 자연의 소중함을 가르쳐 주었습니다. 애비에게 소로의 그런 몸짓은 거추장스러운 것입니다. 소로가 살던 19세기 중엽과는 또 달라서 지금 자연은 걷잡을 수 없을 정도로 위험에 빠져 있고 자연보호가 그만큼 절박하기 때문입니다. 한마디로 소로를 '숲 속의 성자'에 견준다면 애비는 '황야의 무법자'에 견줄 만합니다.

앞선 인용문에서 애비는 황야를 자연을 가리키는 환유나 제유로 사용하고 있지만 황야 그 자체로만 좁혀 보더라도 생태계의 보물창고와 다름없습니다. 황야는 인간이 손길이 미처 미치지 못한 자연 그대로의 모습을 간직하고 있습니다. 말하자면 문명의 옷으로 재단하기 전의 원단이라고나 할까요? '황야荒野'라는 낱말만 보아도 그 뜻을 쉽게 알 수 있습니다. '황' 자는 거칠다는 뜻이고, '야' 자는 들판이라는 뜻입니다. 인공의 힘이 아직 가해지지 않은 거친 들판이 곧 황야입니다. 황야는 생태계의 다양성을 한눈에 엿볼 수 있는 곳입니다. 그래서 몇몇 생태학자들이 황야를 '생명의 에덴동산'이라고 부르는 것도 그다지 무리는 아니지요. 가령 황야 초지 1세제곱미터에는 개미류, 거미, 쥐며느리, 딱정벌레, 파리 등 온갖 벌레가 서식하고 있습니다. 지렁이를 비롯한 천족충千足蟲, 달팽이, 선충, 유충, 연체동물 따위가 많이 살고 있습니다. 한 숟가락 분량의 초지 땅에는 원생생물 100만여 마리, 진균 50억여 마리, 세균 2,000만여 마리가 살고 있다고 합니다.

굳이 미국의 남서부 황야를 언급할 필요도 없이 한반도의 비무장 지대만 보아도 잘 알 수 있습니다. 한국전쟁 직후인 1953년 정전 협정에 따라 만들어진 비무장 지대는 그야말로 생태계의 보고寶庫입니다. 비무장 지대는 자연 생태계의 정점이라고 할 포유류와 조류의 분포 면에서 한국에서 가장 다양성을 자랑하는 곳입니다. 또 반달가슴곰, 여우, 사향노루, 산양, 수달 등 가장 많은 천연기념물과 멸종 위기에 놓여 있는 생물 종이 서식하는 장소이기도 합니다. 그런가 하면 이 지역 주변은 하천과 습지가 잘 발달되어 있어 다양한 어종과 풍부한 개체수를 간직하고 있습니다. 최근 비무장 지대에 시베리아 호랑이와 아무르 표범이 생존한다는 주장도 제기되어 경기도 연천군이 호랑이를 방목하는 방식으로 복원을 추진한다는 내용을 발표했습니다. 그러나 2000년대 전후로 남북 화해 분위기가 무르익으면서 비무장 지대를 관통하는 도로가 개발됨에 따라 생태계가 조금씩 파괴되고 있어 안타깝습니다.

접근 방법에서는 애비와 크게 다르지만 헨리 데이비드 소로도 황야를 무척 소중하게 생각했습니다. 소로는 미국 정부가 19세기 중엽 '명백한 운명'이라는 깃발을 내걸고 진행하던 서부 개척을 아주 못마땅하게 생각했습니다.〈산책〉이라는 글에서 그는 서부와 관련하여 "내가 말하는 서부란 황야를 가리키는 또 다른 이름에 지나지 않는다"라고 말합니다. 그러면서 "내가 말하려는 것은 바로 황야 속에 이 세계가 보존된다는 점이다. 모든 나무는 야성을 찾아 섬유 조직을 뻗는다"라고 밝힙니다. 이 무렵 미국의 정책 입안자들은 팽창주의와 영토 약탈을 미국의 운명이라고 그럴듯하게 포장했지만 이 과정에서 가장 피해를 본 것은 원주민 미국인들과 야생의 황야였습니다.

앞의 인용문에서 애비는 황야를 비롯한 자연을 인간이 살고 있는 주거지나 가정의 차원에서 보고 있습니다. 만약 황야와 자연이 우리의 진정한 집이고 그 집이 지금 거대 자본이나 문명의 이름으로 침략과 약탈과 파괴로 위협받는다면 어떻게 하겠느냐고 묻습니다. 그는 "우리가 개인의 집을 지키듯이 우리는 필요한 모든 수단을 동원하여 황야를 방어할 권리가 있다"라고 밝힙니다. 그러면서 영국 사람들의 집이 성이라면 미국 사람들에게 집은 곧 숲, 강, 개울, 산, 사막, 계곡, 늪, 산림, 호수라고 말합니다. 그러므로 이런 집을 보호하고 지키기 위해서라면 그는 그것을 파괴하는 힘에 대해 마땅히 저항할 권리와 의무가 있다고 지적합니다.

이런 전제에서 애비가 만들어낸 개념이 바로 '생태 방어'

입니다. 언뜻 보면 '생태'와 '방어'라는 낱말은 서로 그다지 궁합이 맞지 않는 것 같습니다. 그러나 애비의 관점에서 보면 이 두 낱말은 천생연분입니다. 그는 오늘날처럼 자연이 위협받고 있는 지금 자연을 노래하고 찬미하는 것은 한낱 사치스러운 일에 지나지 않는다고 생각합니다. 다시 말해서 음풍농월吟風弄月은 한낱 지식인들이나 예술가들이 즐기는 지적 유희일 뿐이라고 생각하지요. 애비는 몽키 스패너 같은 무기를 들고 거대 자본에 맞서 싸워야 한다고 주장합니다. 그는 "생태 방어는 곧 사보타지를 뜻한다"라고 잘라 말합니다. 그러면서 생태 방어는 "위험하지만 운동 경기와 같고, 허가 받지는 않았지만 흥미로우며, 불법이지만 윤리적으로 절대 필요하다"라고 목청을 높입니다.

여기서 잠깐 애비가 산파 역할을 한 '지구 우선!' 운동에 대해 살펴보는 것이 좋을 듯합니다. 급진적 환경운동인 '지구 우선!' 운동은 미국의 남서부 지방에서 처음 모습을 드러냈습니다. 이 단체는 에드워드 애비의 《몽키 스패너》와 레이철 카슨 의 《침묵의 봄》 그리고 알도 레오폴드의 《샌드 카운티 연감》에서 영향을 받은 데이브 포먼을 비롯한 마이크 로젤, 하위 볼커, 바트 퀼러, 론 키자 등이 주축이 되어 1980년 4월에 결성되었습니다. 지금은 미국에 그치지 않고 영국, 캐나다, 독일, 프랑스, 오스트레일리아, 뉴질랜드, 네덜란드, 벨기에, 필리핀, 체코, 인도, 멕시코, 나이지리아 등 세계 각국으로 널리 확산되었습니다.

이 '지구 우선!' 운동에 참여하는 사람들은 "어머니 대지를 방어하는 데 어떤 타협도 없다!"라는 슬로건을 내세웁니다. 또 이 단체를 상징하는 깃발도 쇠망치와 몽키 스패너가 교차된 모양으로 보기에도 섬뜩합니다. 그들이 이렇게 극단적인 방법을 택하는 것은 지금까지 주류 환경운동으로써는 죽어가는 지구를 지킬 수 없다고 확신하기 때문입니다. 지난 20여 년 동안 에드워드 윌슨을 비롯한 과학자들이 보존 생물학이라는 새로운 분야를 개척하여 환경운동에 박차를 가했지만 주류 과학자들은 좀처럼 귀를 기울이려고 하지 않았던 것입니다. 결국 '지구 우선!' 운동을 전개한 사람들은 스스로 나서 혁명적 방법을 사용할 수밖에 없었습니다.

1985년 봄 미국에 전역에 흩어져 있던 '지구 우선!' 회원들은 오리건 주 서부 지역 윌러멧 국립 수림에 집결하였습니다. 벌목 회사가 이 숲을 벌목하려고 하기 때문이었습니다. 벌목장에 이르는 길을 막는 것만으로는 부족하다고 판단한 그들은 좀 더 효과적인 시민운동을 방법으로 나무에 올라타기로 마음먹었습니다. 그래서 워싱턴 주에 살고 있던 마이크 재큐벌은 나무에 올라타 벌목 인부들이 나무를 베어내지 못하도록 했습니다. 다른 회원들은 재큐벌이 올라타 있는 나무 밑에 둘러 앉아 인부들의 접근을 가로막았습니다. 그가 나무에서 내려왔을 때 근처 나무들은 모두 벌목되었으며 그는 곧 숨어 있던 삼림청 관리에게 체포되었습니다. 그러나 이 조그마한 사건은 미국에서 큰 화제가 되었습니다.

1990년대에 들어오면서 '지구 우선!' 운동가들은 점차 무정부적이고 파괴적인 행동을 서슴지 않았습니다. 그들은 스키 리조트 같은 휴양지를 습격하기도 하고, 핵시설 파괴를 시도하기도 합니다. 이런 과격한 행동은 환경오염이나 파괴나 그만큼 절박한 단계에 이르렀다는 반증이기도 합니다. 〈생태 방어〉에서 에드워드 애비가 사보타지에 대해 "불법이지만 윤리적으로 절대 필요하다"라고 역설하는 까닭이 바로 여기에 있습니다.

이왕 황야에 관해 언급했으니 말이지만 황야는 자연을 가리키는 환유일 뿐만 아니라 여성을 가리키는 환유이기도 합니다. 특히 가부장 질서에 길든 남성들에게는 더더욱 그렇습니다. 미국의 여성 소설가요 생태주의자인 어슐러 K. 르귄은 언젠가 이렇게 말한 적이 있습니다.

> 문명인은 말한다. 나는 '자아'라고, 나는 '주인'이라고, 그리고 나머지 것들은 모두가 바깥에 아래에 밑에 종속되어 있는 '타자'일 뿐이라고. 나는 소유한다, 나는 이용한다, 나는 탐험한다, 나는 착취한다, 나는 지배한다. 내가 하는 것만이 중요할 따름이다. 내가 원하는 것만이 의미를 지닐 뿐이다. 나는 나다. 그 나머지는 내가 필요에 따라 사용하는 여성이요 황야뿐이다.

르귄은 황야와 여성을 같은 차원에서 봅니다. 인간이 황야를 자아나 동일자同一者가 아닌 타자로 간주하듯이 남성은 여성을 똑같이 그렇게 간주해왔습니다. 자아나 동일자는 오직 자신만이 주인일 뿐 나머지는 하나같이 자신들의 지배를 받는 종속자로 여깁니다. 르귄이 말하는 '문명인'은 곧 남성의 동의어와 다름없습니다. "나는 소유한다, 나는 이용한다, 나는 탐험한다, 나는 착취한다, 나는 지배한다"라는 남성의 말 뒤에 "그러므로 나는 존재한다"라는 말을 보충해 넣으면 무척 잘 어울릴 것 같습니다. 일찍이 르네 데카르트가 "나는 생각한다. 그러므로 나는 존재한다"라고 말했듯이 남성들은 소유하고 이용하고 탐험하고 착취하고 지배하는 데에서 존재이유를 찾아왔기 때문이지요.

이렇게 남성이 여성의 타자에 지나지 않는다는 사실을 처음 언급한 사람들은 독일의 사상가 막스 호르크하이머와 테오도르 아도르노였습니다. '비판 이론'을 처음 펼친 그들은 《계몽의 변증법》1947에서 "여성은 생물학적 기능의 구현체요 자연의 이미지로서 문명은 바로 그것을 정복하면서 그 이름을 얻었다"라고 지적한 바 있습니다. 그러면서 이 두 사람은 "지난 몇천 년 동안 남성은 자연을 완전히 지배하고 우주를 하나의 거대한 사냥터로 만들고자 했다. 남성 지배사회에서 인간의 관념은 바로 이것과 맞물려 있었다. 이것이 바로 이성의 의미요 남성이 뽐내는 자부심이다"라고 말했습니다.

이 책에서도 호르크하이머와 아도르노는 도구적 이성을 남성과 연관시키는 반면, 여성을 그 희생자로 간주하고 있습니다. 그들은 인간이 자연을 지배하거나 정복한 것과 남성이 여성을 지배하고 종속한 것을 같은 차원에서 보려고 합니다. 요즈음 들어 '에코페미니즘'이라는 분야가 부쩍 관심을 받고 있습니다. 생태학이나 생태주의를 뜻하는 '에코'와 여성주의를 뜻하는 '페미니즘'을 결합하여 만들어낸 용어로 한국어로는 '생태여성주의'로 옮길 수 있습니다. 에코페미니즘이 일부 급진적인 생태환경론자들로부터 불신을 받고 있는 것은 사실이지만, 환경문제에서는 여성의 역할을 강조한다는 점에서 자못 중요합니다. 우리는 숲을 보호하기 위한 인도의 칩코운동에서 여성들이 어떠한 역할을 했는지 잘 알고 있습니다. 또한 인도의 나르마다강 댐 건립에 반대하는 운동을 이끈 것도 여성들이었습니다. 그런가 하면 미국에서 환경정의 운동에 처음 불을 지핀 러브 커낼의 화학폐기물 반대 투쟁도 하나같이 여성들이 주도했습니다. 더 나아가 에코페미니즘에서는 환경문제를 해결하기 위해서는 무엇보다도 여성에 대한 남성의 지배나 착취를 먼저 해결해야 한다고 지적합니다.

르귄이나 독일의 비판 이론가들이나 남성 중심의 가부장 질서를 무너뜨리지 않는 한, 자연의 질서를 회복하는 일이 쉽지 않다고 주장합니다. 타자성의 벽을 허물지 않고서는 참다운 의미의 환경문제를 극복하기 어렵다고 말입니다. 환경 위기나 생태계 위기 시대에 여성이 맡아야 할 역할이 무척 큽니다. 따지고 보면 오늘날 인류가 겪고 있는 이런 위기는 남성들이 저지른 것이라고 해도 과언이 아닙니다. 이제 지구상의 지하자원은 거의 고갈되었지만 다행스럽게 한 가지 소중한 자원이 남아 있습니다. 다름 아닌 여성 자원입니다. 환경 위기를 극복하는 방법은 상당 부분 여성 자원에 달려 있습니다.

죽을 때까지 투쟁하련다

지금 피눈물을 흘리며 쓰러져 가고 있는 열대우림을 살리기 위해서는 지구촌 주민 모두가 힘을 합해야 합니다. 일자마르 멘데스의 말대로 만약 열대우림이 파괴된다면 이 세계 모두가 파괴될 수 있기 때문입니다.

만약 이 숲을 파괴한다면 이 세계 모두가 파괴될 수 있을 것입니다. 도시에 살고 있는 사람들조차 영향을 받게 될 것입니다. 도시 사람들도 정글에서 가져온 물건으로 살아가기 때문입니다. 콩이며 쌀이며 견과류며 심지어는 우리가 들이마시는 공기조차 숲에서 옵니다. 숲을 지키는 이 투쟁에 나는 기꺼이 몸을 바칠 각오가 되어 있습니다. 치코의 시체를 본 뒤 미래에 대한 나의 유일한 희망은 그의 친구들과 나의 두 자녀와 함께 이 투쟁을 계속하는 것입니다.

브라질의 환경운동가이자 아마존 보전 운동의 상징적 인물인 치코 멘데스, 그의 미망인인 일자마르 멘데스의 말입니다. 치코 멘데스는 국제연합 환경계획에서 시상하는 '세계 500인' 상을 수상할 만큼 남아메리카에서 환경운동의 대부로 활약했습니다. 브라질 아크리 주 샤푸리 시 외곽의 산타페 마을에서 무려 열일곱이나 되는 형제 중 하나로 태어났습니다. 아홉 살 때부터 고무채취 일을 하기 시작한 치코는 학교를 전혀 다니지 않았으며 열여덟 살이 될 때까지도 글을 읽을 수 없었습니다. 그 무렵 대농장주들은 노동자들이 학교에 가는 것을 못마땅하게 여겼습니다. 글을 읽게 되면 그들이 당하고 있는 비합법적인 노동과 학대의 실상을 알게 되기 때문이었지요. 그래서 노동자들의 자식들이 학교를 다니는 것을 금지했습니다.

치코는 1988년 아마존 강 유역의 열대우림 등을 보존하는 등 다양한 환경운동을 하던 중에 살해당하여 그 이름이 전 세계에 널리 알려졌습니다. 그가 환경운동 중에 목숨을 잃은 배경을 알기 위해서는 1960년대의 브라질을 잠깐 살펴봐야 합니다. 이 무렵 국제 고무 가격이 폭락하면서 고무 플랜테이션 농장이 이익을 내지 못하게 되자 자본가들은 축산업으로 업종을 바꾸기 시작했습니다. 농장을 만들기 위해 밀림의 나무들을 벌목하였고, 그로 인해 아마존의 밀림은 심각하게 훼손되었습니다. 치코의 고향이자 주요 고무 생산 지역이었던 샤푸리에서도 무려 18만 그루의 고무나무가 벌목되면서 열대우림은 심각하게 훼손되었습니다. 또 고무나무들이 벌목되자 고무 채취 노동을 해서 생계를 이어가던 사람들은 생존권에 위협을 받게 되었습니다.

이런 배경 속에서 아마존 열대우림에 살던 사람들은 생존투쟁을 시작했고 치코는 바로 그 투쟁의 중심에 서게 되었습니다. 1970년 '샤푸리 시 고무 채취 노동자 연합'이 결성되었고, 치코는 이 연합의 회장으로 선출되었습니다. 또 노동자당 소속으로 아크리 주 의회에도 진출했습니다. 그는 브라질 전역에 걸쳐 고무나무 채취 노동자들의 연합을 결성하기 위해 노력했고, 1985년 마침내 '전국 고무 채취 노동자 평의회'가 창립되면서 이 단체에서 중심적인 역할을 맡았습니다. 바로 그해 브라질리아에서 열린 이 단체의 첫 총회에서는 단순히 고무나무 채취 노동자들의 생계 문제뿐만 아니라 축산업과 아마존 개발에 따른 열대우림 파괴를 중심적인 문제로 다루었습니다.

1988년 치코는 축산업자인 달리 아우베스 다 실바가 밀림을 개발하는 것에 반대하는 캠페인을 전개했습니다. 또한 그는 실바가 다른 주의 밀림을 개발하는 과정에서 살인을 저질렀다는 것을 밝히기 위해 연방 경찰에 고소장을 전달하기도 했습니다. 그러던 중 1989년 12월 치코는 그가 고소하려고 했던 축산업자 실바와 그의 아들의 사주를 받은 암살자에 의해 그의 집에서 무참히 살해당했습니다. 암살당하기 바로 한 달 전, 치코는 이미 자신이 암살당할 것을 미리 예견하고 있었지만 "그들은 우리의 운동을 파괴하려면 우리 모두를 살해해야만 한다. 그러나 그들은 그렇게 할 수 없다. 나는 이제 더 공포를 느끼지 않는다. 나는 더 이상 죽음을 두려워하지 않는다"라고 말한 적이 있습니다.

아마존 노동자들의 생존권과 열대우림을 지키기 위해 거대 자본과 그것을 옹호하는 공권력에 정면으로 맞섰던 치코의 암살 사건은 뉴스를 타고 전 세계에 알려졌습니다. 그리고 그 사건은 전 세계 환경운동가들이 아마존의 열대우림 보존 문제에 관심을 기울이게 되는 기폭제가 되었습니다. 비틀스의 한 멤버였던 폴 매카트니는 치코의 삶을 기리는 〈얼마나 많은 사람이〉라는 곡을 발표했으며, 칠레의 소설가 루이스 세풀베다는 치코를 기려 《연애 소설 읽는 노인》1989이라는 소설을 출간하기도 했습니다.

앞선 인용문에서 치코 멘데스의 미망인 일자마르 멘데스는 남편의 뜻을 받들어 환경운동에 헌신할 것을 천명합니다. 그녀는 살아 있는 날까지 열대우림을 지키는 데 목숨을 바칠 것이라고 말합니다. 남편이 미처 하지 못한 일을 치코의 친구들과 자신의 자식들이 함께 자신이 떠맡을 것이라고 밝힙니다. 일자마르는 "치코의 시체를 본 뒤 미래에 대한 나의 유일한 희망은 그의 친구들과 나의 두 자녀와 함께 이 투쟁을 계속하는 것입니다"라고 부르짖습니다.

에드워드 애비가 황무지를 지키려고 온 힘을 기울였다면 치코와 일자마르 멘데스는 아마존 강 유역의 열대우림을 지키려고 온 힘을 기울였습니다. '적도 우림'이라고도 일컫는 열대우림은 열대와 아열대숲의 생활 군계로 한 해 내내 기후가 따뜻하고 연간 강수량이 2,000밀리미터가 넘는 지역을 말합니다. 물생태학에서는 '아열대우림' 또는 '열대다우림' 이라는 용어를 사용합니다. 예를 들어 동남아시아, 중앙아프리카, 중앙아메리카와 남아메리카 등지에서 볼 수 있습니다. 아마존 강 유역에 펼쳐져 있는 열대우림은 전 세계 열대우림의 40퍼센트가량을 차지하고 있습니다. 이 지역은 흔히 '아마조니아'라고도 일컫습니다.

생태계의 축소판이라고 할 열대우림에는 서식하는 생물 종이 무척 다양할 뿐만 아니라 복잡한 생태계를 형성하고 있습니다. 생물학자들은 전 세계 생물 종의 절반 이상이 열대우림에 서식하는 것으로 보고 있습니다. 30미터 넘게 키가 크고 넓은 잎을 가진 나무와 그 나무들을 지붕 삼아 자라는 키 작은 나무, 해안의 맹그로브 등 다양한 식물 종이 서식하고 있습니다. 원숭이, 파충류, 곤충, 조류 등 온갖 동물들이 서식하는 곳이기도 합니다.

일자마르 멘데스의 말대로 "숲이 파괴되면 인간은 그야말로 엄청난 피해를 입을" 수밖에 없습니다. 열대우림이 파괴되면 물론 열대우림 지역에서 생활하는 사람들이 제일 먼저 피해를 입습니다. 그들은 삶의 터전을 잃기 때문입니다. 열대우림에서 의식주의 대부분을 해결합니다. 그러나 피해를 보는 사람은 비단 열대우림이나 그 근처에 살고 있는 사람들뿐만이 아닙니다. 숲과 멀리 떨어져 도시에 살고 있는 사람들도 영향을 받습니다. 도시 사람들도 열대우림에서 생산되는 물건으로 살아가기 때문이지요.

또한 대기 안에 들어 있는 산소의 절반 정도가 이 열대우림으로부터 공급되고 있습니다. 지구에서 필요한 산소의 25퍼센트를 아마존 열대우림이 공급하고 있습니다. 개펄이 지구의 불순물을 걸러내는 콩팥 구실을 하듯이 열대우림은 지구의 허파 구실을 하고 있습니다. 그렇기에 열대우림이 파괴되는 것은 곧 인간 신체 중에서 허파가 망가지는 것과 같습니다. 앞의 인용문에서 일자마르 멘데스가 "만약 이 숲을 파괴한다면 이 세계 모두가 파괴될 수 있을 것입니다"라고 말하는 까닭이 바로 여기 있습니다.

열대우림의 파괴 정도에서 지구 종말을 예견하는 이론가들이 적지 않습니다. 비관적으로 보는 과학자들은 이 지구상에 남아 있는 열대우림이 모두 파괴되는 시점을 줄잡아 2050년경으로 보고 있습니다. 게다가 2050년은 석탄이나 석유 같은 화석 연료가 모두 고갈되는 시점이기도 합니다. 문제는 그 두 가지가 맞물려 있다는 사실입니다.

그런데 이렇게 소중한 열대우림이 1960년대 이후 이런저런 이유로 하루가 다르게 사라지고 있습니다. 인간의 힘으로는 어찌할 수 없는 자연 재해에 따른 파괴도 있지만 인간이 저지르는 인위적인 파괴가 대부분을 차지합니다.

열대우림이 파괴되는 것은 치코 멘데스가 평생 맞서 싸웠던 개발업자들 때문입니다. 개발업자들은 산림을 벌목하고 그 자리에 대규모 농장을 건설합니다. 맥도널드 햄버거 같은 다국적 기업에게 소고기를 팔기 위해 이곳에 대단위 목장을 짓습니다. 세계 최대의 육우 수출국인 브라질은 상업용 목적으로 무려 2억 마리의 소를 사육하고 있으며, 브라질 정부는 2018년까지 소고기 수출량을 두 배로 늘려 전 세계 수출 시장의 60퍼센트 이상을 장악한다는 목표를 세우고 있습니다.

또 다른 이유로는 건축용 목재를 얻기 위해 산림을 벌목하기 때문입니다. 세계 각국에서 짓는 단독 주택이나 아파트에 사용하는 목재는 상당 부분이 이곳에 온 것들입니다. 그런가 하면 정부 차원에서는 고속도로를 건설하기 위해서 열대우림을 파기합니다. 그리고 개인 차원에서는 원시적인 경작 형태인 화전을 일구기 위해 소중한 숲에 불을 지르거나 가축을 방목하거나 연료를 채취하는 사이 산림이 파괴됩니다.

그런 까닭에 열대우림은 해마다 17만 제곱킬로미터씩 파괴되고 있습니다. 그 규모로는 한국 국토 면적의 5분의 4정도가 사라지고 있는 셈입니다. 그런데 문제는 한번 파괴된 열대우림을 복구하기가 쉽지 않다는 사실입니다. 원래 모습대로 복구하려면 몇십 년에서 몇백 년의 시간이 필요하기 때문입니다.

몇해 전 미국의 항공우주국은 브라질 서부 론도니아의 아마존 열대우림이 파괴되는 과정을 담은 인공위성 사진을 공개하여 관심을 끌었습니다. 8년 동안 인공위성 사진에 나타난 밀림파괴 과정은 일정한 형태를 보이고 있었습니다. 무엇보다도 생선 가시같이 생긴 모습이 나타났습니다. 밀림을 가로질러 가느다란 길이 먼저 생기고, 길 중간에 농장이 들어섰습니다. 또 농장을 중심으로 길 양쪽에서 벌목이 시작되었습니다. 벌목 지역이 점차 넓어지면서 처음의 생선 가시 모양은 사라지고 군데군데 남아 있는 숲이 농경지와 거주지가 뒤섞인 형태로 바뀝니다. 그런 후에는 숲이 소 사육을 위한 거대한 목초지로 바뀝니다. 이 사진을 공개한 항공우주국은 "열대우림을 벌목해 생긴 밭에 폭우가 쏟아지면 토양이 빠르게 침식되어 2년이나 3년 뒤에는 농작물 수확량이 뚝 떨어진다"라고 밝혔습니다. 그러면서 "농민들은 황폐화된 밭을 목축업자에게 팔아넘기고 새 농지를 얻기 위해 또다시 벌목을 시작한다"라고 지적했습니다.

아마도 한 번쯤은 〈아마존의 눈물〉이라는 다큐멘터리 프로그램을 본 적이 있을 것입니다. MBC의 텔레비전 다큐멘터리 프로그램으로 '지구의 눈물 시리즈' 두 번째 작품입니다. 문화방송 창사 48주년 특집으로 2009년에 방영된 이 작품은 〈북극의 눈물〉의 후속편으로, 문명사회에서 인간의 무분별한 개발이 아마존 열대우림을 파괴하는 과정을 생생하게 보여주었습니다. 아마존 열대우림이 '눈물'을 흘리는 모습을 보고 많은 시청자들이 울분을 터트렸을 것입니다. 그런데 아마존은 그냥 '눈물'을 흘리는 것이 아니라 '피눈물'을 흘리고 있다고 표현해야 더 맞을 것 같습니다.

그런데 여기서 한 가지 주목할 것은 이렇게 아마존 열대우림이 파괴되는 사이 우리도 공범 역할을 하고 있다는 점입니다. 컴퓨터로 인쇄할 종이 한 장, 화장지 한 장, 커피숍에서 종이 컵 하나 함부로 사용하는 것도 궁극적으로는 열대우림을 파괴하는 일에 동참하는 것이 됩니다. 다국적 기업의 상품을 무심코 사용하는 것도, 에너지를 낭비하는 것도 마찬가지입니다. 지금 피눈물을 흘리며 쓰러져 가고 있는 열대우림을 살리기 위해서는 지구촌 주민 모두가 힘을 모아야 합니다. 일자마르 멘데스의 말대로 만약 열대우림이 파괴된다면 이 세계 모두가 파괴될 수 있기 때문입니다.

금이 있는 곳에는 쇠사슬이 있기 마련

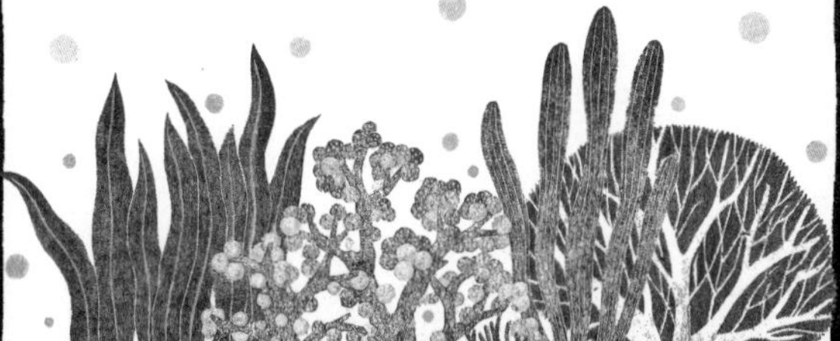

우리가 "귀한 것 못지않게 널려 있는 것들을 사랑한다면" 우리는 자본주의 사회에서 소비하고 싶은 욕구로부터 벗어나 자유로워질 수 있고 자연 속에서 좀 더 풍요로움을 맛볼 수 있을 것입니다.

우리만이 금의 값을 낮출 수 있지
시장에서 그 값이 올라가든 떨어지든
상관하지 않음으로써.
금이 있는 곳에는
언제나 쇠사슬 있기 마련.
만약 당신의 쇠사슬이 금이라면
그만큼 당신에게 해로운 법.

깃털이며 조개껍질이며
바다 모양을 한 돌들도
소중하기는 매한가지.

이렇게 하면 우리의 혁명,
만약 귀한 것
못지않게

앨리스 워커 〈오직 우리만이〉

널려 있는 것들을

사랑한다면.

미국의 흑인 여류 시인 앨리스 워커의 작품 〈오직 우리만이〉입니다. 워커는 여덟 자녀 중 막내로 조지아 주 이튼턴이라는 시골에서 태어났습니다. 그녀의 아버지는 낙농 농장에서 1년에 겨우 300달러를 받고 일했으며, 그녀의 어머니는 가정부로 일하여 대가족의 생계를 겨우 꾸려나갔습니다. 게다가 그녀는 여덟 살 때 오빠가 쏜 BB탄 총에 맞아 오른쪽 눈을 잃었습니다. 앨리스는 이렇듯 여러모로 열악한 환경에서 자랐습니다.

이 무렵 백인 지주들은 흑인 자녀들이 학교에서 교육받는 것을 반대했습니다. 그러나 앨리스의 어머니는 이런 사회적 관습을 따르지 않고 딸을 학교에 보냈습니다. 그래서 흑인으로서는 보기 드물게 고등학교를 졸업한 뒤 대학에 진학할 수 있었지요. 뉴욕의 새러 로런스 대학에 재학하던 중 앨리스는 하워드 진 교수의 영향을 받아 민권운동에 관심을 기울이게 됩니다. 앨리스는 장편소설과 단편소설, 시집, 에세이집을 출간해 문단에서 관심을 받았습니다. 소설 《컬러 퍼플》1983을 발표하여 흑인 여성으로서는 최초로 소설 부문 퓰리처상과 '내셔널 북어워드'를 받기도 했지요.

앨리스 워커는 시와 소설과 수필을 통해 모든 형태의 억압과 착취에 비판의 칼날을 들이댔습니다. 앞서 인용한 작품 〈오직 우리만이〉에서 그녀는 한편으로는 장 보드리야르가 말하는 소비사회의 문제를 노래하고, 다른 한편으로는 자본주의 사회에서 흔히 볼 수 있는 노동 착취를 날카롭게 비판합니다. 워커가 이 글의 첫 연에서 '쇠사슬'이라는 단어를 두 번이나 사용하는 점을 주목해보기 바랍니다. 이 단어에서도 엿볼 수 있듯이 그녀는 힘없는 노동자들이 마치 쇠사슬에 묶여 있는 노예처럼 자본가들로부터 노동을 착취당하는 현실을 고발합니다. "금이 있는 곳에는 / 언제나 쇠사슬 있기 마련"이라는 구절은 이 점을 뒷받침합니다.

한편 워커는 이 작품에서 보드리야르가 말하는 소비사회에 대해서도 비판하고 있습니다. 워커의 작품에서 '우리'라는 시적 화자는 다름 아닌 소비자를 가리킵니다. 시장에서 금값이 올라가든 떨어지든 소비자들이 금을 구입하지 않는다면 어떻게 될까요? 마땅히 그 값이 떨어질 수밖에 없을 것입니다.

경제학에서 상품의 가격은 수요와 공급, 즉 개별 상품의 판매자와 구매자 간의 시장 관계를 나타냅니다. 수요와 공급의 개념과 그 모델은 시장에서 구매자와 소비자에 대한 미시경제적 분석에 필수적입니다. 물론 미시경제학에서 말하는 가격과 거시경제학에서 말하는 물가는 근본적으로 다른 개념입니다. 전자에서는 특정한 재화의 상대적인 값을 나타내지만, 후자는 개별 재화의 가격을 전체적으로 평균한 양으로 물가 수준을 나타내지요. 어찌 되었든 소비자들이 금을 사지 않으면 그 값이 떨어지는 것은 두말할 나위가 없습니다.

한편 워커는 금 같은 귀금속 못지않게 우리 주위에서 널려 있는 평범한 사물에 좀 더 관심을 기울일 것을 촉구합니다. 가령 길가에 나뒹구는 깃털이나 돌멩이 같은 것들도 금 못지않게 아주 소중하다는 것입니다. 워커는 "깃털이며 조개껍질이며 / 바다 모양을 한 돌들도 / 소중하기는 매한가지"라고 노래합니다. 자본주의 사회의 시장 논리에 따른다면 깃털이나 조개껍질 또는 돌멩이가 금처럼 소중하다고 말하는 것은 언뜻 보면 얼토당토하지 않은 억지일지도 모르겠습니다. 그러나 조금만 달리 생각해 보면 그런 자연물이야말로 금보다 값지고 소중할 수 있습니다.

워커는 〈오직 우리만이〉의 마지막 연에서 혁명에 대해 말하고 있습니다. "만약 귀한 것 / 못지않게 / 널려 있는 것들을 / 사랑한다면"이라는 연에서는 그것이 곧 혁명이라는 사실을 보여줍니다. 혁명은 늘 약자 편에서 이루어집니다. 이윤 추구를 최대 목표로 삼는 자본주의 사회에서 자본가와 비교해볼 때 소비자는 어디까지나 약자에 지나지 않습니다. 혁명이라고 하면 흔히 총소리나 피를 떠올리기 쉽습니다. 그러나 서양에서 혁명은 본디 질서정연하고 규칙적인 반복을 뜻하는 말이었습니다.

서구어에서 '혁명'은 라틴어 '레볼베레Revolvere'라는 동사에 뿌리를 두고 있습니다. 본디 행성의 운행을 가리키는 표현이었지요. 코페르니쿠스는 지동설을 주창한 논문에 〈천체의 운행에 대하여〉라는 제목을 붙였습니다. 여기서 운행이라는 말이 바로 '레볼루션'입니다. 즉 레볼루션이나 혁명이란 행성이 규칙적으로 질서 있게 반복하는 것을 뜻했습니다. 그러다가 16세기에 이르러 천체 과학에서 주로 사용하던 이 용어가 점성가들에게로 넘어갔습니다. 이 무렵 정치가들이나 군 장성들을 위해 일하던 점성가들은 인간의 힘으로는 어찌할 수 없는 갑작스럽고 예측할 수 없는 사건을 가리키기 위해 이 용어를 사용하기 시작했지요. 그러니까 이때부터 혁명이라는 용어는 과학적 의미와는 정반대의 의미로 사용되었던 것입니다.

앨리스 워커가 말하는 '우리의 혁명'도 이와 마찬가지입니다. 자본주의 사회는 마치 천체의 운행처럼 질서정연하게 규칙적으로 진행합니다. 그러나 이런 규칙적 행동이나 사건에 갑작스럽고 예측할 수 없는 행동을 취하는 것이 곧 혁명입니다. 다시 말해서 자본주의 사회의 일반적인 관행이나 규칙에 따르지 않고 다른 식으로 행동하면 그것이 혁명이 됩니다. 워커의 말대로 그것은 곧 우리 주위에 "널려 있는 것들", 즉 자연을 소중하게 생각하고 사랑하는 것입니다. 언뜻 대수롭지 않아 보이는 이런 행동이 궁극적으로는 반생태적인 자본주의 사회를 무너뜨릴 수 있는 혁명이 됩니다.

워커는 시장에서 판매하는 금 같은 귀금속에만 관심을 두지 않고 깃털이나 조개껍질이나 돌멩이 같은 자연물에 관심을 두는 것도 혁명이라고 말합니다. 말하자면 '소비자의 무혈 혁명'이라고 할 수 있습니다. 만약 우리가 금을 가치 있는 금속이라고 생각한다면 우리는 살아 숨 쉬는 땅을 파헤친 광산을 옳은 것으로 인정하는 일이 됩니다. 광산을 인정하게 되면 남아프리카의 경우처럼 인종 억압과 차별을 정당화하는 것이 됩니다. 워커의 말대로 우리가 "귀한 것 못지않게 널려 있는 것들을 사랑한다면" 우리는 자본주의 사회에서 소비하고 싶은 욕구로부터 벗어나 자유로워질 수 있고 자연 속에서 좀 더 풍요로움을 맛볼 수 있을 것입니다. 그리고 이것이야말로 진정한 혁명이 될 것입니다.

흔히 '검은 대륙'으로 일컫는 아프리카에는 금과 다이아몬드를 비롯하여 우라늄, 구리, 천연 가스 등 온갖 광물자원이 상당량 매장되어 있습니다. 또한 이곳에는 전 세계 매장량의 10퍼센트에 가까운 석유가 매장되어 있어 지구의 마지막 성장 엔진으로 평가받기도 합니다. 그러나 이렇게 풍부한 자원을 차지하기 위한 사람들의 욕심이 충돌하면서 1990년에서 2005년 사이 무려 23여 개 국가에서 전쟁이 벌어졌고, 그로 말미암아 소모된 인적·물적 파괴와 무기 암거래 비용은 미화로 3,000억 달러에 이른다고 합니다. 만약 자원의 이권을 둘러싼 전쟁이 없었다면 아프리카는 죽음의 땅이 아닌 '성장의 땅', 검은 대륙이 아닌 '황금빛 대륙'이 되었을지도 모릅니다.

레오나르도 디카프리오가 주연을 맡아 화제가 되었던 영화 〈블러드 다이아몬드〉를 기억하는 이들이 많을 것입니다. '피 묻은 다이아몬드'라는 제목에서도 엿볼 수 있듯이 이 영화에서 다이아몬드는 죽음의 보석입니다. 영화의 배경인 아프리카 시에라리온에서는 다이아몬드 자체가 분쟁의 결정적인 원인이 되어 평범한 사람들을 죽음으로 내몹니다.

놀랍게도 이 영화는 실제 사건에 기반을 두고 있습니다. 1930년 영국의 한 지질학자가 시에라리온에 가장 가치 높은 다이아몬드가 매장되어 있다고 보고하면서 이 지역은 분쟁의 중심 무대가 되었지요. 광산을 차지하기 위한 살육이 시작된 이래 370만 명이 죽고 600만 명이 난민이 되었습니다. 유럽 열강의 이권 다툼과 식민 사업을 통한 착취가 끝난 뒤에도 정부와 반군 사이의 갈등은 계속되었습니다. 특히 반군들은 붙잡힌 사람들의 손목을 무자비하게 잘라버리는 행위로 악명이 높았지요. 시에라리온의 혁명연합전선RUF은 다이아몬드를 무기와 맞바꿔 무장을 강화하고 밀수출로 벌어들인 달러로 세력을 확장했습니다. 노동자들이 휴일도 없이 하루 두 컵의 쌀과 50센트의 돈을 받으면서 캐낸 다이아몬드는 런던을 거쳐 인도 세공 공장으로 넘어가 정교하게 다듬어진 뒤, 2그램에 수천 달러에서 수만 달러를 호가하는 엄청난 가격에 팔려나갔습니다. 반군들이 세력을 확장하는 동안 시에라리온 국민들에게 돌아온 것은 국민소득 140달러, 평균 수명 34세의 참혹한 일상일 뿐이었습니다.

이렇게 풍부한 지하자원을 둘러싼 갈등이나 전쟁은 비단 시에라리온에서만 벌어지는 일이 아닙니다. 지금도 아프리카 곳곳에서 전쟁이 벌어지고 있습니다. 악명 높은 콩고 내전도 이에 속합니다. 이곳에서는 콜탄이라는 금속이 분쟁의 원인이 되고 있지요. 콜탄은 휴대전화를 만들 때 쓰이는 탄탈럼의 원료입니다. 콜탄은 또한 가공을 거쳐 휴대전화, 제트 엔진, 광섬유 등에 사용됩니다. 특히 컴퓨터 칩을 만드는 데에도 필수적인 소재이지요. 휴대전화와 게임기, 그리고 용도에 따라 모양과 성능이 조금씩 다른 각종 기기들의 수요가 늘면서 콜탄의 수요가 급증했습니다. 한때는 물량부족 사태가 빚어질 정도로 수요가 증가하여 콜탄의 가격도 급등했습니다.

콩고 동부를 장악하고 있는 반군 콩고민주회의RCD는 콜탄 붐을 타고 세력을 확장했습니다. 콜탄으로 한 달에 100만 달러가 넘는 막대한 돈을 버는 것으로 알려진 반군은 이 돈으로 4만여 명의 병력을 유지하고 있습니다. 그들은 광산을 차지하기 위해 정부와 반군이 저마다 용병까지 끌어들이며 치열한 내전을 펼치기도 했지요. 콩고의 카빌라 정부는 앙골라에는 연해 유전을, 짐바브웨에는 다이아몬드와 코발트 채굴권을, 나미비아에는 다이아몬드 광산 지분을 넘기면서까지 군사적 지원을 받아냈습니다. 국제전 양상으로 발전하면서

'아프리카의 제2차 세계대전'이라는 말까지 생겨날 정도였습니다. 앨리스 워커의 말대로 황금이 있는 곳에는 으레 사회적 약자의 손과 발을 묶는 쇠사슬이 있기 마련입니다. 그들로부터 이런 쇠사슬을 벗겨줄 때 지구는 그만큼 건강해질 것입니다.

참고 문헌

I. 국내에서 나온 단행본 저서

김수우 지음, 〈비둘기 골목〉, 《젯밥과 화분 (신생시선29)》, 신생, 2011

김영찬 지음, 한국시인협회 편저, 〈한 토막 휴지에게〉, 《지구는 아름답다》, 뿔, 2007

김욱동 지음, 《문학 생태학을 위하여》, 민음사, 1998

__________, 《한국의 녹색 문화》, 문예출판사, 2000

__________, 《시인은 숲을 지킨다》, 범우사, 2001

__________, 《생태학적 상상력》, 이레, 2003

__________, 《적색에서 녹색으로》, 황금알, 2011

김현승 지음, 〈나무〉, 《김현승 시전집 (1934-1975)》, 민음사, 2005

김현승 지음, 〈나무와 먼길〉, 《김현승 시전집 (1934-1975)》, 민음사, 2005

노자 지음, 김학주 옮김, 《노자: 자연과 더불어 세계와 소통하다》, 연암서가, 2011

니코스 카잔차키스 지음, 이윤기 옮김, 《그리스인 조르바》, 열린책들, 2009

대한성서공회 편집부 지음, 《성경전서: 새번역》, 대한성서공회, 2001

레이첼 카슨 지음, 김은령 옮김, 《침묵의 봄》, 에코리브르, 2011

배리 카머너 지음, 고동욱 옮김, 《원은 닫혀야 한다: 자연과 인간의 기술》, 이음, 2014

법정 지음, 《무소유》, 범우사, 1976

아르네 네스 외 지음, 이한중 옮김, 《산처럼 생각하라: 지구와 공존하는 방법》, 소동, 2012

알도 레오폴드 지음, 송명규 옮김, 《모래 군의 열두 달》, 따님, 2000

에모토 마사루 지음, 홍성민 옮김, 《물은 답을 알고 있다 2》, 더난출판사, 2008

이규보 지음, 허경진 편역, 《이규보 시선》, 평민사, 1986

이양하 지음, 〈나무〉, 《신록예찬》, 을유문화사, 2005

이윤기 지음, 《나무가 기도하는 집》, 세계사, 1999

류시화 지음, 〈만약 앨런 긴즈버그와 함께 세탁을 한다면〉, 《나의 상처는 돌 너의 상처는 꽃》, 열림원, 2015

재레드 다이아몬드 지음, 김진준 옮김, 《총 · 균 · 쇠: 무기 병균 금속은 인류의 운명을 어떻게 바꿨는가》, 문학사상, 2005

정현종 지음, 〈들판이 적막하다〉, 《정현종 시전집 2》, 문학과 지성사, 1999

정현종 지음, 〈숲에서〉, 《정현종 시전집 2》, 문학과 지성사, 1999

페터 코르넬리우스 마이어-타시 엮음, 송용구 옮김, 《직선들의 폭풍우 속에서 (독일의 생태시 1950~1980)》, 시문학사, 1998

헨리 데이비드 소로 지음, 김욱동 옮김, 《소로의 속삭임》, 사이언스북스, 2008

II. 외국에서 나온 단행본 저서

Adorno, Theodor, and Max Horkheimer. *Dialectic of Enlightenment.* Trans. Edmund Jephcott. Stanford: Stanford University Press, 2002

Beck, Ulrich. *Risk Society: Towards a New Modernity.* London: Sage Publication, 1992

Blaisdell, Bob. *Great Speeches by Native Americans.* New York: Dover, 2000

Bloom, Harold. *The Western Canon: The Books and School of the Ages.* New York: Harcourt Brace, 1994

Carson, Rachel. *Silent Spring.* New York: Houghton Mifflin Harcourt, 2002

Commoner, Barry. *The Closing Circle: Nature, Man, and Technology.* New York: Knopf, 1971

Dawkins, Richard. *Unweaving the Rainbow: Science, Delusion and the Appetite for Wonder.* Boston: Houghton Mifflin, 1998

Diamond, Jeremy. *Guns, Germs, and Steel: The Fates of Human Societies.* New York: W. W. Norton, 1997

Dostoevsky, Fyodor. *The Brothers Karamazov.* Trans. Ralph E. Matlaw. New York: W. W. Norton, 1981

Everyman°Øs Talmud: *The Major Teachings of the Rabbinic Sages.* Ed. Abraham Cohen . New York: Shocken, 1995

Ginsberg, Allan. *Collected Poems 1947~1997.* New York: Harper Perenniel, 2007

Gore, Al. *An Inconvenient Truth: The Planetary Emergency of Global Warming and What We Can Do About It.* New York: Rodale Press, 2006

Gracian, Balthasar. *The Art of Worldly Wisdom.* Trans. Joseph Jacobs. London: Macmillan, 1892

Horace. *The Odes: New Translations by Contemporary Poets.* Ed. J. D. McClatchy. Princeton: Princeton University Press, 2002

Humes, Edward. *Garbology: Our Dirty Love Affair with Trash.* New York: Avery, 2012

Jean Baudrillard. *The Consumer Society: Myths and Structures.* London: Sage, 1998

Kazantzakis, Nikos. *Zorba the Greek.* 3rd ed. Trans. Carl Wildman. New York: Touchstone, 1996

Leopold, Aldo. *A Sand County Almanac: With Other Essays on Conservation from Round River.* 2nd ed. New York: Oxford University Press, 1966

Lovelock, James. *Gaia: A New Look at Life on Earth.* New York: Oxford University Press, 1989

______________. *The Age of Gaia: A Biography of Our Living Earth.* New York: W. W. Norton, 1988

Metzger, Deena. *Tree: Essays & Pieces.* Berkeley: North Atlantic Books, 1997

Plant, Judith, ed. *Healing The Wounds: The Promise of Ecofeminism.* New Society: Philadelphia, 1989

Rosebury, Theodor. *Life on Man.* New York: Viking, 1869

Sandars, N. K. Ed. *The Epic of Gilgamesh*. Penguin Classics, 1960

Seed, John, Joanna Macy, Pat Fleming, and Arne Naess, eds. *Thinking Like a Mountain: Towards a Council of All Beings.* New York: New Catalyst Books, 2007

St. Francis. *The Writings of St. Francis of Assisi.* Trans. Father Pascal Robinson. Philadelphia: Dolphin Press, 1905

Thich Nhat Hanh, *Peace Is Every Step: The Path of Mindfulness in Everyday Life.* New York: Bantam Books, 1992

Thoreau, Henry. David. *Walden.* Ed. J. Lyndon Shanley Princeton: Princeton University Press, 2004

______________________. *The Journal of Henry David Thoreau, 1837-1861.* Ed. Damion Searls. New York Review Books Classics, 2009

Walker, Alice. *Her Blue Body Everything We Know: Earthling Poems 1965-1990 Complete.* New York: Harcourt Brace Jovanovich, 1991

Wordsworth, William. *The Collected Poems of William Wordsworth.* New York: Wordsworth Editions, 1994

이 책에 실린 작품 중 일부는 저자와 연락이 닿지 않아 게재 허락을 받지 못했습니다.
출판사로 연락주시면 허락을 받고 게재료를 지불하겠습니다.